Anne Luckmann | Christopher Bücklein

SCHWARZE AKTE

Anne Luckmann | Christopher Bücklein

SCHWARZE AKTE

Die spannendsten Kriminalfälle aus aller Welt

riva

Bibliografische Information der Deutschen Nationalbibliothek
Die Deutsche Nationalbibliothek verzeichnet diese Publikation in der Deutschen Nationalbibliografie.
Detaillierte bibliografische Daten sind im Internet über http://d-nb.de abrufbar.

Für Fragen und Anregungen
info@rivaverlag.de

Wichtige Hinweise
Ausschließlich zum Zweck der besseren Lesbarkeit wurde auf eine genderspezifische Schreibweise sowie eine Mehrfachbezeichnung verzichtet. Alle personenbezogenen Bezeichnungen sind somit geschlechtsneutral zu verstehen.

Warnung
Dieses Buch enthält grausame und zum Teil blutige Beschreibungen, die zu emotionalen Belastungen führen oder erlittene Traumata reaktivieren können.

Die in diesem Buch geschilderten Kriminalfälle basieren auf den Recherchen und Texten von Christopher Bücklein, Silva Hanekamp, Franziska Julia Kopp, Anne Luckmann, Johanna Müssiger und Stefan Weber. Fremdsprachige Quellen wurden, soweit nicht anders vermerkt, von den Autoren übersetzt.

2. Auflage 2023

Türkenstraße 89, 80799 München
Tel.: 089 651285-0, Fax: 089 652096

Redaktion: Dr. Carina Heer
Lektorat: Kerstin Brömer
Umschlaggestaltung: Karina Braun basierend auf einer Vorlage von Kinh Long Truong
Satz: Helmut Schaffer, Hofheim a. Ts.
Druck: CPI
Printed in the EU

ISBN Print 978-3-7423-2235-7
ISBN E-Book (PDF) 978-3-7453-2011-4
ISBN E-Book (EPUB, Mobi) 978-3-7453-2012-1

INHALTSVERZEICHNIS

EIN PAAR WORTE VORWEG ...

»Hallo und herzlich willkommen zu einer neuen Folge der Schwarzen Akte! Wir sind Anne und Christopher.«

Diesen Satz haben wir bereits über hundertmal zur Begrüßung in unsere Mikrofone gesprochen. Hier steht er nun schwarz auf weiß gedruckt in unserem eigenen Buch.

What?

Kann uns mal jemand kneifen?

Doch zunächst: Wer sind wir überhaupt? Anne ist eine norddeutsche Kaffee- und Konzertliebhaberin, Christopher ein rheinland-pfälzischer Madeira-Fan und Hobbykoch. Seit Jahren arbeiten wir gemeinsam in der Berliner Medienbranche.

Mai 2020: Mit Beginn der Coronapandemie beschließen wir, unsere Leidenschaft für Podcasts und True Crime zu kombinieren und wöchentlich über wahre, mysteriöse Kriminalfälle zu sprechen. Von einer Sache sind wir dabei überzeugt: So schwer kann das mit dem Podcasten doch nicht sein, oder?

Doch treue Hörerinnen und Hörer wissen, dass es die erste Aufnahme nie ans Licht der Streamingdienst-Welt ins Netz geschafft hat. Die zweite auch nicht. Die Aufnahmequalität war einfach zu schlecht. Allerdings fesselte uns das Thema unserer ersten Folge – die Geschichte von Lisanne Frons und Kris Kremers, zwei niederländischen jungen Frauen, die eigentlich nur die wunderschöne weite Welt entdecken wollten – derart, dass wir in Folge sechs einen zweiten Versuch unternahmen, in den panamaischen Dschungel abzutauchen – ein Fall, der uns so in den Bann gezogen hat, dass wir ihn euch in diesem Buch nicht vorenthalten wollen.

Anfangs noch zwei Fälle pro Folge, haben wir uns schnell dazu entschieden, einem Fall die volle Aufmerksamkeit zu schenken. Uns ging es schon immer um die Details, die ein gewöhnliches Verbrechen von einem unglaublichen Mysterium unterscheiden. *Das kann doch niemals so passiert sein*, denken viele.

Oh doch!

Wir schauen mit der Recherchelupe ganz genau auf die merkwürdigsten Spekulationen und suchen nach dem kleinsten Fünkchen Wahrheit darin.

Vor allem ungeklärte Fälle haben es uns angetan: jene, bei denen die Theorien in alle Himmelsrichtungen gehen, die Indizienlage so erdrückend und nichtssagend zugleich ist, bei denen unsere Gedanken heiß laufen und uns die Frage, was *wirklich* passiert ist, einfach nicht ruhig schlafen lässt.

Juni 2022: Die *Schwarze Akte* ist stolze zwei Jahre alt und wir kommen gerade von unserer ersten eigenen Livetour zurück. Vier deutsche Städte haben uns eine Bühne gegeben, auf der wir vor Hunderten von Zuschauerinnen und Zuschauern den Fall der Lonely Hearts Killer erzählt haben – einem mörderischen Pärchen, das in den 1940ern die analoge Datingwelt schamlos und brutal ausgenutzt hat.

Das Gefühl bei einer Liveshow ist unfassbar, raus aus der Komfortzone des heimischen Aufnahmesettings und rauf auf die echte, große Bühne. Ein Jahr zuvor haben wir die Live-Feuertaufe bei einem Podcast-Festival mit dem Fall der paradiesisch anmutenden Galapagos-Affäre bestanden. Doch so aufregend das Abenteuer deutscher Auswanderer auf Floreana klingt, so tragisch wird dieses sein Ende finden …

Die grausamsten und mysteriösesten Fälle passieren aber nicht nur fernab unserer Landesgrenze, nein, auch Deutschland wird von furchtbaren Verbrechen nicht verschont. So gehören die Morde auf dem Einödhof im bayerischen Hinterkaifeck zu den spektakulärsten und rätselhaftesten Gewalttaten unseres Landes.

Wir haben in diesem Buch einige Verbrechen verarbeitet, die ihr vielleicht schon aus dem Podcast kennt – beispielsweise die Geschichte von Aileen Wuornos, der US-amerikanischen Serienmörderin, deren starre, ausdruckslose Augen uns lange verfolgt haben. Doch wir haben auch viele neue Fälle im Gepäck, die wir noch nicht in der *Schwarzen Akte* besprochen haben. Und keine Sorge: Auch wenn euch einige Fälle schon bekannt sind, wird die Erzählung im Buch für ordentlich Gänsehaut sorgen.

Versprochen!

Dieses Buch, das ihr gerade in den Händen haltet, ist ein Geschenk für uns, von dem wir niemals zu träumen gewagt hätten. All das, was aus der *Schwarzen Akte* geworden ist, macht uns unfassbar stolz und würde es ohne euch, liebe Zuhörerinnen und Zuhörer, niemals geben.

Deshalb möchten wir, bevor es losgeht, noch einmal von Herzen Danke sagen!

Wir sind gespannt, wie euch das Buch gefällt, in welchen Momenten ihr es lest, wem ihr es vielleicht schenkt und was ihr über die Fälle denkt. Schreibt uns gern all das auf Instagram @schwarzeakte oder über unsere Website www.schwarzeakte.de.

Und damit schließen wir das Vorwort und wünschen euch eine spannende Zeit beim Lesen!

Alles Liebe
Anne & Christopher

EIN LÖFFEL VOLL HIRN

Fall 1: Robert Maudsley

»Wenn ich meine Eltern 1970 umgebracht hätte, wäre niemand sonst gestorben.«

Ein Gefängnis im Gefängnis

Die Zelle ist größer als die anderen, die in den Stockwerken über ihm liegen. 5,5 Meter mal 4,5 Meter. Umso mehr fällt auf, wie wenig zwischen den steinernen Wänden steht. Ein einziger Stuhl vor einem Tisch. Beides aus gepresster Pappe. Feuerfest. Die Matratze liegt auf einem Betonklotz. Es ist ein unbequemes Bett. Ansonsten gibt es nur noch eine Toilette und ein Waschbecken – beide sind fest mit dem Boden verschraubt. Um zu diesem Ort zu gelangen, muss man viele Treppenstufen nach unten steigen, durch siebzehn verschlossene Stahltüren hindurchgehen und dabei eine Sicherheitsfreigabe von ganz oben in die Kamera halten.

Der sogenannte *Glass Cage*, der Glaskäfig, ist ein Gefängnis innerhalb eines Gefängnisses – und zwar nicht irgendeines, sondern der Hochsicherheitsanstalt Wakefield, das englische Alcatraz –, ein Ort, an dem Menschen eingesperrt werden, zu deren Zellen die Justiz am liebsten den Schlüssel wegwerfen möchte. Die Anstalt aus der Viktorianischen Zeit, gebaut 1594, liegt südlich der englischen Stadt Leeds und wird von den Engländern *Monster Mansion* genannt – nicht ohne Grund: Es ist das Zuhause für die schlimmsten Verbrecher überhaupt.

Seit den 1980er Jahren existiert jenes weitere Gefängnis innerhalb dieses größten und sichersten Gefängnisses im Westen Europas – eine

Zelle aus Glas. In den vier Betonwänden dieser speziellen Zelle sind große Fenster aus kugelsicherem Panzerglas eingelassen. Durch eine kleine Öffnung, eine speziell gesicherte Schleuse, kann Essen in den Raum geschoben werden. Wachen patrouillieren von einem Fenster zum anderen, beobachten, was in der Zelle passiert. Es gibt keinen Fleck innerhalb dieser vier Wände, der nicht einsehbar ist.

Dreiundzwanzig Stunden am Tag bleibt die Tür verschlossen. Nur für eine Stunde pro Tag wird sie geöffnet. Der Mann, der als der gefährlichste Gefangene Großbritanniens gilt, wird dann von sechs bewaffneten Wachen zum Hofgang geführt, auf einen asphaltierten Platz, umrahmt von hohen Wänden, auf dem nichts wächst und von wo aus man nur einen schmalen Teil des blauen Himmels sehen kann. Nach sechzig Minuten geht es wieder zurück. Für dreiundzwanzig Stunden in die gläserne Zelle.

Genauso am darauffolgenden Tag.

Wie auch am übernächsten Tag.

Der Mann, der in dieser Zelle lebt, hat viele Namen. »Blue«, »Spoons«, »Hannibal the Cannibal« oder auch »Wolf Man of Wakefield«. Sein richtiger Name aber lautet Robert John Maudsley. Er hat fast vierzig Jahre seines Lebens in dieser Zelle verbracht. Er sitzt in Einzelhaft, weil er selbst für andere Häftlinge zu gefährlich sein soll …

Für die Monster von Wakefield.

Eine Bestie wird gemacht

Robert wird im Juni 1953 in Liverpool geboren. Er hat drei ältere Geschwister, die Brüder Kevin und Paul sowie seine Schwester Brenda. Ihre Eltern heißen George und Jean. Sie sind einfache Arbeiter in der Küstenstadt im Westen Großbritanniens und scheinen sich nicht besonders gut um ihre Kinder zu kümmern. Robert ist nicht mal ein halbes Jahr alt, als er, gemeinsam mit seinen älteren Geschwistern, wegen Vernachlässigung aus der Familie genommen wird. Sie kommen in ein Waisenhaus, das Nazareth House in Liverpool. Es wird damals wie heute von Nonnen, den Schwestern von Nazareth, geleitet. Es ist ein katholisches Kinderheim, ein riesiger Backsteinbau mit hohen Fenstern und einer imposanten Auffahrt. Die vier Geschwister wachsen dort auf. Sie gehen zusammen zur Schule, die nur wenige Meter von ihrem neuen Zuhause entfernt ist. Nach dem Unterricht kommen sie gemeinsam wieder zurück.

Aus dieser Zeit gibt es ein Foto von den vieren. Robert steht vor seinen beiden älteren Brüdern und der Schwester in einer schwarzen Hose und einem zugeknöpften weißen Hemd da. Er scheint ein glückliches Kind zu sein. Das berichtet später zumindest eine der Schwestern, die Robert in dem Waisenhaus großgezogen haben. Der Junge sei brav, intelligent und klüger als andere Kinder in seinem Alter gewesen. Auch Roberts Bruder Paul erinnert sich in einem Interview positiv an diese Zeit zurück. Die vier Geschwister haben eine enge Bindung zueinander.

Fast neun Jahre sind Robert und seine Geschwister im Nazareth House, als George und Jean, die Eltern der vier, plötzlich wieder den Kontakt zu ihren Kindern suchen. Zur Überraschung aller wollen die beiden die Geschwister zurück in ihr früheres Zuhause holen.

Besonders für Robert ist das ein Schock: Seine Geschwister können sich noch vage an ihre Eltern erinnern, für ihn sind George und Jean völlig fremd. Da er mit fast sechs Monaten ins Kinderheim gekommen ist, hat er keinerlei Erinnerung mehr an seine Eltern.

Diese beginnen, die Geschwister im Nazareth House zu besuchen. Sie kommen immer wieder vorbei, nehmen die Kinder auch mal nach Hause mit. Schließlich ziehen die vier probehalber bei ihren Eltern ein. Während dieser Übergangszeit sehen regelmäßig Nonnen bei der Familie vorbei, um zu prüfen, wie es den Geschwistern bei ihren Eltern geht. Es gibt keine Alarmzeichen, nichts, das ungewöhnlich scheint, wenn die Schwestern die Wohnung betreten und wieder verlassen.

Irgendwann kommt der Tag, an dem die vier Kinder offiziell in die Obhut von George und Jean zurückgegeben werden. Es muss für die Kinder einer der schlimmsten gewesen sein. Roberts Bruder Paul wird später berichten, dass ihr Vater, sobald die Formalitäten mit dem Kinderheim erledigt gewesen seien, sie erst heftig verprügelt und dann auf ihre Zimmer geschickt habe.

Im Haus der Familie sind Gewalt, Schläge, Tritte und Beschimpfungen fortan an der Tagesordnung.

Warum George und Jean ihre vier ältesten Kinder überhaupt wieder zu sich geholt haben, ist unklar. Die beiden haben inzwischen noch acht weitere Kinder bekommen. Brauchen sie die vier großen, damit diese sich um die kleinen kümmern? Das weiß niemand. Liebe dürfte jedenfalls nicht der Grund gewesen sein, weshalb sie die vier wieder zu sich geholt haben. Jahre später wird Robert einem Psychologen erzählen, dass er bei seiner Kindheit nur an eines denke: an Schläge. Sei es, weil die Kinder nicht rechtzeitig aus der Schule kommen oder einen Umweg machen – jede Kleinigkeit wird mit einer Tracht Prügel des Vaters bestraft. Die Mutter schlägt zwar selbst nicht zu, berichtet ihrem Mann jedoch am Abend von den »Fehltritten« ihrer Kinder, damit dieser sie entsprechend »maßregeln« kann. Eine grauenvolle Zeit für die ehemals fröhlichen Kinder – derart rohe Gewalt haben sie noch nie zuvor erlebt und hätten sie nie erleben dürfen. Einmal zerbricht George sogar ein Gewehr auf Roberts Rücken. Zudem wird der Junge von seinem Vater angeblich sexuell missbraucht und vergewaltigt.

Ein Martyrium.

Schussfahrt bergab

Drei Jahre lang ist Robert bei seinen Eltern, bevor der Staat erneut eingreift. Die Behörden nehmen ihn, aber nur ihn, aus der Familie. Vater George erzählt den anderen Kindern daraufhin angeblich, dass sein Sohn gestorben sei. In Wahrheit kommt der Zwölfjährige in Pflegefamilien. Doch drei Jahre Prügel und Missbrauch haben ihre Spuren hinterlassen. Er gilt als problematisches Kind und kommt nicht gut mit anderen Leuten aus.

Vier Jahre später, mit sechzehn Jahren, packt Robert seine Sachen und haut ab. Er will nach London. Doch vorerst zieht er von einem Ort zum anderen, um mit Gelegenheitsjobs Geld zu verdienen. Schließlich gelangt er nach London. Dort gerät sein Leben völlig außer Kontrolle. Kaum angekommen, wird er – wie Robert Jahre später seinem Neffen erzählen wird – von einer Gruppe Männer aufgegriffen, die ihn missbraucht. Er beginnt, Drogen zu nehmen, wird abhängig und versucht, seine Sucht schließlich durch sexuelle Gefälligkeiten zu finanzieren.

In diesen fünf Jahren in London versucht Robert zweimal, sich das Leben zu nehmen. Beide Male kann er von den Rettungskräften vor dem Tod bewahrt werden. Immer wieder landet er in psychiatrischen Einrichtungen, immer wieder in Therapie. Einmal erzählt er einem Arzt, dass er Stimmen in seinem Kopf höre. Stimmen, die ihm sagen, dass er seine Eltern umbringen soll. Robert ist mittlerweile einundzwanzig Jahre alt. Es ist das Jahr 1974.

Das Morden beginnt

Um Geld zu verdienen, bietet sich Robert als sogenannter *rent boy* an. Eines Abends nimmt ihn ein Arbeiter namens John in seinem Auto mit. John wohnt in einem Stadtteil außerhalb Londons. Die beiden fahren zu seiner Wohnung und schlafen dort miteinander.

Als Robert gehen will, hält John ihn zurück. Er wolle ihm noch etwas zeigen, sagt er. Robert wartet und sieht dem anderen Mann zu, wie er mit einer Handvoll Fotos zurückkommt. Er hält sie Robert hin. Der greift nach den Bildern und starrt auf das, was darauf zu sehen ist. Es sind Fotos von Kindern, die sexuell missbraucht werden. John nennt sie seine »Opfer«.

Warum John ihm diese Fotos zeigt, ist unklar. Klar ist aber, wie Robert reagiert. Ein Psychologe, der später mit Robert sprechen darf, glaubt, dass seine Reaktion in jener Nacht direkt mit den Erfahrungen seiner Kindheit zusammenhängt. Denn Robert wird wütend. Richtig wütend. So wütend, dass er John zu würgen beginnt und ihn schließlich erdrosselt. Robert kennt kein Halten mehr. Mit einem Messer sticht er auf den Mann ein. Mit einem Hammer schlägt er dem Toten auf den Kopf.

Nach der Tat stellt Robert sich der Polizei. Die nimmt ihn fest und klagt den Einundzwanzigjährigen wegen Totschlags an. Das Gericht zieht schon damals Psychologen hinzu, die ein Gutachten über Roberts mentale Gesundheit erstellen sollen. Ist er überhaupt schuldfähig? Schließlich war Robert in den vergangenen Jahren immer wieder in psychologischer und psychiatrischer Behandlung.

Die Fachleute kommen zu dem Ergebnis, dass der Einundzwanzigjährige nicht vor Gericht gestellt werden darf. Stattdessen soll er im Broadmoor Hospital unterkommen. Das ist eine Hochsicherheitsanstalt für Kriminelle mit psychischen Auffälligkeiten – ein Krankenhaus, das von außen aussieht wie ein Gefängnis. Wachen laufen dort an den Mauern entlang, auf denen spitzer Stacheldraht vor sich hin rostet. Hinter den Wänden leben kriminelle Patienten mit gewalttätigen Zügen. In ganz Großbritannien gibt es nur drei solcher speziellen Einrichtungen.

Broadmoor liegt außerhalb Londons, südwestlich der Stadt. Dort bekommt Robert von den anderen Patienten und Mitarbeitern seinen ersten Spitznamen: »Blue«. Sie nennen ihn so, weil das Gesicht seines Opfers so ausgesehen hat – blau angelaufen, nachdem Robert ihn erdrosselt hat.

N° 2

Drei Jahre lang lebt Robert in Broadmoor, zusammen mit anderen Kriminellen – sowohl mit Mördern als auch mit Pädophilen. 1977, als Robert fast vierundzwanzig Jahre alt ist, tötet er zum zweiten Mal. Dieses Mal begeht er die Tat aber nicht allein.

Es ist der 26. Februar 1977. In der Klinik hat Robert den dreiunddreißigjährigen John kennengelernt, der auf unbefristete Zeit als Patient in Broadmoor untergebracht ist. Offenbar schon seit längerer Zeit haben die beiden in akribischer Kleinarbeit das vorbereitet, was in den folgenden Stunden passieren wird. Aus Löffeln haben sie sich Messer geschnitzt und aus einem auseinandergenommenen Radio Kabel entfernt. So bewaffnet und ausgerüstet warten die beiden auf ihr Opfer, den sechsundzwanzig Jahre alten David.

Der Grund, weshalb dieser in Broadmoor sitzt: David hat Kinder missbraucht.

Robert und John greifen sich David und zerren ihn in eines der Zimmer. Krankenpfleger, die ihnen entgegenkommen, weichen vor ihren gezückten Behelfsmessern zurück. Sie nähern sich erst, als die Tür des Zimmers mit einem lauten Krachen zufällt. Irgendwie schaffen die beiden es, die Tür von innen zu verbarrikadieren. Robert und John sind nun mit David allein. Nur ein kleines Guckloch in der Tür ist geöffnet, vor das die beiden wiederholt ihr Opfer immer wieder zerren, um es den Pflegern zu präsentieren. Die Tür aufzubrechen wagen die Mitarbeiter der Klinik nicht. Aus Angst, dass Robert und John David dann sofort töten?

Es beginnen neun Stunden voller Qual und Schmerzen für David.

Robert und John fesseln ihr Opfer mit einem dicken Kabel an einen Stuhl. Sie schlagen und treten ihn. Sie stechen mit ihren Messern auf ihn ein. Von draußen versuchen Pfleger und Ärzte, auf das Duo einzureden – erfolglos. Die Schreie des gefolterten Mannes hallen durch die Krankenhausflure, bis sie irgendwann ganz plötzlich verstummen – und die Tür mit einem Klicken aufgeht.

Als die Mitarbeiter über die Schwelle in den Raum stürzen und Robert und John fixieren, bietet sich ihnen ein Bild des Grauens. David ist blau angelaufen und liegt erdrosselt auf dem Boden des Zimmers. In seinem Ohr steckt einer der präparierten angespitzten Löffel. Auf dem Boden finden die Ärzte Teile von Davids Hirn.

Die Mitarbeiter sind so schockiert, dass sie zunächst glauben, dass Robert mit dem Löffel Teile des Gehirns des Toten gegessen hat – ein schauriger Verdacht, den der Autopsiebericht widerlegen wird. Allerdings geht da die Geschichte des Hirn-Kannibalen Robert bereits durch die Presse. Alle reden über den Mörder, der offenbar die Gehirne seiner Opfer isst.

Robert und John werden wegen Mordes angeklagt. Und dieses Mal kommt Robert tatsächlich vor Gericht. Es ist unklar, warum er von der Justiz angeklagt und verurteilt wird, obwohl der Mord in einer psychiatrischen Einrichtung und von einem offensichtlich psychisch labilen Menschen begangen wurde. Vielleicht ist es der Justiz zu gefährlich, Menschen, die eine so brutale Tat begangen haben – nur durch eine Tür vom Klinikpersonal getrennt –, in einer anderen psychiatrischen Anstalt unterzubringen. Fakt ist, dass Robert 1978 in ein »richtiges« Gefängnis kommt, und zwar in *Her Majesty's Prison Wakefield.*

Zwei auf einen Streich

Robert bekommt eine Zelle in einem Trakt, in dem auch Sexualstraftäter und Pädophile ihre Strafe absitzen. Er darf sich offenbar frei unter ihnen bewegen, es existiert keine besondere Form der Überwachung.

Weshalb das geschieht, können sich Experten bis heute nicht erklären. Den Mörder zweier Pädophiler gemeinsam mit Pädophilen und Sexualstraftätern unterzubringen scheint zu widersinnig, zu absurd, um einfach ein Fehler, ein Missverständnis gewesen zu sein. Und vielleicht war es das auch nicht? Man hat in Gefängnissen in der Regel wenig übrig für pädophile Insassen …

Die anderen Gefangenen haben schon von Robert gehört. Alle kennen die Geschichte des hirnessenden Mörders, der »Blue« genannt wird. Aber jetzt bekommt Robert einen neuen Spitznamen von seinen Mitgefangenen. Sie nennen ihn »Spoons« – nach dem Löffel, der im Ohr von David steckte.

In Wakefield eskaliert die Situation schneller als im Broadmoor Hospital. Nach nur fünf Monaten, im Jahr 1978 und im Alter von fünfundzwanzig Jahren, begeht Robert seinen dritten und vierten Mord.

In einem Brief an seinen Neffen beschreibt Robert, wie er an jenem 28. Juni 1978 morgens aus seinem Bett aufsteht und nur ein Ziel vor Augen hat: Er will so viele Sexualstraftäter und Pädophile umbringen, wie er nur kann.

Einmal mehr hat Robert sich aus Löffeln scharfe provisorische Messer gefeilt. Er steht nach dem Frühstück in der Tür seiner Zelle und beobachtet die anderen Gefangenen. Einer sticht ihm ins Auge. Es ist der sechsundvierzig Jahre alte Salney. Den kennt er sogar näher, weil er ihm und anderen Gefangenen Französischunterricht gibt. Die Quellen sind sich unsicher, ob Salney tatsächlich wegen Kindesmissbrauchs verurteilt wurde oder ob der Mord an seiner Frau der einzige Grund ist, aus dem er in Wakefield einsitzt. Doch offenbar passt er in das Raster von Robert, der ihn unter einem Vorwand in seine Zelle lockt und die Tür hinter beiden zufallen lässt.

Mit einer schnellen Bewegung stößt Robert Salney zu Boden und sticht mit dem zugespitzten Löffel auf ihn ein. Er schneidet ihm die Kehle durch und schiebt den Körper des Toten unter sein Bett. Kein Geräusch ist aus der Zelle gedrungen, so schnell ist Robert über sein Opfer hergefallen. Es ist still, nur Wasser plätschert im Waschbecken, an dem Robert sich das Blut von den Händen und vom Gesicht spült.

Nur wenige Minuten später öffnet Robert die Zellentür und ist wieder im Flur, auf der Suche nach seinem nächsten Opfer. Weil sich innerhalb des Gebäudes keine passende Gelegenheit zu ergeben scheint, geht Robert in den Innenhof. Er spricht andere Gefangene an, aber keiner lässt sich nach drinnen ins Gebäude locken. Doch auf dem Weg zurück zu seiner Zelle bietet sich Robert eine für ihn unverhoffte Gelegenheit. Hinter einer offenen Tür liegt ein Mann auf dem Bett seiner Zelle und döst. Es ist der wegen Kindesmissbrauchs verurteilte William.

Mit wenigen Schritten ist Robert in der Zelle, zückt das Messer und sticht Dutzende Male auf den liegenden Mann ein. Danach schlägt er dessen Kopf gegen die Wand. Immer und immer wieder – bis er nach einem lauten Knacken von seinem Opfer ablässt.

Mit blutverschmierten Kleidern und dem Messer in der Hand verlässt Robert die Zelle und geht durch den Flur auf das Büro der Gefängniswärter zu. Er tritt ein und lässt das Messer auf den Tisch fallen. Die Wärter starren vom Messer hin zu dem blutüberströmten Robert, der vor ihnen steht. Mit ruhiger Stimme sagt er, beim abendlichen Appell würden zwei Gefangene weniger dabei sein.

Einige Wachen rennen noch in die Flure, in Roberts Zelle, in der Hoffnung, die Angegriffenen noch retten zu können, aber Salney und

William sind tot. Robert wird erneut vor Gericht gestellt. Wieder wird er wegen Mordes verurteilt. Und wieder berichtet die Presse über den angeblichen Kannibalen. Denn schon bald kommt das Gerücht auf, dass Robert sich auch am Hirn seiner beiden letzten Opfer gütlich getan haben soll. Die Boulevardpresse macht Robert zu »Hannibal the Cannibal«.

Meine Welt – eine Zelle

Robert ist jetzt ein Serienmörder. Er wird im Wakefield Prison in Isolationshaft gesteckt. 1982 berichtet ein Fernsehteam der BBC über das Gefängnis und darüber, was Einzelhaft ohne Kontakt zu anderen mit den Menschen dort macht. Auch Robert spricht mit den Journalisten. Ein paar Ausschnitte haben ihren Weg ins Internet gefunden. Fast in jedem Zeitungsartikel gibt es Bilder aus der Dokumentation, die Robert mit langen Haaren und blauem Hemd vor einer weißen Wand sitzend zeigen. Das Interview facht die Berichterstattung über den vermeintlich gefährlichsten Gefangenen Großbritanniens noch einmal an. Offenbar wissen die Verantwortlichen nicht genau, was sie mit Robert machen sollen. Die Gefahr, die von ihm ausgeht, sei zu groß. Ihre Lösung: ein eigenes Gefängnis im Gefängnis bauen.

1983 ist sie fertig: die Glaszelle für den gefährlichsten Kriminellen überhaupt. Robert, damals dreißig Jahre alt, steigt mehrere Treppen hinab in den Keller des Wakefield Prison, er passiert siebzehn Stahltüren und betritt eine Zelle, in der er ab sofort dreiundzwanzig Stunden des Tages sitzen wird – permanent überwacht von Polizisten, die jede seiner Bewegungen von allen Seiten verfolgen. Später sagt Robert in der BBC-Doku über Isolationshaft: »Meine ganze Welt ist in dieser Zelle.«

Der Raum im Keller des Wakefield Prison erinnert an das Gefängnis von Hannibal Lecter, jener fiktiven Figur des Autors Thomas Harris, die im Horrorthriller *Das Schweigen der Lämmer* weltweit für Gänsehaut sorgen wird. Das Buch erscheint 1988 – wenige Jahre nachdem die gläserne Zelle für Robert fertiggestellt wurde. Obwohl der Autor für seine Figur des Hannibal Lecter einen mexikanischen Mörder persönlich im Gefängnis getroffen hat, sind die Parallelen zwischen Robert und Hannibal Lecter, der fiktiven Figur in einer Glaszelle, unverkennbar. Entsprechend tauchen, als die Verfilmung 1991 in die Kinos kommt, auch Roberts Gesicht und seine Geschichte wieder in der Presse auf. Als britischer Hannibal Lecter geistert er durch die Zeitungen. In den darauffolgenden Jahren bis heute gibt es immer wieder neue Berichte und Dokumentationen, die sich mit seiner Person beschäftigen.

Es werden Fragen gestellt.

Allen voran die wichtigste: Wie human ist das Gefängnis von Robert? Ein Häftling namens Mark, der neben Robert in eine Zelle eingesperrt war, bevor dieser in den Keller verlegt wurde, erzählt in einer Doku, dass die Behandlung der Gefangenen im Wakefield Prison unmenschlich sei. Was Robert getan habe, sei schlimm, aber genauso schlimm sei das, was das System mit ihm mache. Mark nennt Roberts Haftbedingungen »psychologische Folter«.

In verschiedenen Dokumentationen berichten Psychologen und Ex-Häftlinge von den Folgen von Isolationshaft, zuletzt in *Making a Monster* und *HMP Wakefield: Evil Behind Bars*, in denen auch Roberts Fall behandelt wird. Darin geht es zudem um die Frage, warum Menschen überhaupt töten. Die Fachleute glauben nicht, dass jemand einfach böse geboren wird. Sie beleuchten das Trauma, das Robert als Kind widerfahren ist. Und sie stellen die Frage: Hätten die Morde verhindert werden können?

Robert selbst beantwortet die Frage mit Ja. »Wenn ich meine Eltern 1970 umgebracht hätte, wäre niemand sonst gestorben«, wird er in Zeitungsartikeln zitiert. 2020 kommt in der *Making a Monster*-Doku zum ersten Mal ein Psychologe zu Wort, der mit Robert gesprochen hat. Denn der Mörder hat nicht die ganze Zeit in seiner gläsernen Zelle im Keller des Wakefield Prison verbracht.

Eine Zeitbombe, gebaut als Kind

Nach sieben Jahren im sogenannten Glaskäfig wird Robert plötzlich in ein anderes Gefängnis verlegt. Er kommt auf die Isle of Wight, in das Gefängnis Parkhurst. Warum er verlegt wird, ist unklar. Ein Versuch, Barmherzigkeit zu zeigen?

In Parkhurst trifft er Dr. Bob Johnson, beziehungsweise dieser trifft Robert. Dr. Johnson arbeitet als Psychologe im Gefängnis und besucht Robert in seiner Zelle. Er beschreibt ihn als hageren Mann mit langen Haaren und eingefallenem Gesicht. Er sehe aus wie Moses, meint der Psychologe. Dr. Johnson beantragt, Robert befragen und mit ihm arbeiten zu dürfen. Etwa zwei bis drei Jahre muss er auf eine Genehmigung warten, aber dann darf er zu Robert in die Zelle. Die beiden fangen an, miteinander zu reden.

Worüber sie sprechen, kommt in *Making a Monster* zum ersten Mal an die Öffentlichkeit. Mitschnitte von Aufnahmen, die Dr. Johnson gemacht hat, werden in der Doku abgespielt. Die beiden sprechen über Roberts Kindheit. Zwischendurch kommen immer wieder weitere Fachleute zu Wort, die das Gesagte einordnen.

Der Psychologe Dr. Adrian Needs beschreibt zum Beispiel, wie Missbrauch und Gewalt im Kindesalter die normale Entwicklung eines Jugendlichen verhindern. Weshalb Robert seine Gefühle nicht im Griff habe. Wie er aufgrund der Vernachlässigung durch die Eltern und die Gewalterfahrung nie gelernt habe, wie er sich gegenüber anderen verhalten solle. Seine Kindheit habe ihn gelehrt, anderen nicht zu vertrauen. Sie habe ihm beigebracht, dass die Welt ein gefährlicher und unversöhnlicher Ort sei, an dem er auf sich allein gestellt sei. Der forensische Pathologe Richard Sheperd bezeichnet Robert als eine Zeitbombe, die gebaut worden sei, als er ein Kind gewesen sei. Es sei nicht zu verhindern gewesen, dass er irgendwann explodieren würde. Was Robert als Kind erfahren habe, die Gewalt und den Missbrauch, habe seinen Hass auf Sexualstraftäter und Pädophile geschürt.

Robert spricht mit Dr. Johnson nicht über die Motivation hinter den Morden und nennt keine Details. Er sagt aber, dass er beim Töten an seine Eltern gedacht habe. Das hat er auch schon während der Verfahren den Richtern erzählt.

Über zwei Jahre lang sprechen Dr. Johnson und Robert miteinander. Sie reden über seine Vergangenheit und über die Auslöser für Roberts Wut. Er soll sich vorstellen, wie sein Vater auf dem leeren Stuhl in der Zelle sitzt. Anstatt in Rage zu verfallen, sagt er ihm nur: »Hör auf.« Der Psychologe fragt sich, was passiert wäre, wenn Robert früher passende Hilfe bekommen hätte. Hätten die Morde verhindert werden können? Und er stellt fest, dass Robert Fortschritte macht. Er öffnet sich, mit jeder Sitzung ein bisschen mehr.

Doch da wird Roberts Therapie von einem Tag auf den anderen beendet. Robert wird wieder in ein anderes Gefängnis verlegt – ins Woodhill Prison. Dort finden zwar keine Therapiestunden mehr statt, doch Robert kommt mit den Wachen gut zurecht und hat offenbar auch Kontakt zu anderen Häftlingen. Er spielt Schach mit den Wärtern, liest Bücher, hört Musik und schaut Fernsehen.

Dann die erneute Verlegung – zurück in seine gläserne Zelle in Wakefield.

Was genau hinter den schnellen Wechseln steckt, weiß niemand. Offenbar halten ihn die Verantwortlichen doch für zu gefährlich für ein normales Gefängnis. Dr. Johnson versucht mehrmals, Kontakt zu Robert aufzunehmen. Er schreibt ihm Briefe. Einmal erhält er eine Antwort. Es ist ein Zettel mit nur drei Worten darauf. »All alone now« steht da. Es ist das Jahr 2000.

Robert ist siebenundvierzig Jahre alt.

Und ganz allein.

Aus den Augen, aus dem Sinn

Im selben Jahr, 2000, schreibt Robert eine Reihe von Briefen an die Presse. Ein Antrag auf Lockerung der Haftbedingungen, insbesondere der Isolation, ist kurz zuvor abgelehnt worden. Robert berichtet, wie einsam er sei, wie depressiv. Dass er frustriert sei. Es sei den Verantwortlichen egal, ob er verrückt oder ein schlechter Mensch sei. Sie hätten keine Antwort, sie interessierten sich auch nicht dafür, solange er aus den Augen und damit aus dem Sinn verschwunden sei. Für sie sei er ein Problem, für das sie nur eine Lösung sehen würden: ihn lebendig in einem Betonsarg zu begraben.

Robert möchte einen Wellensittich haben, ein Buch, vielleicht Fernsehen schauen – oder eine Giftkapsel bekommen, um Suizid zu begehen. Ein Polizist aus dem Woodhill Gefängnis, in dem Robert kurze Zeit war, sieht den Mörder in der Zelle im Wakefield Prison und ist schockiert, wie verändert dieser aussieht. Robert schneidet sich weder die Haare noch stutzt er seinen Bart. Er bekommt einen neuen Spitznamen: »Wolf Man of Wakefield«.

Die Briefe sorgen für große Aufmerksamkeit und für erneute Diskussionen über Haftbedingungen. In der Dokumentation *Making a Monster* stellt der forensische Pathologe Dr. Shepherd sogar die moralische Gesinnung jener infrage, die jemanden über Jahrzehnte hinweg in einem Keller einsperren. Ob es denn wirklich so schlimm wäre, wenn Robert sein eigenes Leben beenden dürfte?

Auch heute noch werden diese Fragen debattiert. Mittlerweile sind Roberts Haftbedingungen gelockert worden. Robert hat Kontakt zu seinen älteren Brüdern aufgenommen, die letztendlich erst durch die Presse erfahren haben, dass Robert doch noch lebt und nicht, wie ihr Vater behauptet hatte, gestorben ist. Sein Neffe Gavin besucht ihn. Er bringt ihm Bananenshakes mit und sie essen Schokoriegel. Oft hat Gavin eine Thermoskanne mit heißem Wasser dabei sowie einige Teebeutel und sie machen sich Tee. Robert darf Musik hören und Fernsehen schauen. Er hat eine Playstation 2. Laut Gavin geht er abends um zehn Uhr ins Bett.

In der Doku *HMP Wakefield: Evil Behind Bars* erzählt Gavin, dass sein Onkel mittlerweile zufrieden in seiner Glaszelle sei. Robert habe akzeptiert, dass er Schlimmes getan habe und dass er dafür in dieser Zelle sterben werde. Die sei mittlerweile sogar zu einer Art Schutzraum für ihn geworden.

Doch Robert würde, das hat Gavin angeblich in einem Brief geschrieben, wieder töten, wenn er freigelassen würde. Die Gelegenheit dazu wird er jedoch nie bekommen. Der fast Siebzigjährige wird aller Voraussicht nach bis zu seinem letzten Tag in der Glaszelle im Keller des Wakefield Prison sein.

Dreiundzwanzig Stunden am Tag zwischen vier Plexiglasfenstern.

Bewacht von mehreren Wachen.

Seit nun beinahe vier Jahrzehnten.

So lange wie kein anderer Gefangener auf der ganzen Welt vor ihm.

MORD IM PARADIES

Fall 2: Die Galapagos-Affäre

»Es könnte so schön sein auf der Erde, wenn die Menschen keine Tiere wären ...«

Weit, weit weg

Einfach mal aussteigen aus dem Alltag, raus aus der Zivilisation und rein in die Natur – wer hat sich das nicht schon einmal gewünscht? Kein Autolärm mehr, keine Abgase, keine To-do-Listen und auch kein Termingehetze. Keine fremden Stimmen, die durch die Wände der Nachbarwohnung dringen, kein Türenschlagen und In-der-Schlange-Stehen.

Es ist der Wunsch nach Einsamkeit, nach einem Leben frei von den Zwängen bürgerlicher Konventionen, der Dr. Friedrich Ritter im Oktober 1929 dazu veranlasst, dem immer weiter wachsenden Berlin den Rücken zuzukehren und sein Glück auf einer unbewohnten Insel im Pazifik zu suchen. Unberührte Natur, so weit das Auge reicht, schwebt ihm vor. Pflanzen, die er noch nie gesehen hat. Tiere, wie er sie bisher nur aus Büchern kennt. Einsame Strände und warmer Sand, in den er seine Zehen eingraben kann – und über all dem eine wunderbare Ruhe.

Es ist die Suche nach Glück, die Ritter antreibt – ein Glück, das er in seinem Leben bisher nicht erlebt hat. Er wächst in einem nur scheinbar idyllischen Dorf in Südbaden auf. Seine Kindheit ist zutiefst unglücklich. Schuld daran ist vor allem ein sehr strenger Schulmeister, der dem kleinen Friedrich gegenüber mit Härte und Unnachsichtigkeit auftritt – zwei Eigenschaften, die den Jungen quälen und die er dennoch nachhaltig verinnerlichen und später in seinem Erwachsenenleben selbst anderen gegenüber an den Tag legen wird.

Ritter studiert Medizin und Zahnheilkunde in Freiburg, später noch Chemie und Naturwissenschaften. Dabei bleibt er die ganze Zeit im Süden Deutschlands und zieht nie weit von seinem Heimatort fort. Er heiratet und beginnt schließlich, sich im Selbststudium mit Philosophie und Religion auseinanderzusetzen.

Nach seiner Zeit als Kriegsfreiwilliger im Ersten Weltkrieg zieht Ritter nach Berlin und eröffnet dort eine Arztpraxis. Es scheint jedoch keine Berufsbezeichnung zu geben, die allumfassend auf ihn zuträfe: Chemiker oder Erfinder, Techniker oder Arzt, Naturwissenschaftler oder Philosoph – dieser nach Erkenntnis strebende Mann ist von alledem ein bisschen. Vor allem aber ist er Lebensreformer und Zivilisationskritiker.

Damit ist er in jener Zeit kein Sonderling – vielmehr schlägt die Lebensreformbewegung seit Mitte des 19. Jahrhunderts in vielen Menschen in Deutschland und der Schweiz eine Saite an; Menschen, die genug haben von Industrialisierung, Materialismus und Urbanisierung. Menschen, die danach streben, so zu leben, wie es dem Menschen von seiner Natur her vorgegeben ist – im Einklang mit seiner Umwelt und in engster Verbundenheit mit ihr.

Als große Inspiration dient Ritter dabei der Philologe und Philosoph Friedrich Nietzsche. Nietzsche zweifelt an den gängigen Vorstellungen vom Menschen, von Gott und der Moral, und auch an dem Konzept von Gut und Böse. Seinen Aussagen nach ist der Mensch etwas, das überwunden werden muss. Er müsse seine äußeren Existenzverhältnisse umgestalten, um zu einem neuen Verständnis des Seins zu gelangen und so den Status des Übermenschen zu erringen. Nichts anderes will Ritter letztendlich auf seiner einsamen Insel ausprobieren: Er will die äußersten Grenzen des Menschseins austesten und über das Bekannte und Gängige hinausgehen. Vor allem will er beweisen, dass der Mensch allein durch vegetarische Ernährung, ohne Luxus und die Errungenschaften der Zivilisation hundertvierzig Jahre alt werden kann.

Die Galapagosinseln, ein Archipel aus rund hundertdreißig Inseln, von denen die meisten bis heute nicht bewohnt sind, sind Ritters Ziel, als er 1929 aufbricht, um Weltwirtschaftskrise, Inflation und Arbeitslosigkeit hinter sich zu lassen. Seine Erlebnisse auf der Insel wird er in Briefen festhalten, die noch heute erhalten sind und als Sammelband unter dem Titel *Als Robinson auf Galapagos* veröffentlicht wurden. In ihnen wird er seinen Versuch beschreiben, einen neuen, bahnbrechenden Weg für die Menschheit zu ebnen. Seine radikale Rückkehr an den Ursprung des menschlichen Lebens lässt ihn ein bisschen wie den biblischen Adam erscheinen, der als erster Mensch im Paradies lebte. Tatsächlich werden ihn später viele Zeitungen als solchen betiteln.

Doch ein Adam braucht natürlich auch eine Eva …

Mit Eva ins Paradies

Diese Eva findet der verheiratete Dr. Ritter unter seinen Patientinnen: Dore Strauch, eine junge Lehrerin, die an Multipler Sklerose leidet, einer sehr schmerzhaften und chronischen Erkrankung des zentralen Nervensystems. Dabei entzünden sich die Nerven, was schlimme Schmerzen, Seh- oder Gefühlsstörungen, aber auch Lähmungen auslösen kann. Doch als seine spirituelle Schülerin und Geliebte will Dore den Weg, für den Ritter sich entschieden hat, mit ihm gehen. Sie ist begeistert von seinen lebensreformistischen Ansätzen und verehrt den intelligenten, gebildeten und mutigen Doktor. Sie selbst ist ebenfalls verheiratet und verlässt ihren Ehemann, um sich ganz auf ihren Friedrich konzentrieren zu können. Um gemeinsam mit ihm nach dem großen Ideal zu streben, gibt sie alles andere auf.

Zu diesem Zeitpunkt ist Dore Ende zwanzig und für Ritter, der inzwischen dreiundvierzig ist, vermutlich genau die Bestätigung, die er braucht. Einem Leben als Adam und Eva im Paradies steht also nichts mehr im Weg. Gemeinsam wollen sie das Abenteuer wagen. Wie ernst es die beiden mit ihrer Umstellung auf ein Leben fern der Zivilisation meinen, zeigt sich an einem besonderen Detail: Vor ihrer Abreise lassen sich Friedrich und Dore all ihre Zähne ziehen, um auf der Insel keine Zahnschmerzen erleiden zu müssen. Sie haben ein Gebiss aus Stahl dabei, das sie sich zum Kauen teilen werden.

Doch schon der Start in ihr neues Leben verläuft weitaus holpriger, als Ritter sich das ausgemalt hat. Der Dampfer, der sie über den Atlantik bringen soll, verspätet sich um achtundzwanzig Stunden. Die Reise selbst ist – für eine Überfahrt dritter Klasse – angenehm. Vier Wochen später kommen die beiden an, vorerst in Ecuador, um bei den ecuadorianischen Behörden vorstellig zu werden. So ganz ohne Bürokratie, die die beiden ja eigentlich hinter sich lassen wollen, scheint das Auswandern nicht zu funktionieren. Ihre Papiere deponieren sie im deutschen Konsulat, denn damit können sie in ihrem Paradies nun wirklich nichts anfangen.

Schon bald haben Dore und Friedrich entschieden, auf welcher der Galapagosinseln sie sich niederlassen möchten: Floreana. Rund hundertsiebzig Quadratkilometer ist sie groß und hat einen entscheidenden Vorteil: Hier gibt es nichts – gar nichts. Keine Reichtümer, die Schatzsuchende anziehen könnten. Keine Infrastruktur, die andere Auswanderer einladen könnte, sich ebenfalls dort niederzulassen. Dafür aber eine Süßwasserquelle, die auf den Galapagosinseln eher selten, jedoch unverzichtbar für ihr Vorhaben ist.

Ende August 1929 setzen Friedrich und Dore schließlich von Ecuador mit einem Segelboot zu den Galapagosinseln über. Bevor sie sich endgültig auf Floreana niederlassen können, müssen die beiden auf den bereits bewohnten Inseln des Archipels Antrittsbesuche erledigen – das gehört sich einfach so. Die Inselbewohner zeigen sich als sehr gastfreundlich und versuchen sogar, die beiden Deutschen zum dauerhaften Bleiben bei sich zu überreden. Doch die lehnen immer wieder höflich ab. Denn sie haben ja ein klares Ziel vor Augen: ihr eigenes, unberührtes Paradies – die ultimative Einsamkeit, fernab jeglicher Zivilisation.

Am Morgen des 17. September 1929, so erinnert sich Ritter in einem seiner Briefe, »liegt Floreana [endlich] vor uns, seine drei höchsten Berge, 500 bis 600 Meter hoch, sind in Wolken gehüllt. […] Die ganze Insel erscheint grün bewachsen; aber wir wissen auch, was für Felsen sich unter diesem ›Teppich‹ verbergen können.«

Tatsächlich ist das Leben auf den Galapagosinseln nicht so paradiesisch, wie man sich das vielleicht vorstellen möchte. Natürlich, es gibt glasklares Wasser, in dem sich der blaue Himmel spiegelt, und viele weitläufige Strände. Das kommt der Idee vom Paradies, wie sie hierzulande verbreitet ist, schon sehr nah. Doch die Inseln sind vulkanischen Ursprungs, das heißt, dass es viel steiniges Land gibt, das zudem noch sehr trocken ist. Süßwasser ist hier nur sehr begrenzt vorhanden und die UV-Strahlung ist extrem hoch.

Die Galapagosinseln sind auch der Ort, an dem sich Evolution so gut beobachten lässt wie nirgendwo sonst auf der Welt. Hier kam Charles Darwin vor knapp zweihundert Jahren die Erkenntnis, dass nur die am besten angepassten Arten auf Dauer überleben können. Tiere und Pflanzen, die zum Beispiel vom Wind hergeweht oder angeschwemmt wurden und hier überleben wollten, mussten sich schnell und radikal anpassen. Das gelang nur wenigen. Die Riesenschildkröte schafft es zum Beispiel, hier zu existieren, weil sie gelernt hat, sich so langsam zu bewegen, dass sie fast keine Energie dabei verbraucht. Der Überlebensvorteil der Spottdrossel wiederum liegt darin, dass sie über die Jahrhunderte hinweg einen spitzen Schnabel entwickelt hat, mit dem sie andere Vögel verletzen und so deren Blut trinken kann.

Etwa hundert Jahre vor der Ankunft von Friedrich Ritter und Dore Strauch, also aus heutiger Perspektive vor fast zweihundert Jahren, wurde Galapagos zum ersten Mal besiedelt. Das ist noch gar nicht so lange her und auch der Grund, warum man den wilden Tieren hier so nah kommen kann wie sonst nirgendwo: Sie hatten ganz einfach zu wenig Zeit, um zu lernen, dass ihnen die Menschen gefährlich werden können. Das lässt sich auch heute noch beobachten – an den für die Galapagosinseln typischen Seelöwen, die sich ganz selbstverständlich neben Touristen tümmeln; an den Spottdrosseln, die gern mal auf Trinkflaschen der Touristen klopfen; oder an den Riesenschildkröten, die viel zu träge sind, um den Weg für die Menschen freizuräumen.

Die beiden Deutschen kommen jedoch, um im Einklang mit der Natur zu leben. Sie wollen sich ausschließlich vegetarisch ernähren, weshalb die Tiere nichts von ihnen zu befürchten haben. Zumindest ist das der Plan, als Friedrich und Dore beginnen, sich auf Floreana einzurichten. Sie müssen zügig eine Hütte bauen, die ihnen Schatten spendet und sie vor der sengenden Sonne schützt. Außerdem brauchen sie einen Garten, um Obst und Gemüse anzubauen. Sie wählen den Fuß eines großen vulkanischen Bergkegels, um sich dort niederzulassen.

Doch schon bald kommen Dore und Friedrich Bedenken, dass es mit ihrer vegetarischen Ernährung schwierig werden könnte. Gerade jetzt am Anfang erbringt ihr Garten noch nicht genug Ertrag, um von dem Obst und Gemüse vollständig satt werden zu können. Die beide haben zudem, wie Ritter in einem seiner Briefe schreibt, »unüberwindliche Arbeit mit dem Ausrotten der dornigen, zähen, krummen und harten Akazien«. Ihr Vorrat an Hülsen- und Mehlfrüchten sowie an Fett ist zudem schneller als geplant aufgebraucht, sodass die beiden zwangsweise auf Fleisch angewiesen sind.

Glücklicherweise gibt es auf Floreana – einem einstigen Piratennest – auch Populationen von Schweinen und Hühnern sowie von wilden Eseln, Rindern, Ziegen, Hunden und Enten – Nachkommen von Tieren, die von den Piraten hier zurückgelassen wurden. Wirklich froh sind die beiden Deutschen über diesen Umstand allerdings nicht. Sie beklagen sich vielmehr über die Sandflöhe und anderes Ungeziefer, das diese Tiere mit sich bringen.

Als unerwartete Unterstützung bei der Nahrungsbeschaffung kommt den beiden ein junger Mann zu Hilfe, der ebenso wie die anderen Einheimischen immer mal wieder auf Floreana vorbeischaut. Er geht für Friedrich und Dore jagen und bewahrt sie damit davor, Hunger zu leiden. Doch trotz aller Hilfe hätte Ritter es lieber, wenn der junge Mann sie in Ruhe lassen würde. Mit überraschender Selbstverständlichkeit erhebt er den alleinigen Anspruch auf die Insel.

Allen Widrigkeiten zum Trotz leben Dore und Friedrich sich in ihrem neuen Zuhause ein. Schon bald verlieren die beiden jedes Zeitgefühl, sie orientieren sich am Mond, am Stand der Sonne. Allerdings scheint der Traum vom Paradies für die beiden auf ganz unterschiedliche Art und Weise wahr zu werden. Denn während Friedrich tagaus, tagein Briefe schreibt und philosophischen Betrachtungen nachhängt, muss Dore trotz ihrer Erkrankung den Großteil der Arbeit in Garten und Haushalt erledigen. Obwohl die beiden doch vorhatten, ein ganz neues und alternatives Leben zu führen und sämtliche Konventionen hinter sich zu lassen, ist und bleibt die Rollenverteilung auf der Insel die althergebrachte.

Ritter sieht seine Aufgabe in erster Linie darin, ihre Erlebnisse auf der Insel für die Nachwelt festzuhalten und damit den Erfolg seines reformistischen Experiments zu belegen. Stundenlang widmet er sich dieser aus seiner Sicht erhabenen Tätigkeit – seine Briefe sind gespickt mit Zitaten von Nietzsche, um seinen intellektuellen Anspruch zu unterstreichen.

Am Strand von Floreana gibt es eine hölzerne Tonne, die als Postkastenbox dient. In diese Tonne kann man Briefe hineinlegen. Wenn dann ein Boot zur Insel kommt, um die Wasservorräte aufzufüllen, nimmt die Besatzung die Briefe mit und bringt sie auf dem Festland zur Post. Seine Briefe über ihr idyllisches Leben in Einsamkeit schickt Friedrich nicht etwa an Familie, Kollegen oder Freunde, sondern an große Zeitungshäuser in aller Welt. Er will seine Philosophie verbreiten – doch noch viel mehr sehnt sich der Arzt nach Anerkennung für seinen Pioniergeist und sein Einsiedlerleben. Dass sein eigentliches Ziel war, der Welt zu entfliehen, sich von den von außen aufoktroyierten Denkmustern zu befreien, ficht ihn dabei nicht an. Durch seine Briefe liefert er sich jedoch erneut der Meinung seiner Umwelt aus und führt so seinen Plan von der paradiesischen Abgeschiedenheit ad absurdum.

Während sich Ritter also dem Schriftverkehr mit der Außenwelt hingibt, vernachlässigt er seine Partnerin im Laufe der Zeit zunehmend. Dores anfängliche Euphorie schlägt schon bald in Verzweiflung um. Ihr vergötterter Friedrich entpuppt sich als Egomane. Wenn die Dinge nicht so laufen, wie er es sich vorstellt, bekommt sie jene

Härte und Unnachsichtigkeit zu spüren, die schon seine Kindheit geprägt haben. Von dem faszinierenden Mann, der sie mit seiner inspirierenden Energie dazu gebracht hat, ihm in die Einöde zu folgen, ist in solchen Augenblicken nichts mehr zu spüren. Frustriert gräbt sie im Garten, während Ritter in seiner Hütte schreibt und schreibt und schreibt …

Fern der Zivilisation?

Es dauert nicht lange, da zieren Friedrich und Dore viele Titelseiten rund um den Globus. Man bezeichnet die beiden als die modernen Robinsons von Galapagos, als Adam und Eva im pazifischen Garten Eden. »Nackt und frei unter Palmen« titeln die Blätter. »Ein Leben ohne Tabus« und »Glückssucher auf einsamer Insel«.

Durch die Briefe wird der US-amerikanische Ölmillionär Captain George Allan Hancock auf Friedrich und Dore aufmerksam. Er ist mit seiner Yacht in den Gewässern um die Galapagosinseln unterwegs, um Tiere für amerikanische Zoos zu sammeln. Hancock besucht die beiden auf Floreana und ist beeindruckt von ihrem ambitionierten Experiment. Gleichzeitig versorgt er sie mit Luxusgütern aus der Zivilisation: Dore bekommt weiße Turnschuhe und Friedrich ein Gewehr geschenkt. Er bringt ihnen auch gutes Essen mit auf die Insel, wobei das leider nicht nur vegetarisch ist, und führt Adam und Eva so immer wieder in Versuchung. »Unser größter Feind ist und bleibt auch hier – die Fresssucht«, schreibt Friedrich in einem seiner Briefe. Ob Gott sie wohl mit dieser Fülle von Leckerbissen überschüttet habe, um ihnen den Kampf gegen diese möglichst schwer zu machen, fragt er sich.

Captain Hancock hat bei seinen Erkundungsfahrten immer einen Kameramann an Bord, der auch das Treffen mit Friedrich und Dore filmt. Die Filmaufnahmen der Begegnungen mit dem Captain existieren noch heute.

Mit schöner Regelmäßigkeit steuert Hancock die Insel an und bringt jedes Mal andere Geschenke mit. Bei einem Besuch bereitet er Dore eine besondere Überraschung: Er hat ein mobiles Zahnlabor dabei, sodass Dore ein neues, künstliches Gebiss erhält. Die junge Frau ist darüber ganz aus dem Häuschen. Stolz grinst sie mit ihren neuen Zähnen in die Kamera. Es scheint, als wäre der Vorschlag mit dem Zähneziehen Friedrichs Idee gewesen – eine Idee, zu der Dore schlicht nicht Nein sagen konnte …

Schon bald werden Hancocks Besuche zum Highlight des Insellebens, denn Friedrich und Dore dürfen ihn immer mal wieder auf seiner Jacht besuchen. Dort kommen sie in den Genuss von etwas, das es so auf Floreana nicht gibt: Kultur. Hancock ist ein begnadeter Cellist und freut sich, vor Publikum zu spielen. Während Friedrich und Dore den Tönen lauschen, merken sie erst, wie sehr ihnen Musik gefehlt hat. Und wie schön es ist, auch einmal andere Menschen als den eigenen Partner oder die Partnerin zu treffen.

Mehr und mehr wird deutlich, dass Friedrich und auch Dore sich der Zivilisation, die sie doch eigentlich hinter sich lassen wollten, nicht gänzlich entziehen können – oder wollen. Die Außenwelt hat eine fast soghafte Wirkung auf die beiden. Ritter beginnt, sich regelrecht nach den Zeitungen zu sehnen, die ihm die Schiffe mitbringen. Neben den aktuellen Schlagzeilen erhält er stapelweise Fanpost, die er begierig liest. Das, was Ritter ursprünglich vermeiden wollte, wird langsam, aber sicher zu einer Droge für ihn. Vor allem aber wecken seine Berichte aus dem Paradies – das er doch für sich ganz allein behalten will – in der gesamten Welt Begehrlichkeiten. In Deutschland ist sogar von einer regelrechten »Robinson-Psychose« die Rede. Mit Entsetzen quittiert Ritter in einem seiner Briefe die Berichte, einige Begeisterte seien bereits unterwegs nach Floreana: »Unsere Oase ist so klein, dass ganz unmöglich noch für eine weitere Siedlung Platz ist.«

Die Welt dringt ein

Doch all seine Warnungen nützen nichts. Immer wieder tauchen Neugierige auf, die ihr Glück auf Floreana versuchen wollen. Aber zu Ritters Erleichterung brechen sie alle das Vorhaben nach einiger Zeit wieder ab. 1931 jedoch, also zwei Jahre, nachdem Friedrich und Dore auf die Insel gekommen sind, erreicht eine kleine Kölner Familie Floreana – und bleibt. Heinz Wittmer und seine dreizehn Jahre jüngere Frau Margret, die im sechsten Monat schwanger ist, wollen hier einen Neustart versuchen. Mit dabei ist auch Heinz' Sohn aus erster Ehe, der an schweren Lungen- und Augenkrankheiten leidet. Die Wittmers hoffen, dass die frische Inselluft dem Jungen guttun wird.

Doch seine Gesundheit ist nicht der einzige Grund, der die Familie aus Köln vertrieben hat: Die Familie will der Weltwirtschaftskrise entfliehen. Heinz hatte eine Anstellung als Privatsekretär des Kölner Oberbürgermeisters, dessen Name heute noch bekannt ist: Konrad Adenauer, der später der erste Bundeskanzler der Bundesrepublik werden wird. Doch die Umstände erlaubten es der jungen Familie nicht länger, in Köln zu verweilen. Bevor die Inflation ihr letztes Geld auffressen kann, investierten sie es in Tickets für die Überfahrt. Zwei Monate später kommt die Familie schließlich mit Kisten, Körben und Säcken voller Hausrat und Saatgut auf Floreana an.

Die Wittmers hoffen nun auf Unterstützung ihrer neuen Nachbarn, doch zu ihrem großen Erstaunen werden sie von diesen schroff abgewiesen. Gerade Friedrich ist ganz und gar nicht begeistert über die Eindringlinge in seinem Paradies. Das hier ist sein Platz! Die Kölner sollen sich lieber nicht zu nah neben ihnen niederlassen, und helfen wird er nur im äußersten Notfall.

Die Familie findet zunächst Unterschlupf in einer alten Piratenhöhle am Fuß eines erloschenen Vulkans. Doch schon bald beginnen sie mit dem Bau ihrer eigenen Hütte – schließlich brauchen sie ein richtiges Dach über dem Kopf, wenn das Baby erst einmal da ist. Der Bau wird von den Berliner Nachbarn genauestens und kritisch beäugt. Friedrich und Dore müssen vermutlich sehr zu ihrem Missfallen feststellen, dass das Haus der Neuen viel gemütlicher wird als ihr eigenes Heim. Sie probieren sich nämlich seit geraumer Zeit an einem Kugelhaus in luftiger Höhe, mit dem sie nicht so recht vorankommen.

Das Zusammenleben gestaltet sich nicht nur wegen Ritters Anspruchs auf die gesamte Insel schwierig, sondern auch weil die Familien von ihrer Art her völlig unterschiedlich sind. Die Wittmers sind pragmatisch, realistisch, packen lieber an, als viel zu reden, und haben auch für Philosophie nicht viel übrig. Immer wieder kommt es zu Reibereien zwischen den beiden Familien. Doch dank ihrer unvoreingenommenen Art schaffen die Wittmers es, sich mit ihren doch sehr seltsamen Nachbarn zu arrangieren. Es ist zwar kein freundliches Miteinander, doch man hilft sich, wenn es sein muss, und geht sich ansonsten aus dem Weg. So bringt Ritter das Baby der Wittmers zur Welt, das einige Monate nach ihrer Ankunft geboren wird. Rolf heißt der kleine Sohn. Er ist der erste hier auf Floreana geborene Insulaner. Im Gegenzug versorgt Heinz die Ritters mit Schinken. Dafür drücken die beiden Vegetarier ernährungstechnisch gern ein Auge zu.

So etwas wie ein Alltag beginnt sich bei den Bewohnern von Floreana einzustellen. Und wäre es bei den beiden Familien geblieben, dann hätte es wohl klappen können mit dem alternativen Leben auf der Insel. Doch dann kommt es zum Sündenfall im Paradies und der Frieden ist endgültig vorbei.

Die Kaiserin von Floreana

Eine rätselhafte Frau taucht auf Floreana auf. Sie trägt Reithosen, hohe Stiefel und schwingt eine Reitpeitsche. An ihrer Hüfte steckt ein Revolver, an ihrer Seite stehen zwei junge Männer. Es ist Oktober 1932, Friedrich und Dore sind mittlerweile seit drei Jahren auf der Insel.

Der Name der Frau: Eloise Wagner de Bousquet, eine Baronin aus dem österreichischen Adelsgeschlecht, so sagt sie zumindest. Ihren Hofstaat führt sie mit strenger Hand. Robert Philippson und Rudolf Lorenz, so heißen ihre beiden Diener … und Liebhaber. Konflikte und Rangordnung klären die beiden mit Fäusten, während Eloise sie in ihrem Netz aus Dominanz und Verführung gefangen hält.

Die Baronin kommt, um zu herrschen. Sie will auf der Insel ein Luxushotel bauen, einen Namen dafür hat sie auch schon: »Hacienda Paradiso«. Ein internationaler Treffpunkt der Schönen und Reichen.

Wenig überraschend kann Ritter diese Frau ganz und gar nicht leiden. Eloises Pläne sind das genaue Gegenteil der Vision, die ihn und Dore ursprünglich auf die Insel gebracht hat: ein isoliertes Leben in unberührter Natur ohne den Schnickschnack der Zivilisation. Und keine reichen Leute, die im Paradies Feste feiern wollen und wahrscheinlich noch ihren Müll überall herumliegen lassen.

Auch bei den Wittmers eckt Eloise mit ihrer dominanten Art an. Das Trio um Eloise erhebt Anspruch auf die einzige Süßwasserquelle, bringt einen großen Teil der sowieso schon überschaubaren Inselressourcen an sich und scheut sich nicht, zu diesem Zweck Gewalt anzuwenden. Dabei machen sie auch vor dem Milchpulver, das Captain Hancock bei einem seiner Besuche für den neugeborenen Sohn der Wittmers mitgebracht hat, nicht halt. Sie stehlen es und bieten es anschließend den frischgebackenen Eltern zu Wucherpreisen an. Das Trio nutzt das Milchpulver selbst für seine Bar, denn auf einen feinen Cocktail wollen die drei natürlich nicht verzichten, wenn sie schon einmal im Paradies sind.

Gleichzeitig nimmt die Baronin Kontakt zum ecuadorianischen Gouverneur auf und verlangt von ihm, die ganze Insel in ihren Besitz zu überschreiben. Tatsächlich spricht der Gouverneur ihr mehr als tausend Hektar zu, während die Wittmers nur zwanzig Hektar erhalten. Auch die Ritters bekommen nicht viel mehr. Das sorgt für Neid und extremes Unverständnis bei den Familien.

Eloise kontrolliert sogar die Post. Zudem lässt sie sich in amerikanischen Magazinen als »Kaiserin von Floreana« feiern – und sie verhält sich auch diesem Titel entsprechend. Besucher, die Eloise nicht passen, schießt diese einfach mit ihrem Revolver an. So verirrt sich einmal ein Däne nach Floreana und überlebt seinen Bauchschuss nur durch Ritters sofortiges Eingreifen. Die vermeintliche Baronin schießt auch wilde Hunde an, um sie anschließend zu zähmen. »Hunde sind wie Männer«, lässt sie sich in einem der vielen Zeitungsberichte zitieren. »Wenn sie nicht freiwillig folgen, muss man sie mit Gewalt dazu bringen. Dann pflegt man sie und sie bleiben.«

Der Revolver ist der Grund, warum Eloise sich dieses Benehmen überhaupt leisten kann. Die anderen haben Angst vor ihr, denn die Baronin hat viele psychopathische Eigenschaften: Sie ist manipulativ, impulsiv, narzisstisch und kennt keine Schuldgefühle, sie lügt, betrügt, ist aggressiv und kriminell. Sie setzt ihr Äußeres ein, um Männer um den Finger zu wickeln, und hasst es, die Kontrolle zu verlieren. Das zeigt sich besonders deutlich, als Philippson, einer ihrer zwei Liebhaber, einen Brief aus der Heimat erhält, in dem steht, dass seine Mutter schwer krank sei. Eloise droht ihm, dass er nicht wieder zurückkommen dürfe, wenn er einmal gehe.

Auch ihr anderer Liebhaber Lorenz hat es nicht leicht: Er leidet unter der strengen Hand der Baronin, seelisch und körperlich. Sie lässt Lorenz die niedrigsten Arbeiten verrichten, macht ihn zu einer Art Haussklaven. Eloise wendet ihre Gunst Philippson zu, der Lorenz regelmäßig grün und blau schlägt. Dieser sieht nun keinen anderen Ausweg mehr, als zu fliehen. Bei den Wittmers findet Lorenz Unterschlupf, Friedrich Ritter hat den Hilfesuchenden zuvor abgewiesen.

Auch die Beziehung zwischen Friedrich und Dore hat sich weiter verschlechtert. Die vielen Stunden, die Dore trotz Schmerzen allein im Garten schuften muss, während er sich seiner Korrespondenz hingibt, haben ihr die Augen geöffnet. Die anfängliche Euphorie ist gewichen. Außerdem benimmt sich Friedrich ihr gegenüber zunehmend abfällig, immer häufiger demütigt er sie vor anderen, misshandelt sie angeblich sogar körperlich.

Tod im Paradies

All das klingt fast schon zu absurd, um wahr zu sein. Tatsächlich erinnert die Geschichte an William Goldings *Herr der Fliegen* – wo es eine Gruppe von Jungen in die Isolation verschlägt und das Zusammenleben immer gesetzloser und gewalttätiger wird – oder an eine grausame Version des *Dschungelcamps*. Gerade letzterer Vergleich ist gar nicht so abstrus, denn die Baronin, aber auch Friedrich, lebt auf Floreana nicht nur für sich, sondern für die Augen der Öffentlichkeit.

Und die Kameras sind nicht weit.

Der Ölmillionär Hancock möchte bei einem seiner Besuche einen Film auf Floreana drehen, basierend auf einer fiktiven Geschichte, mit der Baronin in der Hauptrolle. Regie dafür soll angeblich ein Hollywood-Regisseur führen, der zu diesem Zeitpunkt in einer Karrierekrise steckt und hofft, mit der ungewöhnlichen Besetzung einen großen Kassenschlager zu landen. Doch wer sich heute die Probeaufnahmen anschaut, sieht schnell: Schauspielerisch ist die Baronin recht unbegabt, die Aufnahmen wirken künstlich. Es scheint vielmehr, als drehten die Inselbewohner ihren eigenen Horrorfilm im Paradies.

Die Probeaufnahmen existieren noch heute, ebenso wie das Filmmaterial, das Hancocks Kameramann von dessen Besuchen auf der Insel gemacht hat. Man kann sich Ritter und die anderen damit in zwei Rollen anschauen: einmal, wie sie in echt waren, einmal als Charaktere in einem Film. Denn überraschenderweise spielt auch Ritter in dem Film mit – konnte er einmal mehr dem Lockruf des Ruhms nicht widerstehen?

Während vor der Kamera eine Show abgezogen wird, spitzt sich die Situation hinter den Kulissen immer weiter zu. Neid, Gier und Habsucht erschweren das Zusammenleben der drei Parteien mehr und mehr. In einem Brief schreibt Ritter dazu einige Zeilen, die nachdenklich stimmen: »Es könnte so schön sein auf der Erde, wenn die Menschen keine Tiere wären. Fern der Zivilisation zeigt es sich viel ausgesprochener, ob der Heilige oder das Tier im Menschen siegt. In 99 Prozent siegt das Tier, und die dünne Kulturschicht Mensch wird zur blassen Tünche.« Wie eine Welle rollt das drohende Unheil auf die Insel zu. Eine Welle, die niemand mehr stoppen kann.

Doch vorerst sieht es so aus, als würde der Hauptquell der meisten Streitigkeiten – die Kaiserin von Floreana – die Insel verlassen. Zigaretten und Alkohol gehen zur Neige, sehr zum Missfallen der Baronin und ihres nun ja einzigen Liebhabers Philippson. Vom Leben in Saus und Braus, das die beiden sich erträumt haben, entfernt sich ihr Dasein immer mehr. Die Pläne für die »Hacienda Paradiso« sind zum

Scheitern verurteilt – mehr als eine Hütte ist das Luxushotel der Baronin nämlich nicht. Es will sich einfach kein Investor dafür finden. Die Kaiserin hat von ihrem Reich die Schnauze voll.

Die Wittmers sind dennoch ziemlich überrascht, als Eloise am 26. März 1934 verkündet, mit Philippson auf einer der Luxusjachten, die gelegentlich zu Besuch vorbeikommen, fortfahren zu wollen. Die beiden haben vor, woanders einen Neustart zu versuchen. Und tatsächlich verschwinden die beiden Draufgänger kurz nach der Ankündigung und werden niemals wiedergesehen.

Nur, dass an diesem Tag gar keine Jacht auf Floreana angelegt hat …

Gemeinsam durchsuchen die anderen Inselbewohner das Haus der Baronin und wundern sich, dass diese ihr gesamtes Hab und Gut dagelassen hat. In der darauffolgenden Zeit kommt es den Insulanern seltsam vor, dass sie von Eloise nie wieder etwas in den Zeitungen lesen. Warum sollte die publicitysüchtige Baronin plötzlich darauf verzichten, die Aufmerksamkeit der Öffentlichkeit zu suchen? Dass sie alle an jenem Tag des Verschwindens Schüsse gehört haben – darüber sprechen sie nicht. Niemand versucht herauszufinden, was es damit auf sich gehabt hat. Denn auch wenn die Wittmers mit den Ritters nicht viel gemein haben: Beide Parteien sind nicht gerade traurig, dass die peitscheschwingende Baronin fort ist.

Der Vorhang fällt

Kurz darauf verlässt Lorenz, der verstoßene Liebhaber, die Insel mit einem Brief von Ritter an ihren Freund, den Millionär Captain Hancock. Er soll ihn auf dem Festland in die Post geben. In dem Brief steht ein Hilferuf der Ritters: »Retten Sie uns. Wir sind Zeugen eines Mordes geworden. Und nun erwartet jeden von uns eine tödliche Kugel irgendwo im Busch.« Der Brief erreicht Hancock tatsächlich – und so erfährt die Welt von dem Drama, das sich auf Floreana zugetragen hat – und das noch längst nicht zu Ende ist …

Hancock macht sich sofort auf den Weg – und entdeckt auf einer anderen Galapagosinsel die Leichen zweier Schiffbrüchiger. Eine der

Leichen ist Lorenz, der Floreana einige Monate zuvor auf einem norwegischen Fischerboot verlassen und Ritters Brief bei der erstbesten Gelegenheit in die Post gegeben hatte. Wie und wo genau er das geschafft hat, ist nicht ganz klar. Offenbar ist er dann jedoch bei der Weiterfahrt verunglückt. Der andere Tote ist der Fischer, dem das Boot gehört hat. Von dem Schiffsjungen, der die beiden begleitet hat, fehlt jede Spur.

So panisch der Brief der Ritters geklungen hat, so wenig geschieht, als Hancock die Insel schließlich erreicht. Die Angst scheint sich gelegt zu haben, Friedrich und Dore bleiben auf der Insel. War der Brief möglicherweise nur ein Trick Friedrichs, um die Aufmerksamkeit im Falle einer polizeilichen Ermittlung von sich auf einen unbekannten Dritten zu lenken? Die Mittel, um die Baronin und ihren Geliebten zu töten, hätte er gehabt, schließlich hat ihm Hancock selbst vor einiger Zeit ein Gewehr als Geschenk mitgebracht. Auch ein Motiv hätte Ritter nicht gefehlt – ebenso wenig wie den Wittmers oder Lorenz. Immerhin hat die Baronin sie während ihrer Zeit auf der Insel allesamt gegen sich aufgebracht …

Am 21. November 1934, also ein halbes Jahr nach dem Verschwinden der Baronin, geschieht ein Unglück: Der Vegetarier Friedrich Ritter stirbt an einer Fleischvergiftung. Kurz zuvor hat er schlecht gewordenes Hühnerfleisch gegessen, das Dore ihm zubereitet hatte. Ein Unfall? Angeblich wusste Friedrich, dass das Fleisch nicht gut war – allerdings vermied er es strikt, Lebensmittel wegzuwerfen, selbst verdorbene.

In ihren Memoiren *Postlagernd Floreana* schreibt Margret Wittmer viele Jahre später, dass Dore ihren Geliebten vergiftet habe, weil sie es mit ihm nicht länger aushalten konnte. Dore habe ihr außerdem von Friedrichs Überlegungen erzählt, sie selbst, Dore, nach Deutschland zurückzuschicken und dafür seine Ehefrau aus Berlin kommen zu lassen … Noch ein Grund mehr für Dore, um sich von ihrem Tyrannen zu befreien? Mit seinem letzten Atemzug soll Friedrich Dore verflucht haben – ein Fluch, der angeblich bis heute auf der Insel lastet. Doch in ihren eigenen Memoiren bestreitet Dore die Tat. Friedrich sei an einem Herzinfarkt gestorben.

Für Dore endet mit Friedrichs Tod der große Traum vom Paradies. Noch im selben Jahr kehrt sie nach Deutschland zurück, das mittlerweile von den Nazis beherrscht wird, und stirbt dort – zehn Jahre nach ihrem Abschied von Floreana – im Alter von einundvierzig Jahren an einer Herzerkrankung.

Doch was ist in diesem blutigen Jahr 1934 auf Floreana wirklich geschehen? Diese Frage stellen sich alle, die Ritters Experiment über die Jahre in den Zeitungen verfolgt haben. Doch die ecuadorianischen Behörden zeigen kein großes Interesse an der Aufklärung der Vorkommnisse. Einige Monate nach dem Verschwinden von Eloise und Philippson befragen sie die Wittmers, doch eine behördliche Suche nach den beiden findet nicht statt. Lorenz und Ritter sind zu dem Zeitpunkt bereits tot. Auch Dore befragen die Ermittler kurz, erlauben ihr dann aber die Ausreise nach Deutschland.

Was genau die Gründe der Behörden für ihr Nichthandeln sind, darüber lässt sich nur spekulieren. Ist ihnen vielleicht die kleine Gruppe auf Floreana nicht wichtig genug, die zudem noch nicht einmal aus ecuadorianischen Staatsbürgern bestand? Oder wollen sie nicht noch mehr Aufmerksamkeit auf die Insel lenken und so die Natur vor weiteren Siedlern schützen? Ohne Zweifel halten die ungeklärten Morde die Menschen damals fern von der Insel. Denn wer weiß, vielleicht läuft der Mörder ja noch frei herum …

Eine französische Zeitung will schließlich Licht ins Dunkel bringen und beauftragt 1935 den berühmten Schriftsteller Georges Simenon, endlich Klarheit zu schaffen. Dank seiner Aufzeichnungen, Ritters Briefen, den Erinnerungen von Dore und Margret sowie der zahlreichen Fotos und Filmaufnahmen, die von Captain Hancock über die Jahre gemacht wurden, lassen sich die Ereignisse heute rekonstruieren – die Hintergründe bleiben jedoch im Dunkeln. Denn eines fehlt in dieser Geschichte: neutrale Zeugen. Vielmehr scheinen die Überlebenden in Verhören, Interviews, Zeitungsartikeln und Büchern alles zu tun, um eine schlüssige Aufklärung zu verhindern. Denn auch wenn sie keine Täter waren, so ist es doch sehr wahrscheinlich, dass sie zumindest Mitwisser sind. So oder so wollen sie nicht bestraft – oder auch nur moralisch verurteilt – werden. Die unterschiedlichen Aussagen der Beteiligten führen zu vielen Theorien, belegt ist jedoch keine davon.

Wer war's?

Hat Dore Friedrich tatsächlich umgebracht? Und war ihr Motiv möglicherweise nicht nur Hass auf den Tyrannen und Eifersucht auf dessen Ehefrau, sondern Angst vor dem Mörder der Baronin?

Eine der vielen Theorien besagt nämlich, dass der Abschied der Baronin ein Trick gewesen sein könnte, um Rudolf Lorenz wieder in ihren Gewahrsam zu locken. Um dies zu verhindern, soll Lorenz sich mit Ritter zusammengetan haben, der Eloise ebenso sehr hasste wie er selbst. Anschließend sollen die beiden die Leichen der Baronin und ihres Liebhabers ins Meer geworfen haben, wo sie von den Haien gefressen worden seien.

Auch die Wittmers hätten durchaus mehr als nur einen Grund gehabt, die selbst ernannte Kaiserin in Zusammenarbeit mit Lorenz loszuwerden. Die Familie wollte endlich ihren Frieden und die Kinder in Ruhe großziehen. Mit so habgierigen Nachbarn, die ihnen das Milchpulver klauten und die einzige Wasserquelle beschlagnahmten, ging das natürlich nicht. Lorenz selbst – der ehemalige »Haussklave« – fürchtete sich womöglich zudem davor, von Eloise und Philippson umgebracht zu werden, da er ja vor ihnen geflohen war – oder suchte er vielleicht Rache?

In ihren Memoiren bleibt Margret übrigens bei der Theorie, dass Eloise und Philippson mit einer Jacht fortgefahren sind, auch wenn keine an dem Tag am Strand gesichtet wurde. Wer die vermeintliche Baronin übrigens wirklich war, ist bis heute nicht bekannt.

Was Lorenz' eigenen Tod angeht, so wird vermutet, dass auf offener See der altersschwache Motor des Kutters versagt hat. Lorenz und der Fischer konnten sich vermutlich noch an Land retten, doch da es auf der Insel, auf der sie landeten, keine Süßwasserquelle gab, verdursteten beide. Das Fischerboot selbst wurde nie gefunden, ebenso wenig der Dritte an Bord, der Schiffsjunge, der vielleicht ertrunken ist.

Das Überleben der Stärksten

Was in jenen Tagen und Wochen auf Floreana auch geschehen sein mag – übrig bleibt auf dem Eiland damit nur noch die Kölner Familie. Die Wittmers bekommen sogar noch ein zweites Kind, doch ihr Familienglück und die endlich gefundene Ruhe auf der Insel bleiben nicht ungetrübt. 1951 ertrinkt Harry, der Sohn aus Heinz Wittmers erster Ehe, der sein ganzes Leben mit gesundheitlichen Problemen zu kämpfen und dem die Reise nach Floreana keine Heilung gebracht hatte, bei einem Bootsunglück. Gute zehn Jahre später stirbt auch Vater Heinz an den Folgen eines Gehirnschlags. Nur Margret Wittmer und ihre zwei Kinder Rolf und Ingeborg überleben.

Für Naturtouristen errichtet Margret eine kleine Pension, die noch heute von ihren Nachfahren geführt wird – auf stolze acht Enkel und fünfzehn Urenkel haben die Wittmers es gebracht. Das Dorf trägt heute den Namen »Puerto Velasco Ibarra« und ist der einzige bewohnte Ort auf der Insel. Etwa hundert Einwohner leben hier, neue Siedler erlauben die ecuadorianischen Behörden aus Naturschutzgründen nicht.

Mitten auf dem Pier der Insel steht eine goldene Büste, die den ersten auf Floreana geborenen Insulaner zeigt: Don Rolf Wittmer, der Sohn von Margret und Heinz Wittmer, dem Eloise damals das Milchpulver gestohlen hat. Der Geist der Baronin soll noch heute dort herumspuken. Jeder Insulaner kennt den Todesfluch, der über der Insel schwebt. Das ist auch der Grund, warum viele Urlaubsboote noch heute einen Bogen um Floreana machen.

Doch die Herberge der Wittmers läuft trotzdem. Vielleicht auch, weil manche Touristen gerade wegen der blutigen Geschichte herkommen und auf der Insel auf Spurensuche gehen. Viel zu sehen ist von den ursprünglichen Hütten jedoch nicht.

Damit hat Margret Wittmer es geschafft, was der Baronin nie gelang: einen Hotelbetrieb auf Floreana aufzubauen. Zwanzig Gästezimmer umfasst die Pension, gesprochen wird hier im breiten Kölsch. Margret ist auch Ritters ursprünglicher Vision, fernab der Zivilisation ohne Luxusgüter hundertvierzig Jahre alt zu werden, so nah gekommen wie sonst niemand. Im Jahr 2000 stirbt sie auf Floreana, zwar nicht im Alter von hundertvierzig, aber immerhin mit stolzen sechsundneunzig Jahren. Falls sie also mehr über die Vorfälle wusste, als sie in ihrem Buch preisgegeben hat, dann wird es für immer ihr Geheimnis bleiben.

Und so bleibt das Rätsel um die mysteriösen Todesfälle im Paradies bis heute ungelöst.

NACHTS IM MUSEUM

Fall 3: Der Kunstraub von Boston

»Gentlemen, dies ist ein Überfall«

Ein Raubzug, wie ihn die Welt nur selten gesehen hat

Boston. Anfang der 1990er.

Gestohlen werden Kunstwerke in Millionenhöhe, verletzt wird niemand. Zurück bleiben leere Rahmen, geschockte Gesichter und jede Menge Fragen: Wie konnte das passieren? Wer steckt hinter dem Diebstahl? Und vor allem: Wo um Himmels willen befindet sich die wertvolle Beute?

Mit Boston, der Hauptstadt des US-Bundesstaats Massachusetts und einer der ältesten Städte der USA, haben sich die Täter die perfekte Stadt für einen Kunstraub ausgesucht. Hier gibt es Dutzende von Museen, darunter das Isabella Stewart Gardner Museum, das 1903 von der exzentrischen Philanthropin und Mäzenin Isabella Gardner ins Leben gerufen wurde. Von außen sieht das Gebäude sehr schlicht und grau aus, fast wie eine kleine Fabrik, doch in seinem Herzen beherbergt es mehr als zweitausendfünfhundert Kunstwerke aus Europa, Asien und Amerika.

Wer das Museum betritt, taucht ein in eine andere Welt. Die gesamte Gestaltung ist der venezianischen Renaissance-Architektur nachempfunden. Der Innenhof beeindruckt mit seinem Pomp, seiner Exotik. Er ist herrlich grün, bepflanzt mit den verschiedensten Gewächsen. Von allen Sälen des Museums kann man in diesen Hof blicken. Mehrere Etagen von Säulengängen säumen ihn. In seinem

Zentrum befindet sich ein römisches Mosaik aus dem zweiten Jahrhundert, das das Haupt der Medusa darstellt. Das Ganze wird überdacht von einer Glaskuppel, die die Szenerie in ein helles, freundliches Licht taucht. Einfach prachtvoll – und eine ehrwürdige Kulisse für den größten Kunstraub der Geschichte …

Happy St. Patrick's Day!

Es ist der 18. März 1990. Ein Sonntag, früh am Morgen. Die Menschen in Boston feiern noch immer den St. Patrick's Day. Seit dem Samstagvormittag wird ausgelassen getrunken und getanzt.

Rick und Randy, dreiundzwanzig und fünfundzwanzig Jahre alt, halten in dieser Nacht die Wache im Gardner-Museum. Für Randy ist es seine erste Nachtschicht überhaupt. Er ist aufgeregt. Wie wird es wohl so allein – oder fast allein – im dunklen Museum werden? Doch bisher ist alles ruhig, abgesehen von dem Pärchen, das gerade durch die Seitenstraße torkelt. Der Mann trägt seine Freundin huckepack, die beiden lachen laut. Dank der Videoüberwachung – auch im Außenbereich – kann Randy das alles aus der Sicherheitszentrale heraus genau beobachten. Eigentlich wollte er in dieser Nacht Posaune üben, ist dann aber kurzfristig für einen Kollegen eingesprungen. Also hat er das Instrument einfach mitgenommen. Wie die Posaune im leeren Museum wohl klingen wird? Bestimmt wunderschön, denkt er sich.

Weder Randy noch sonst jemand ahnt zu diesem Zeitpunkt, dass zwei als Polizisten verkleidete Gestalten das Museum seit einer Weile beobachten. Sie sitzen in einem der Autos, die in der Seitenstraße geparkt sind. Das betrunkene Pärchen bemerkt die Männer, und wird später darüber als Augenzeugen aussagen müssen. Doch in diesem Moment erkennen sie nur die Polizeiuniformen der beiden und beschließen, schnell das Weite zu suchen. In den USA darf kein Alkohol auf der Straße getrunken werden – und auf Ärger mit der Polizei haben die beiden keine Lust.

Im Inneren des Museums ist es Rick, der die erste Kontrollrunde übernimmt. Das Sicherheitsprotokoll sieht vor, dass immer ein Wächter mit Taschenlampe und Walkie-Talkie auf Tour ist, während der andere in der Sicherheitszentrale wartet. Rick ist zwar jünger als sein Kollege Randy, allerdings erfahrener. Er muss alle Räume ablaufen, ein Bewegungsmelder zeichnet seine Schritte auf, während Rick seine Runde dreht. Alles ist still. Da sind nur er – und die wundervollen Kunstschätze. Kein Besucher stört die Ruhe, niemand drängt sich dazwischen.

Rick kontrolliert die Tür zum Seiteneingang, öffnet sie kurz und schließt sie wieder. Da ertönt wie aus dem Nichts der Feueralarm. Rick erschrickt und rennt sofort in die Sicherheitszentrale, um nachzuschauen, wo genau das Feuer ausgebrochen ist. Die Brandmeldeanlage zeigt Rauch in mehreren Räumen an, doch als Rick sie kontrolliert, entdeckt er dort nichts Ungewöhnliches. Es muss sich also um einen Fehlalarm handeln, denkt er und schaltet die Anlage ab. Gegen ein Uhr beendet er seine Tour und übergibt an Randy, während er selbst es sich in der Sicherheitszentrale gemütlich macht.

Randy ist keine zwanzig Minuten unterwegs, als es am Seiteneingang klingelt. Es ist 1.24 Uhr in der Nacht. Ein Blick auf die Videoanlage verrät Rick, dass zwei Polizisten draußen stehen. Beide tragen die typische Uniform mit dem gelben Logo auf dem Arm und sehen sehr offiziell aus. Ihnen sei ein Zwischenfall gemeldet worden, sagen sie, sie benötigten dringend Einlass. Genaues teilen die Beamten Rick nicht mit, aber er lässt die beiden natürlich ein.

Um durch die Sicherheitsschleuse zu gelangen, müssen die vermeintlichen Polizisten zwei Türen passieren, die sich nicht gleichzeitig öffnen und schließen lassen. Rick aber öffnet den Beamten, ohne zu zögern, auch die hintere Tür, die direkt ins Foyer führt. Dort ist auch der Eingang zur Sicherheitszentrale, in der er selbst sich befindet. Von den Ausstellungsräumen ist das Foyer allerdings abgetrennt.

Einer der Polizisten fragt Rick, ob sich weitere Mitarbeiter im Gebäude befinden, und Rick funkt Randy an, er solle ins Foyer kommen. Der Polizist, der gefragt hat, ist der Größere und Schlankere der beiden. Er trägt eine runde Brille mit goldenem Drahtgestell und einen

Schnurrbart, der, wie Rick findet, komisch aussieht. Als wäre er angeklebt oder so. Doch bevor Rick das infrage stellen kann, überrascht der Polizist ihn mit einer seltsamen Frage. »Kenne ich Sie nicht irgendwoher?«, will er wissen. Dann fällt es ihm ein: Es liege angeblich ein Haftbefehl gegen Rick vor: »Kommen Sie bitte hinter dem Schreibtisch hervor.«

Rick muss völlig perplex gewesen sein. Er verlässt die Sicherheitszentrale – und damit den einzigen Ort, von dem aus er Hilfe von außen hätte anfordern können. Es gibt am Schreibtisch nämlich einen roten Knopf, mit dem man die Polizei alarmieren kann. Die *echte* Polizei. Doch zu spät. Rick muss die Hände an die Wand legen, und bevor er sich's versieht, hat der Polizist ihn schon mit Handschellen gefesselt.

In diesem Moment kommt Randy zurück ins Foyer und wird von der Situation überrollt. Die falschen Polizisten fesseln ihn, bevor er überhaupt realisieren kann, was gerade passiert. Kaum sind die beiden Wachmänner überwältigt, verkünden die Eindringlinge fast feierlich ihre wahren Absichten: »Gentlemen, dies ist ein Überfall.« Sie verfrachten Rick und Randy in den Keller, wo sie ihnen mit Klebeband die Augen zubinden.

500 000 000 Dollar

Und das bei Randys erster Nachtschicht.

Das hatte er sich wahrlich anders vorgestellt …

Dass die beiden Kunsträuber ausgerechnet an diesem Tag auftauchen, ist vermutlich kein Zufall. Höchstwahrscheinlich kannten die Täter den Dienstplan der Nachtwache und wussten, worauf sie sich einzustellen hatten. Auch die Tatsache, dass den beiden bekannt sein muss, dass allein von der Sicherheitszentrale aus externe Hilfe angefordert werden kann, verweist auf Insider-Informationen, ohne die der Raubzug nur schwer zu realisieren gewesen wäre.

Gerade einmal elf Minuten brauchen die zwei Männer, um Rick und Randy aus dem Weg zu räumen, dann beginnt der Raubzug – jedoch nicht sofort. Anstatt sich direkt auf den Weg durch die Räume des Museums zu machen, warten die Fake-Polizisten erst ab, ob nicht eventuell doch ein Alarm ausgelöst wurde. Es ist 1.35 Uhr, als die Räuber schließlich den eigentlichen Beutezug beginnen. Ihr erstes Ziel: das Niederländische Zimmer. Vorsichtig nähern sie sich dem ersten Gemälde. Ein akustisches Signal ertönt, doch die beiden Männer bleiben ruhig. Sie wissen, dass es diese Vorrichtung gibt, die allzu neugierige Besucher warnen soll, wenn sie zu nah an ein Gemälde herantreten. Ohne große Probleme zertrümmern sie das Warngerät. Der Zugang zu den Kunstwerken ist ihnen somit frei.

Zuerst schnappen sie sich zwei Gemälde von Rembrandt, den *Christus im Sturm auf dem See Genezareth* und das Porträt eines Ehepaares. Der Christus von 1633 ist Rembrandts einzige Meereslandschaft und gehört zu seinen bedeutendsten Werken. Auch das Porträt des Ehepaares hat eine interessante Geschichte, denn zwischen dem Mann und der Frau befindet sich eine Lücke. Als man das Bild durchleuchtet hat, konnte man ein Kind erkennen, das zwischen sie gemalt gewesen war. War es übermalt worden, weil das Kind starb und die Erinnerung daran zu schmerzlich war?

Die Räuber scheren solche Feinheiten nicht, sie zerstören das Schutzglas und schneiden die Gemälde mit einem scharfen Messer aus den Rahmen.

Bei einem weiteren Rembrandt können die Eindringlinge ihr Vorhaben jedoch nicht in die Tat umsetzen: Das Selbstporträt mit gefiedertem Barett ist zu sperrig für den Transport, da es auf Holz gemalt wurde. Dies ist zumindest eine der Theorien, weshalb das Selbstporträt zwar von der Wand genommen wurde, aber in dem Saal geblieben ist. Eine andere Vermutung lautet, dass die Räuber es vielleicht einfach vergessen haben, weil es mit dem Rücken nach vorn an die Wand gelehnt wurde und von Weitem aussah wie ein leerer Holzrahmen.

Neben den Gemälden erbeuten die zwei Männer auch ein Gu, ein chinesisches rituelles Bronzegefäß aus dem elften oder zwölften Jahrhundert vor Christus. Es sieht aus wie ein hoher, schlanker Kelch, der nach oben hin wie ein Trichter breiter wird, und ist das älteste der gestohlenen Kunstwerke.

Die Räuber ziehen weiter durch das Museum. Insgesamt nehmen sie dreizehn Kunstwerke mit, darunter das Ölgemälde *Der Journalist* von Manet, fünf Gemälde von Degas, ein napoleonischer Fahnenadler aus dem 19. Jahrhundert und *Das Konzert* von Jan Vermeer aus dem Jahr 1665. Letzteres gilt als das wertvollste jemals gestohlene Kunstwerk, 2015 wurde sein Wert auf 250 Millionen Dollar geschätzt. Allein sein Verlust macht die Hälfte des wirtschaftlichen Schadens aus, den der Raubüberfall verursacht. Das FBI wird den Gesamtschaden später auf mindestens 500 Millionen Dollar schätzen. Eine halbe Milliarde.

Was für ein Raubzug!

Alle Zeit der Welt

Nach vollendeter Arbeit schauen die Räuber bei den beiden Wachmännern im Keller nach, ob alles in Ordnung ist. Sie nehmen die Bänder der Videoüberwachung mit, ebenso wie die automatisch ausgedruckten Protokolle der Bewegungsmelder. Dabei ahnen sie nicht, dass die Bewegungsprotokolle auch auf einer Festplatte gespeichert werden. Nur dank dieser Festplatte kann heute noch der ungefähre Verlauf des Streifzuges nachvollzogen werden. Die beiden Männer fliehen mit ihrer Beute durch den Seiteneingang, durch den sie auch hereingekommen sind. Insgesamt hat der Raub vom Eintritt der Täter ins Foyer bis zum Verlassen durch die Seitentür einundachtzig Minuten gedauert.

Einundachtzig Minuten – ganz schön lang für einen Raubüberfall, bei dem sich sicherlich selbst zehn Minuten schon anfühlen wie eine Ewigkeit. Immerhin müssen die Diebe davon ausgehen, dass jeden Moment die Polizei kommt – weil vielleicht doch jemand etwas Seltsames bemerkt hat, weil vielleicht doch, auf irgendeine Art und Weise, ein Hilferuf abgesetzt wurde. Die beiden Männer müssen Nerven aus Stahl haben. Das zeigt sich auch bei einer Rembrandt-Radierung, die

die beiden haben mitgehen lassen. Eine Radierung ungefähr so groß wie eine Briefmarke, die die beiden einfach in die Tasche hätten stecken können. Doch sie nehmen sich die Zeit, auch hier den Rahmen sorgfältig zu entfernen …

Und sie haben recht: Niemand stört ihr Treiben. Niemand unterbricht ihr Tun. Erst am nächsten Morgen, um halb acht, meldet sich die Kollegin von Rick und Randy zum Dienst. Karen. Sie klingelt und wartet darauf, dass man sie einlässt, doch niemand kommt. Das ist noch nie passiert. Was mag nur mit ihren beiden Kollegen los sein? Karen wartet erst eine Weile und ruft dann den Sicherheitschef an, der mit ihr gemeinsam durch eine Hintertür ins Gebäude geht.

Kaum sind sie drin, wissen sie, dass etwas nicht stimmt. Die Kameras sind weggedreht, eine Tür aufgebrochen. Ein Rahmen liegt herum, an der Wand lehnt ein Brecheisen. Sofort drückt der Chef Karen das Eisen in die Hand. Karen braucht einen Augenblick, um zu verstehen, dass sie sich im Notfall damit verteidigen soll. Sind die Einbrecher etwa noch im Gebäude?

Die Polizei wird gerufen, das Gebäude von oben bis unten durchsucht. Die Räuber sind verschwunden – und sie haben sich keine Mühe gegeben, ihr Treiben zu vertuschen. Leere goldene Rahmen liegen achtlos hingeworfen auf dem Boden. Überall sind Glassplitter. Die Wände wirken seltsam leer. Vor allem der Vermeer hinterlässt eine schmerzliche Lücke. Nur etwas mehr als dreißig Gemälde gibt es von diesem Künstler – und jetzt ist eines davon verschwunden.

Wie konnte das passieren?

Karen ist fassungslos. *Das Konzert* war ihr Lieblingsgemälde. Es zeigt eine Frau, die am Piano steht und singt. Ob diese Frau jemals wieder in diesem Saal singen wird? Was für eine Erleichterung, dass wenigstens Rick und Randy unversehrt im Keller gefunden werden.

Da davon auszugehen ist, dass die Täter ihre Beute aus dem Bundesstaat herausschaffen werden, wird sofort das FBI eingeschaltet. Doch das hat keine Spezialisten für Kunstraub. Tron Brekke, FBI-

Agent für Entführungen, Banküberfälle, Flüchtige und Gewaltverbrechen, ist der Erste des Teams, der am Tatort ankommt. Er erkennt sofort, dass die Täter gewusst haben, was sie tun, und dass sie mit System vorgegangen sind. Gleichzeitig lässt sich keine klare Linie erkennen. Warum haben sie kostbare Zeit mit einem Fahnenadler verschwendet, der im Vergleich zu anderen Gegenständen nahezu wertlos ist? Genauso das Bronzegefäß. Es ist zwar alt, aber nicht so wertvoll wie die anderen Kunstwerke. Wollten sie damit nur ablenken?

Und außerdem: War den Räubern nicht bewusst, dass sie die Gemälde ein Stück weit zerstören, wenn sie sie aus den Rahmen schneiden? Zudem sind die Bilder so alt, dass man sie auf keinen Fall aufrollen darf, da sonst noch mehr Risse in der Farbe entstehen. Sie müssen flach gelagert werden, in säurefreien Kisten. Schon jetzt ist klar: Selbst wenn die Bilder wieder auftauchen, sind die Schäden, die angerichtet wurden, vielleicht nicht mehr gutzumachen.

Die Leiterin des Museums, Anne Hawley, die den Posten erst seit sechs Monaten innehat, quälen jedoch ganz andere Sorgen: Die Ausstellung war gegen alles versichert, außer gegen Diebstahl. Andere Dinge – ein gebrochenes Abwasserrohr, die fehlende Klimaanlage – sind in der Vergangenheit schlichtweg wichtiger gewesen …

Mit Unterstützung von zwei großen Auktionshäusern wird eine Belohnung ausgesetzt: eine Million Dollar für Hinweise, die zur Wiederbeschaffung der Beute führen. Kaum wird das bekannt, überflutet eine Welle von Anrufen das Museum, die sogar das Telefonsystem zusammenbrechen lässt. Doch nicht nur Hinweise gehen bei Anne und ihren Kollegen ein. Sie erhalten auch Raub- und Morddrohungen. Die Tat polarisiert, sie bewegt und erzürnt viele Menschen. Denn auch die Leute, die am nächsten Tag von dem Raub in der Zeitung lesen, fragen sich zu Recht: Wie konnte das passieren?

Die Suche beginnt

Das FBI und die lokale Polizei haben alle Hände voll zu tun, doch die Zusammenarbeit gestaltet sich schwierig. Beide Seiten sind nicht so recht überzeugt von der Herangehensweise der jeweils anderen Partei. Das FBI beschwert sich, dass die Bostoner Polizei den Tatort beim Betreten durcheinandergebracht hat, bevor Spuren vernünftig gesichert werden konnten. Zum Beispiel habe die Polizei das Klebeband, mit dem die Wachleute gefesselt waren, zusammengeknüllt und in eine Ecke geworfen. Wobei zur Verteidigung der Polizei klargestellt werden sollte, dass DNA-Nachweise damals, also 1990, noch keine Rolle gespielt haben. Die Wissenschaft war noch nicht so weit, und deswegen dachte wahrscheinlich kein Polizist daran, Hautschuppen oder Haare zu sichern. Der lokalen Polizei wiederum gefällt es nicht, dass das FBI die Ermittlungen sofort an sich reißt und von da an Stillschweigen über die Ermittlungsfortschritte bewahrt. Doch auch wenn sich die Zusammenarbeit schwierig gestaltet, so ist sie doch nötig und das einzig vernünftige Vorgehen. Deshalb werden auch die Staats- und Bundespolizei eingeschaltet.

Die Faktenlage jedoch ist und bleibt nicht gerade erbaulich. Von den Tätern ist nicht viel bekannt, außer dass beide männlich sind, einer etwas größer und schlanker, der andere kleiner und rundlicher. Beide werden auf Anfang, Mitte dreißig geschätzt und haben helle Haut. Die Hintergründe ihres Vorgehens liegen im Dunkeln. Dass sie Gemälde gestohlen haben, die so bekannt sind, dass sie sich auf dem freien Markt quasi nicht verkaufen lassen, deutet möglicherweise auf Auftraggeber im Hintergrund hin. Vielleicht ein russischer Oligarch oder irgendein reicher Ölbaron oder Milliardär.

Gleichzeitig haben die Männer sehr wertvolle Gemälde hängen gelassen, zum Beispiel von Botticelli und Michelangelo. Ein Hinweis, dass es sich nicht um Kunstkenner handeln kann? Für diese Theorie spricht auch die Art und Weise, wie die beiden Männer die Gemälde aus ihren Rahmen geschnitten und damit auch ein Stück weit zerstört haben.

Doch war Geld tatsächlich ihr einziger Antrieb und nicht die Kunst selbst? Sollten die Täter tatsächlich von einem Auftraggeber bezahlt worden sein, hätte die Belohnung in Millionenhöhe sie doch aus der Reserve locken können. Sie hätten den Auftraggeber verraten und das Geld einstreichen können. Es sei denn, die Räuber haben Angst vor dem Auftraggeber und fürchten, dass er ihnen etwas antun könnte, wenn sie unbequem werden.

Vielleicht aber liegen die Dinge auch ganz anders. Isabella Stewart Gardner, die Kunstsammlerin, die das Museum erbaut hat, hat nämlich ein ganz spezielles Testament hinterlassen: Nichts an der Sammlung darf dauerhaft verändert werden, sonst muss die gesamte Ausstellung in Paris versteigert und der Erlös an die Harvard University gespendet werden. Es darf also weder etwas dazugekauft noch verkauft werden. Daran hat sich bis heute nichts geändert, obwohl Isabella bereits 1924 verstorben ist. Warum sie das so festgelegt hat, weiß niemand. Vielleicht wollte sie auf diese Weise sicherstellen, dass ihr künstlerisches Vermächtnis authentisch bleibt. Tatsächlich hängen die leeren Rahmen der gestohlenen Gemälde noch heute an ihren Plätzen – und vielleicht wussten auch die Diebe von Isabellas Testament und wollten die Sammlung so durcheinanderbringen, dass das Museum aufgelöst werden muss – um der Harvard University Geld einzubringen …

Beweise für diese Theorie gibt es keine.

Komplizen im Museum?

Und was hat es mit dem Insider-Wissen auf sich, das die Täter gehabt haben müssen? Sie wussten vom roten Knopf in der Sicherheitszentrale, sie kannten den Alarm, der die Besucher warnt, wenn sie sich einem Gemälde zu sehr nähern, und ließen sich davon nicht abschrecken, sondern machten ihn schnell funktionsunfähig. Zum anderen gibt es im Niederländischen Saal eine Geheimtür, die nach unten führt und offen stand, als die Ermittler den Tatort betraten. Haben die Täter die Tür genutzt? Und wenn ja, woher wussten sie von ihr? Immerhin war sie gut versteckt, hinter der Tapete. Zudem stahlen die beiden Männer die Videokassette mit den Aufzeichnungen und die Protokolle der Bewegungsmelder. Wie hätten sie ohne einen Insider wissen können, wo sich diese befanden?

Seltsam ist auch, dass der größte Teil der Kunstwerke aus dem Niederländischen Saal gestohlen wurde, aus dem Blauen Saal jedoch nur eines. Und dort wurde auch nur die Bewegung von einer Person aufgezeichnet: Rick, als er seinen Rundgang machte.

Den Ermittlern stellt sich damit die Frage: Könnte Rick ein Komplize sein? Der junge Mann mit den braunen Locken, die ihm bis über die Schultern reichen, der gern feiert, Musik macht und sogar in einer Band spielt. Jener Mann, der sein Medizinstudium abgebrochen hat und einige Monate zuvor an Silvester vollkommen bekifft seine Freunde in das Museum gelassen hat, um dort mit ihnen zu feiern? Einige Tage vor dem Überfall hat er seinen Job gekündigt, um sich ganz auf seine Band konzentrieren zu können. Eigentlich keine Person, die man gern verantwortlich sehen würde für millionenschwere Kunstwerke. Doch macht das allein Rick zum Täter?

Es spricht vieles gegen ihn, nicht nur, dass er als Letzter im Blauen Saal war. Der Rahmen eines Gemäldes wurde auf dem Stuhl des Sicherheitschefs zurückgelassen, was die Ermittler als Provokation gegen ihn deuten. Es ist ein offenes Geheimnis, dass Rick Schwierigkeiten mit seinem Chef hat. Außerdem hat er kurz vor dem Einbruch die Seitentür geöffnet, was im Sicherheitsprotokoll nicht vorgesehen ist. Kein anderer von Ricks Kollegen hat dies jemals getan. Rick selbst behauptet, er habe das ständig so gemacht. Und warum die Sensoren nach ihm keine Bewegung im Blauen Saal aufgezeichnet haben, wisse er nicht.

In der Tat haben er und andere Mitarbeiter sich häufig über das mangelhafte Sicherheitssystem im Museum beschwert. Auch wenn der Bewegungsmelder in der Nacht fehlerfrei funktionierte, so waren die Sensoren nicht flächendeckend über die ganze Ausstellungsfläche verteilt. Es war damals nicht möglich, überall im Museum Kabel zu verlegen, die Technik war einfach noch nicht vorhanden. Von den einundachtzig Minuten, die die Diebe im Inneren waren, wurde achtundvierzig Minuten lang keine Bewegung registriert. Das heißt, nur weil Rick als Einziger im Blauen Saal gemeldet wurde, heißt es nicht, dass nicht auch andere dort gewesen sein könnten.

Rick sagt, er wisse nicht, woher die Täter ihre Infos über das Sicherheitssystem gehabt hätten. Allerdings gibt er zu, dass es möglich sei, dass ihm bei einem der vielen Konzertabende bei einem Bier und einem Joint etwas rausgerutscht sein könnte – zum Beispiel die Sache mit der Sicherheitszentrale und ihrem roten Knopf als einzige Verbindung nach draußen. Doch nicht nur er hätte aus Versehen etwas ausplaudern können, schließlich wussten alle Wachleute darüber Bescheid. Letztendlich gibt es keine handfesten Beweise, die für eine Anklage Ricks reichen.

Die Suche geht weiter

Die Ermittler suchen weiter, vergleichen die Tat mit anderen Kunstrauben und versuchen, Parallelen zu erkennen. Ein Name taucht dabei immer wieder auf: Myles, ein Mann, der in den Medien vergnügt und auch ein bisschen stolz von seiner Karriere als Kunstdieb erzählt. Er saß schon häufig im Gefängnis, doch er kam immer wieder raus. 1975 stahl er einen Rembrandt aus dem Museum of Fine Arts in Boston. Myles behauptet, über dreißig Kunstraube durchgeführt zu haben, die Behörden wüssten wohl nur von sehr wenigen.

In der Netflix-Dokumentation *Der größte Kunstraub der Geschichte* über den spektakulären Fall im Gardner-Museum liefert er jede Menge Insider-Wissen aus der Szene, zum Beispiel, dass es unter Kunstdieben allgemein bekannt gewesen sei, wie schlecht das Sicherheitssystem dort funktioniere. Für ihn sei es nur eine Frage der Zeit gewesen, bis jemand die Gelegenheit ergreifen würde. Auch auf seiner eigenen Wunschliste stand das Gardner-Museum ganz weit oben. Zu schade für die Ermittler, dass Myles zum Zeitpunkt des Raubes im Gefängnis saß. Es wäre zu einfach gewesen, ihn als Täter anzuklagen.

Doch Myles hat einen Kumpel, dem er während seiner Zeit im Gefängnis die Lagerung seiner gestohlenen Kunstwerke anvertraut. Bill, ein eigensinniger, stämmiger Kerl – und ein schlechter Freund. Denn Bill verkauft Myles' Sammlung, während dieser aus der Haft tatenlos dabei zusehen muss. In dieser Sammlung befinden sich, das behauptet zumindest Bill, die Gemälde aus dem Gardner-Museum. Er geht damit an die Presse, in der Hoffnung, durch die Kooperation Strafmilderung für sich selbst rauszuhandeln. Zuvor wurde er nämlich für ein Verbrechen angeklagt, das an sich gar nichts mit dem Raub zu tun hat.

Doch das FBI ist skeptisch. Handelt es sich wirklich um die Originale? Und hat Myles womöglich aus dem Gefängnis heraus die Tat organisiert? Myles selbst gilt als Meister der Flucht, bei seinen eigenen Raubzügen hatte er immer den perfekten Plan in der Hinterhand, um sicher zu entkommen. Ist ein in Auftrag gegebener Einbruch aus dem Gefängnis heraus vielleicht sein genialster Coup?

Bill führt einen Journalisten in das geheime Lager und zeigt ihm die Leinwand, auf dem Rembrandts *Christus im Sturm auf dem See Genezareth* zu sehen ist. Der Journalist hat zwar keine Ahnung, wie sich ein Original von einer Fälschung unterscheiden lässt, bringt die Geschichte aber heraus. Der öffentliche Druck ist groß – die Chance, die Werke zurückzubekommen, scheint zum Greifen nah.

Das Museum verlangt Immunität für Myles und Bill, doch das FBI will sich nicht erpressen lassen. Die Zweifel sind immer noch zu groß, und so kommt letztendlich kein Deal zustande. Was im Nachhinein betrachtet vermutlich die richtige Entscheidung war, denn die Gemälde werden noch auftauchen, aber an anderer Stelle. Myles hat mit dem Gardner-Raub jedenfalls nichts zu tun und sein »Freund« Bill ist offensichtlich ein Hochstapler. Aus Angst, dass Myles sich an ihm rächen könnte, zieht Bill sogar in eine andere Stadt.

Kunst als Tauschobjekt

Myles' Kunstraube sind nicht die einzigen, die Parallelen zu dem Raub im Gardner-Museum aufweisen. Das FBI vernimmt einige Monate später einen Mann namens Brian, der durch einen gescheiterten Kunstraub knapp zehn Jahre zuvor auffällig geworden war. Als das FBI Brian befragt, beteuert dieser jedoch, mit dem Raub im Gardner-Museum nichts zu tun zu haben.

Da es also anscheinend in eine Sackgasse führt, nach Parallelen zu älteren Kunstrauben zu suchen, versuchen die Ermittler es mit einem anderen Dreh. Sie fragen sich: Was lässt sich mit einem solchen gestohlenen Kunstwerk denn anfangen?

Möglichkeit eins: Man klaut oder lässt ein Gemälde klauen, um es zu besitzen und sich im Stillen daran zu erfreuen. Dass jemand sich allerdings mit einem Rembrandt in sein Kämmerlein setzt und kein Wort darüber verliert, ist eher unwahrscheinlich. Zudem wäre es verdammt schwer, den Rembrandt in diesem Kämmerlein aufzustöbern. Deswegen gehen die Ermittler dieser Spur erst einmal nicht nach.

Möglichkeit zwei wäre, die Raubkunst zu Geld zu machen, was aufgrund der hohen Bekanntheit der Gemälde gar nicht so leicht ist. Vor allem wird der Schwarzmarkt – und das wissen die Täter auch – von Undercover-Ermittlern überwacht. Die Nachricht über einen Manet, der zum Verkauf steht, würde sich wie ein Lauffeuer verbreiten.

Bleibt noch ein weiteres Motiv – Möglichkeit drei: Kunst kann auch als Tauschobjekt dienen. Wie das funktioniert, hat passenderweise Myles schon einige Zeit vor dem Bostoner Kunstraub gezeigt: Er sollte für einen seiner Raube ins Gefängnis gehen, doch sein Anwalt konnte seine millionenschwere Kaution auf hundert Dollar senken. Wie das möglich war? Myles stahl kurz vor der Verhandlung ein Gemälde von Rembrandt und erpresste die Behörden damit: die Herausgabe des Rembrandts gegen ein milderes Strafmaß.

Ähnlich funktioniert es, wenn ein gestohlenes Kunstwerk als Pfand genutzt wird – zum Beispiel beim Drogenhandel. Angenommen, man handelt mit Kokain und bekommt eine große Lieferung, hat aber gerade nicht genug Bargeld zur Hand, um diese zu bezahlen. Gestohlene Kunst, die mehrere Millionen Dollar wert ist und die man legal nicht verkaufen kann, kann in diesem Fall als Pfand benutzt werden, als Sicherheit für den Lieferanten, der sie behält, bis man den Kaufpreis für das Kokain voll bezahlen kann – wobei natürlich nur ein Bruchteil des eigentlichen Werts des Kunstwerks angerechnet wird. Warum? Weil der Umgang mit Kunst auf dem Schwarzmarkt sehr gefährlich ist.

Und wer könnte am ehesten ein Kunstwerk als Pfand oder Tauschobjekt brauchen?

Schnell fällt der Verdacht der Ermittler auf die Mafia.

Die Mafia unter Verdacht

1990, also zur Zeit des Raubzuges, geben in Boston die irische und die italienische Mafia den Ton an. Während die irische Mafia alles andere als *amused* ist, dass in ihrem Gebiet ein solcher Raub ohne ihre Genehmigung begangen wurde – James »Whitey«, der Boss der irischstämmigen »Winter Hill Gang«, soll von den Tätern sogar eine anteilige Zahlung verlangen, die er jedoch nie erhält –, hätte die italienische Mafia etwas Verhandlungsmasse bitter nötig: Eine Woche nach dem Raub gibt es Anklagen gegen einundzwanzig Mitglieder wegen Erpressung, Wucherei und Mord. In erster Linie geht es dabei nicht um das Museum, doch der Gedanke liegt nah, dass die Mafia die Gemälde nutzen könnte, um ihre Leute aus dem Gefängnis zu holen.

Zudem wissen die Ermittler, dass das Gardner-Museum von der Mafia ausspioniert wurde. Außerdem hätten Mitarbeiter des Museums Verbindungen zur Mafia gehabt, behauptet eine Reporterin des *Boston Globe*. Boston sei eine kleine Stadt, da kenne jeder jeden. So hätten die Räuber überhaupt erst an Insider-Informationen gelangen können.

Die italienische Mafia steht schon lange im Visier der Polizei, die sich vorgenommen hat, ihr ein für alle Mal das Handwerk zu legen. Die Behörden haben es sogar geschafft, wichtige Geldquellen der Mafia versiegen zu lassen, was zu Unzufriedenheit unter den Mitgliedern führte. Insgesamt steht die organisierte Kriminalität Ende der 1980er Jahre durch das harte Eingreifen der Polizei vor einem Wandel. Dass in diesem Durcheinander jemand auf die Idee mit dem Gardner-Museum kommt, ist nicht unwahrscheinlich. Für die Polizei ist es jedoch zunächst unheimlich schwierig, den strengen Schweigekodex innerhalb der Mafia zu knacken. Doch irgendwann zeigt die Schale Risse. Ein undercover eingeschleuster Polizist macht eine höchst interessante

Entdeckung: Einige gestohlene Gemälde tauchen bei einzelnen Gang-Mitgliedern kurz auf – und verschwinden dann sofort wieder. Dass die italienische Mafia also etwas mit dem Raub zu tun hat, scheint sicher. Nur wer von dieser Organisation genau, das bleibt die Frage.

Das Ermittlerteam grenzt den Kreis der Verdächtigen im Zuge ihrer Untersuchungen auf sieben Mitglieder ein. Zwei davon sehen sie als die Strategen hinter der Tat, fünf davon als die ausführende Crew. Die zwei vermeintlichen Strippenzieher heißen beide Bobby. Einer der beiden Bobbys will unbedingt den Bandenkrieg in Boston gewinnen und dafür den Bandenchef aus dem Gefängnis holen. Tatsächlich soll man ihn sogar mit einer Papiertüte gesehen haben, in der sich zwei Polizeiuniformen befanden. Über ein Jahr nach dem Raub findet man jedoch seine Leiche im Kofferraum eines Autos. Wenn er etwas über den Verbleib der Kunstwerke wusste, dann hat er dieses Wissen mit ins Grab genommen.

Das FBI glaubt, dass die Bilder von Bobby 1 nach dem Raub an Bobby 2 gegeben wurden. Bei ihm soll auch ein Gemälde für kurze Zeit gesichtet worden sein. 2004 stirbt er jedoch an Krebs. Insgesamt kommt es zu einer Menge mysteriöser Todesfälle rund um den Raub. Auch von der Crew, die ja vermutlich aus fünf Personen bestand, lebt heute nur noch einer. David. Alle anderen wurden umgebracht oder starben eines »natürlichen« Todes.

Zwei Leute aus dieser Crew passen tatsächlich zu den Phantombildern. Der eine, George, ist groß und schlank. Er saß zuvor sechzehn Jahre in Haft. Er weiß also, wie es ist, in Gefangenschaft zu leben. Das könnte erklären, warum die Räuber im Museum so rücksichtsvoll mit den Wachen umgegangen sind. Denn angeblich ist George, wenn er es denn wirklich gewesen ist, nicht nur am Ende des Raubzuges einmal in den Keller gegangen, um nach ihnen zu sehen, sondern auch währenddessen. Er soll ihnen sogar Wasser angeboten haben. In der Netflix-Dokumentation erzählt seine Schwägerin, dass dies durchaus zu ihm passen würde. Außerdem ist George ein sehr langsamer Mensch, der alles, was er tut, mit großer Achtsamkeit macht. Das könnte erklären, warum der Raub einundachtzig Minuten gedauert hat. 1991 stirbt George allerdings an einer Überdosis.

Die Ermittler vermuten heute, dass David der andere Räuber gewesen sein könnte – ohne Beweise für diese Theorie vorlegen zu können. Von der Statur her ist er kleiner und etwas korpulenter als George. Er wird 1999, also neun Jahre nach dem Raub, für ein anderes Vergehen verhaftet und leugnet, etwas mit dem Kunstraub im Gardner-Museum zu tun zu haben. 2019 wird er dank seiner Kooperation mit dem FBI vorzeitig aus der Haft entlassen. Tatsächlich ist David auch der Einzige, der Rick, dem Wachmann, irgendwie bekannt vorkommt. Heute ist David Mitte fünfzig.

Vom Aussehen her könnte jedoch auch ein anderer aus der Crew als zweiter Täter infrage kommen: Lenny. Doch der wurde kurz nach dem Raub erschossen, in den Kofferraum eines Autos gepackt und unter einer Brücke geparkt, wo man ihn erst lange Zeit später fand. Somit kann ihn niemand mehr befragen – und auch die anderen Verdächtigen schweigen in den darauffolgenden Jahren eisern. Allen voran David, der erst vor zwei Jahren seine Freiheit zurückbekommen hat und der heute die einzige der sieben verdächtigen Personen ist, die noch lebt.

Im Sand verlaufen

1994 tauchen angeblich einige der Bilder auf dem Schwarzmarkt in Philadelphia auf. Ein anonymer Schreiber bietet an, die Gemälde zurückzugeben, doch nur, wenn er dafür 2,6 Millionen Dollar erhält und komplette Immunität zugesichert bekommt. Es ist eindeutig, dass er ein Kunstkenner ist, doch die Behörden und das Museum lassen sich nicht auf den Deal ein, und so bleibt der Briefschreiber im Dunkeln. Ob das ein Fehler war, weiß man bis heute nicht.

2013 verkündet das FBI in einer Pressekonferenz, dass man wisse, wer die Gemälde geklaut habe und dass die Diebe tot seien. Namen wollen sie jedoch nicht nennen, denn handfeste Beweise hätten sie nicht, die zu einer Verurteilung reichen – und die Kunstwerke seien ja noch immer verschwunden.

Bis heute ist kein einziges der dreizehn gestohlenen Kunstwerke wieder aufgetaucht. Es gibt Geschichten darüber, dass man sie vergraben oder weggeworfen habe, weil die Sache einfach zu heiß wurde. Der eine glaubt, die Werke seien nach Saudi-Arabien gegangen. Der andere ist sich sicher, dass man sie nach Kanada gebracht habe.

Oder nach Dublin.

Oder nach Südamerika.

Oder Japan, Frankreich oder Jamaika.

Es ist ziemlich offensichtlich: Eine eindeutige Spur gibt es nach wie vor nicht. Und das macht den Fall noch unglaublicher, denn mittlerweile beträgt die Belohnung für Hinweise, die zu der Raubkunst führen, ganze zehn Millionen Dollar. Das ist die höchste jemals von privater Seite ausgesetzte Belohnung. Sie wurde zwei Mal erhöht und trotzdem meldet sich niemand, der etwas weiß.

Dazu kommt, dass der Raub seit 1995 verjährt und eine Strafverfolgung der Täter und möglicher Komplizen damit sowieso nicht mehr möglich ist, zumindest nicht allein wegen des Raubes. Immer mal wieder treten das Museum und das FBI an die Öffentlichkeit in der Hoffnung, doch noch eine Spur zu finden, die sie zu den verschollenen Kunstwerken führt. Mehr als dreißig Jahre dauert die Suche nach den Gemälden bereits – und sie wird noch weitergehen.

Neueste Spekulationen gehen übrigens davon aus, dass ein Betrüger und Bankräuber namens James etwas mit dem Raub zu tun haben könnte, so schreibt es zumindest der *Boston Globe* im Februar 2022. James soll Verbindungen zu den Verdächtigen gehabt haben, deren Namen bei den Ermittlungen aufgetaucht sind. Angeblich soll James damit geprahlt haben, im Besitz von einigen der gestohlenen Gemälde zu sein. Im Februar 1991, also ein knappes Jahr nach dem Raubüberfall, wird er allerdings vor seiner Haustür erschossen.

Und so verläuft wieder eine Spur im Sand.

Wenn …

Ob die Dinge sich anders entwickelt hätten, wenn bereits damals unsere heutigen DNA-Methoden zur Verfügung gestanden hätten? Schwer zu sagen. Der ehemalige Assistenz-Staatsanwalt, der sich damals um den Fall kümmerte, ist sich sicher, dass die Lage heute eine ganz andere wäre. Heute würde man das Klebeband mit Flüssigstickstoff bearbeiten, um es zu lösen und das Band dann auszurollen, um nach Hautschuppen zu suchen, die auf der Klebefläche leicht hängen geblieben sein könnten.

Doch nicht nur im Hinblick auf die Sicherung der DNA wäre einiges anders. Auch wie mit einem Tatort umgegangen wird, hat sich im Laufe der Jahre geändert. Heute würde man einen Tatort strenger kontrollieren, alles würde genauestens protokolliert und auch andere Spuren würden besser gesichert, mehr Beweismittel aufbewahrt werden.

Apropos aufbewahren. Nachträglich untersucht werden kann das Klebeband nicht mehr, da es, ebenso wie anderes Beweismaterial, aus der Asservatenkammer verschwunden ist. Das kam 2017 heraus – und niemand weiß, was damit geschehen ist …

Film und Fernsehen finden übrigens ihre ganz eigenen, humorvollen Antworten darauf, in wessen Besitz sich die Beute befinden könnte. In der Folge *Jailhouse Blues* der Simpsons, die 2010 erstmals ausgestrahlt wurde, wird Mr Burns verhaftet, weil die Polizei in seinem Haus *Das Konzert* von Vermeer und andere Beutestücke aus dem Kunstraub gefunden hat. Und in der Fernsehserie *The Blacklist* verhandelt der Protagonist und meistgesuchte Schwerverbrecher der Welt Raymond Reddington, der von allen nur Red genannt wird, über den Verkauf von Rembrandts *Christus im Sturm auf dem See Genezareth*.

Wenn sich schon im echten Leben die Kunstwerke nicht finden lassen, dann dürfen ihre Geschichten zumindest weitererzählt werden …

VON EINER, DIE ALLES ANDERS MACHEN WOLLTE …

Fall 4: Aileen Wuornos

»Ich habe mit Hunderten Männern geschlafen, ich habe nur sieben umgebracht …«

Eine Kindheit voller Zurückweisung

Warum hat ein Mensch das Bedürfnis, zu töten? Wie wird aus einem unschuldigen Kind ein kaltblütiger Serienkiller? Es ist schwer, zu verstehen, warum eine Person Gewalttaten begeht; niemand kann in ihren Kopf schauen oder ihre Gedanken mithören. Außer sie schreibt ein Buch – wie Aileen Wuornos. Ein Buch darüber, wie sie zu einer der meistgesuchten Serienmörderinnen der USA geworden ist: *My True Story*.

Ein Buch darüber, dass sie ein besseres Leben führen wollte als ihre Eltern.

Und wie sie bei dem Versuch grandios scheiterte …

Aileen Carol Wuornos wird am 29. Februar 1956 in dem kleinen Örtchen Rochester im Bundesstaat Michigan geboren. Die Familienverhältnisse sind schwierig. Die Eltern sind bei ihrer Geburt unglaublich jung, eigentlich selbst noch Kinder. Als ihre Mutter Diane den Vater Leo 1954 heiratet, ist sie gerade einmal vierzehn Jahre alt, Leo ist achtzehn. Ein Jahr nach ihrer Hochzeit bekommen sie das erste Kind, Aileens Bruder Keith. Und wiederum nur ein Jahr später erblickt Aileen das Licht der Welt.

Die Eltern sind zu diesem Zeitpunkt schon nicht mehr zusammen, nur zwei Monate vor Aileens Geburt lässt sich Diane von Leo scheiden – die Ehe muss alles andere als glücklich gewesen sein. Angeblich ist Leo gewalttätig und kriminell, ein Psychopath und Kinderschänder. Zum Zeitpunkt der Geburt sitzt er im Gefängnis. Wann genau Diane die rosarote Brille von den Augen fällt, ist unklar, doch die Trennung erfolgt, kurz bevor Aileen geboren wird. Ihren Vater wird Aileen nie persönlich kennenlernen. 1969 erhängt er sich in der Haft.

Die Trennung macht das Leben für Diane nicht einfacher. Selbst noch ein Teenager, ist sie mit ihren Kindern, um die sie sich nun alleine kümmern muss, heillos überfordert. 1960 gibt sie die beiden bei ihren eigenen Eltern ab. Eigentlich sollen die zwei nur als Babysitter einspringen, doch wenig später ruft Diane an und teilt ihnen mit, sie sagt, dass sie nie wiederkommen wird. Aileen ist da gerade einmal vier Jahre alt.

Das Leben bei den Großeltern ist für das Mädchen die Hölle. Die beiden sind schwere Alkoholiker. Angeblich wird Aileen regelmäßig von ihrem Großvater mit einem Stock oder einem Gürtel verprügelt. Sie lernt dabei, dass der Schmerz geringer ist, wenn der Stock, mit dem sie geprügelt wird, dicker ist. Ein ehemaliger Mitschüler von ihr berichtet, dass Aileen immer blaue Flecken auf den Armen und Beinen gehabt habe. Doch sie erleidet nicht nur körperliche Verletzungen. Während er auf sie eindrischt, schreit der Großvater, dass Aileen wertlos sei und besser nie geboren worden wäre.

Aileen wächst gemeinsam mit den zwei Kindern ihrer Großeltern auf, die noch zu Hause leben, also den beiden Geschwistern ihrer Mutter – ihrem Onkel und ihrer Tante. Die Großeltern erzählen ihnen nicht, wer die beiden Kleinkinder sind, die sie bei sich aufgenommen haben. Aileen selbst hält Oma und Opa für ihre Eltern.

Die Familie lebt sehr zurückgezogen. Die Wuornos sind dafür bekannt, die Außenwelt von sich fernzuhalten. Nachbarn erinnern sich daran, dass die Vorhänge in dem einstöckigen Landhaus mit den ausgebleichten gelben Außenwänden immer zugezogen sind. Niemand –

außer der Familie – betritt das Haus. Kein Mensch ist je zu Kaffee und Kuchen oder zu einem Geburtstag eingeladen. Auch die Nachbarskinder haben keinen Kontakt zu Aileen und Keith. Laut einer Mitschülerin wird Aileen einmal von einem Truck angefahren und verletzt sich am Kopf. Aber niemand kommt, um ihr zu helfen, niemand mag sie genug, um sich ihrer anzunehmen.

Dabei ist es durchaus nicht so, dass Aileen gehasst wird. Vielmehr fühlt sich ihr einfach niemand nahe, niemand hegt irgendwelche Gefühle ihr gegenüber. Sie ist den anderen Kindern schlichtweg egal. Auch als Aileen älter wird und heranwächst, bleibt sie einsam. Kein Junge möchte sie küssen oder sich mit ihr auf einen Heuboden verkriechen. Sie schaut den anderen Jugendlichen dabei zu, wie sie die ersten Erfahrungen in der Liebe machen. Mit Aileen würde sich dagegen kein Junge zu einem romantischen Stelldichein treffen. Aber sie wird schnell dafür bekannt, dass sie für Zigaretten sexuelle Dienste anbietet. Deswegen bekommt sie den Namen »Cigarette Pig« oder auch »Cigarette Bandit«. Und noch etwas anderes wissen alle über Aileen und ihre merkwürdige Familie: Aileen hat schon in sehr jungen Jahren Sex mit ihrem Bruder Keith. Daran, wann genau das begonnen hat, kann sich selbst Aileen nicht mehr erinnern …

Weg. Einfach nur weg …

Im Alter von elf Jahren kommt für Aileen das große Erwachen. Sie findet heraus, dass die Personen, die sie bisher für ihre Eltern gehalten hat, eigentlich ihre Großeltern sind. Sie ist sowieso erfüllt von Hass auf den Mann, der sie ständig verprügelt und ihr das Gefühl gibt, wertlos zu sein. Die Tatsache, dass er sie über so viele Jahre hinweg betrogen und belogen hat, kehrt in ihrem Leben das Unterste nach oben. Sie wird unkontrollierbar. Und auf noch jemanden ist sie wütend: auf ihre Mutter, die sie in ihren Augen weggeworfen hat wie ein Stück Abfall. Dieses Bewusstsein hinterlässt in Aileens Seele eine große Narbe und sorgt dafür, dass sie für ihre Mutter zeitlebens nie etwas anderes empfindet als Wut. Richtig kennen lernt sie sie nie. Aileen wird immer aggressiver, agiert ungemein impulsiv, was die Beziehung zu ihren Großeltern zunehmend verschlechtert. An Weihnachten 1967 wirft ihre Familie sie aus dem Haus.

Aileen lebt von da an mit anderen Obdachlosen in alten Autos oder in selbst gebauten Hütten im Wald. Sie ist zu diesem Zeitpunkt gerade einmal elf Jahre alt und muss sich von nun an selbst durchs Leben schlagen. Für ihren Zorn, ihren Frust und ihren Ärger über die ganze Situation findet sie zwei Ventile: Sex und Alkohol. Mit zwölf Jahren ist sie schon stark alkoholabhängig. Mehrfach wird sie von Jungen und Männern missbraucht, wenn sie zu betrunken ist, um sich selbst zu kontrollieren und zu wehren. Einmal wacht sie nach einem besonders verheerenden Rausch auf und findet Spermaflecken auf ihrer Kleidung. Woher diese kommen, weiß Aileen nicht …

Während dieser Vagabundenzeit lernt sie ein anderes Mädchen kennen: Dawn. Eigentlich ist sie eine Freundin ihrer Tante, aber nach und nach wachsen die beiden immer enger zusammen. Dawn wird für Aileen zur besten Freundin und wird es auch bis zum Ende ihres Lebens bleiben. Gemeinsam trampen die beiden nach Kalifornien und hoffen darauf, dort endlich die schönen Seiten des Lebens auf der Straße – Freiheit, Unabhängigkeit – zu finden, doch die schlechten lassen nicht lange auf sich warten. Sie kaufen gemeinsam Drogen und wie schon beim Alkohol konsumiert Aileen deutlich zu viel.

Schließlich gibt es nur noch einen Weg für Aileen: den Weg zurück. Sie zieht wieder bei ihren Großeltern ein.

Alles anders?

Doch auch zurück in der Heimat bekommt Aileen ihr Leben nicht in den Griff. In der Schule fällt sie negativ auf, weil sie sich einfach nicht konzentrieren kann. Einmal steckt sie fast das gesamte Gebäude in Brand, weil sie auf der Toilette Klopapier anzündet. Die Schule empfiehlt, dass Aileen mit dem Jugendamt in Kontakt treten soll. Doch das passiert nicht, weil niemand die Angelegenheit in die Hand nimmt. Und auch sonst kümmert sich keiner um das Kind. Aileen verbringt die meiste Zeit mit ihren obdachlosen Freunden, darunter auch Männer, die sie zu sich nach Hause einladen, um ihr – gegen Geld – beim Tanzen zuzuschauen, und bei denen sie auf dem Schoß sitzt.

Obwohl Aileen den Traum hat, alles anders zu machen als ihre Eltern, ein besseres Leben zu führen und auf keinen Fall so zu werden wie sie, wird sie im Alter von gerade einmal vierzehn Jahren, wie schon damals ihre Mutter, schwanger. Wer der Vater des Kindes ist, verrät Aileen nicht. Ist es ihr Bruder Keith? Oder – wie Gerüchte behaupten – der Großvater? Andere Quellen berichten, dass ein Freund des Großvaters Aileen vergewaltigt habe und sie von ihm schwanger geworden sei. Das bestätigt auch Aileens Freundin Dawn in einem Interview mit dem *Vice Magazine*.

Angesichts der Schwangerschaft brechen die Großeltern endgültig mit ihrer Enkelin. Für sie ist es unverständlich, dass sie genauso wie Diane in so jungen Jahren schwanger geworden ist.

Es ist keine leichte Zeit für das junge Mädchen. Aileen steht den Veränderungen ihres Körpers, diesem heranwachsenden Wesen in ihrem Bauch ganz allein gegenüber. Im Januar 1971 wird das Kind in einem Frauenhaus geboren, ein kleiner Junge, den Aileen kurz nach der Geburt zur Adoption freigibt.

In der Zwischenzeit – nur wenige Monate nach der Geburt des Kindes – stirbt Aileens Großmutter unter ungeklärten Umständen. Die offizielle Todesursache ist Leberversagen, doch abermals ranken sich rätselhafte Gerüchte um die Familie Wuornos. Es wird gemunkelt, der Großvater habe sie umgebracht. Nachgewiesen wird ihm nichts. Nach dem Tod der Großmutter droht angeblich der Großvater damit, Aileen umzubringen, wenn sie sein Haus nicht verlasse. Kurze Zeit später versucht dieser, sich das Leben zu nehmen. Er überflutet den Keller und lässt ein Stromkabel in das Wasser hängen – ohne den gewünschten »Erfolg«. Ein paar Jahre später tötet er sich selbst mit den Abgasen seines Wagens.

Aileen kommt zu seiner Beerdigung. Doch nicht, um schmerzvoll Abschied zu nehmen. Stattdessen tritt sie an den Sarg, zündet sich eine Zigarette an, nimmt einen tiefen Zug und bläst der aufgebahrten Leiche ihres Großvaters den Rauch ins Gesicht. Klarer hätte sie wohl nicht ausdrücken können, was sie von ihrem »Vater« hält.

Ein Prinz von neunundsechzig Jahren

Nach dem Tod ihrer Großeltern nimmt ihre leibliche Mutter Diane wieder Kontakt zu Aileen und Keith auf. Sie lädt die beiden ein, bei ihr zu wohnen – doch die Geschwister lehnen ab. Aileen beschließt stattdessen, die Schule abzubrechen, die wenigen Gegenstände, die sie besitzt, in eine Tasche zu packen und abzuhauen. Sie will wieder auf der Straße leben. Sie ist jung, sie kann sich durchsetzen und sie weiß, wie sie von Männern Geld bekommt. Das reicht ihr, um sich aufzumachen und den Schritt in die neu gewonnene Freiheit zu wagen.

Denn Aileen will unabhängig sein.

Sie will reich sein.

Und Aileen kommt schneller an Geld als gedacht. An viel Geld. Genauer gesagt an Millionen. Im Mai 1976 heiratet sie im Alter von zwanzig Jahren den Millionär Lewis Gratz Fell. Der Bräutigam hat eine eigene Firma, ist Präsident eines Jachtclubs, extrem gut vernetzt mit Staatsanwälten, Politikern und anderen Unternehmern sowie neunundsechzig Jahre alt. Kennengelernt hat er Aileen auf der Straße, als sie per Anhalter unterwegs ist. Innerhalb kürzester Zeit macht er der jungen Frau einen Heiratsantrag. Aileen sagt dazu nicht nein, denn ihr eröffnet sich in der Ehe mit Lewis Fell eine Chance, die nur die wenigsten Frauen auf der Straße bekommen: die Chance auf ein Leben im Luxus – während dieser im Gegenzug eine junge, attraktive Frau ins Bett bekommt und ein Sexleben, von dem er in den letzten Jahren nur träumen konnte. Bisher hat er sein Leben nur der Arbeit gewidmet. Dieser neue Lebensabschnitt mit seiner jungen Frau soll für ihn so etwas wie ein zweiter Frühling werden. Doch Aileen bringt sich selbst um das Happy End ihrer Cinderella-Story.

Nach der Hochzeit trinkt sie weiter, sie wird aggressiv – und zwischenzeitlich sogar verhaftet. Der Tod ihres Bruders Keith, der mit nur einundzwanzig Jahren an Kehlkopfkrebs stirbt, gibt ihr den Rest. Aileen fällt in ein tiefes Loch. Nur Alkohol hilft ihr, den Schmerz zu betäuben. Sie prügelt sich in Bars und wird deshalb verhaftet. Lewis, der seine Frau offenbar aufrichtig liebt, versucht, Aileen zu helfen. Er redet auf sie ein, will sie trösten, sie zur Vernunft bringen. Doch das einzig sichtbare Ergebnis ist, dass sie ihm ein blaues Auge verpasst und ihn mit seinem Gehstock verprügelt.

Damit endet die Ehe schon nach kürzester Zeit. Lewis wirft Aileen raus und sorgt dafür, dass sie sich ihm nicht mehr nähern darf. Aileen muss also wieder zurück auf die Straße, aber zumindest hat sie genügend Geld, um sich für ein paar Monate über Wasser zu halten. Als ehemaliger Navy-Soldat hatte ihr Bruder Keith eine Lebensversicherung in Höhe von 10 000 Dollar, die nun Aileen zugesprochen wird. Doch anstatt das Geld sinnvoll anzulegen, verprasst sie die Summe innerhalb von drei Monaten für eine Stereo-Anlage und Antiquitäten – ohne überhaupt eine Wohnung zu haben, in der sie die Gegenstände unterbringen könnte. Schließlich landet Aileen wieder dort, wo sie vor der Ehe mit Lewis war: auf der Straße. Ohne Geld, ohne Familie, ohne Zukunft.

In den Knast für dreiunddreißig Dollar

Doch Aileen schlägt sich durch. Sie kennt dieses Leben und weiß daher, wie sie sich durchsetzen kann. Sie hat in den nächsten Jahren immer wieder kurze Beziehungen, die schnell in die Brüche gehen. Irgendwann hat sie aber genug. Sie hat genug davon, auf der Straße zu leben. Sie hat genug davon, von Männern missbraucht und ausgenutzt zu werden. Sie hat genug von der Armut, in der sie lebt. Sie will der US Army beitreten, doch sie verfehlt mehrmals die beim Aufnahmetest erforderliche Punktzahl. Aileen sieht keinen anderen Ausweg, als sich das Leben zu nehmen.

Am 20. Mai 1981 kauft Aileen sich eine Pistole. Sie versucht, sich Mut anzutrinken, und zögert doch, den Abzug zu betätigen. Mehr Alkohol muss her. Aileen geht noch einmal los. Beim Bezahlen im

Schnapsladen stellt sie ihre Handtasche auf den Tresen – aus der der Griff ihrer Pistole herausschaut. Die Kassiererin ist sich sicher: Das ist ein Überfall. Sie drückt Aileen dreiunddreißig Dollar in die Hand, mit denen diese aus dem Laden stolpert – angeblich, ohne die Situation richtig verstanden zu haben. Kurz darauf wird Aileen verhaftet und in einem kurzen Prozess verurteilt.

Zwei Jahre Haft für eine Handvoll Dollar.

Liebe und Tod

Wieder in Freiheit besteht Aileens Leben darin, Menschen auszunutzen und ausgenutzt zu werden. Dazu kommen weitere Straftaten, weswegen die Polizei regelmäßig nach ihr sucht. Ihre Beziehungen sind häufig von Gewalt geprägt. Insbesondere ihre erste Beziehung zu einer Frau soll voller physischer und psychischer Attacken gewesen sein. Sie endet damit, dass Aileen ihr Zuhause komplett ausgeräumt vorfindet. Das Einzige, was diese ihr zurücklässt, sind eine Telefonrechnung in Höhe von fast 485 Dollar und ein alter Ventilator.

Sitzengelassen und zurückgewiesen werden – das kennt Aileen bereits. Doch kurz darauf hat sie mehr Glück in der Liebe. Bei einer Kneipentour im Frühling 1986 lernt sie eine Frau kennen, die sie später als die Liebe ihres Lebens bezeichnen wird: Tyria. Aileen sagt, dass sie zu ihr zum ersten Mal eine Verbindung verspürt, die mehr ist als nur Sex.

Tyria arbeitet als Zimmermädchen in einem Hotel in Florida und ist aktives Mitglied einer Kirchengemeinde. Mehrere Jahre wird es die bodenständige junge Frau mit der impulsiven, kriminellen Aileen aushalten. Dabei ist Tyria sich durchaus bewusst, dass Aileen ihr Geld hauptsächlich mit Prostitution verdient. Sie erwirtschaftet damit den Lebensunterhalt für sie beide, denn Tyria verdient nicht genug, um davon leben zu können.

Zum ersten Mal hat Aileen eine Person in ihrem Leben, zu der sie eine ernsthafte Verbindung aufbauen kann. Eine Person, die sie nicht ablehnt und vor die Tür setzt. Eine Person, die anders ist als ihre Mutter, ihre Großeltern oder die etlichen Männer, die sie im Laufe ihres Lebens misshandelt haben.

Aileen baut sich eine Stammkundschaft als Prostituierte auf. Sie nimmt hundert Dollar für Sex im Motel, fünfundsiebzig Dollar für Sex im Wald oder dreißig Dollar für Oralsex auf dem Parkplatz. Für sie ist Prostitution so ähnlich wie Taxi fahren. Manche Kunden sind gut, manche respektlos und andere beschweren sich grundlos.

Am 30. November 1989 begegnet Aileen ihrem ersten Opfer: Richard Mallory. Sie ist auf dem Weg zu Tyria, denn die beiden wollen eine neue Wohnung mieten und müssen dafür noch die Kaution zusammenkratzen. Als sie in das Auto von Richard Mallory einsteigt, sieht sie eine Chance, noch schnell an Geld zu kommen.

Mallory und Aileen trinken miteinander, fahren an einen abgelegenen Ort, trinken weiter. Die beiden beginnen, darüber zu streiten, ob und wie sie Sex haben werden. Angeblich will Mallory »die Ware testen«, bevor er bezahlt. Er wird immer brutaler und versucht schließlich, Aileen zu vergewaltigen. Doch sie ist auf so eine Situation vorbereitet. In ihrer Handtasche liegt eine Pistole griffbereit – und Aileen hat keine Skrupel, sie zu benutzen.

Sie schießt mehrmals auf Mallory. Beim ersten Schuss drückt sie einfach nur ab und trifft deswegen nur den rechten Arm. Er fleht und bettelt, aber Aileen hat Angst davor, dass er sie anzeigt und sie wegen versuchten Mordes angeklagt wird. Auf keinen Fall will sie wieder hinter Gitter. Mit den darauffolgenden Schüssen tötet sie den Mann. Auch rückblickend findet sie ihre Tat mehr als nur verständlich, nämlich gerechtfertigt: Hätte Mallory etwa nicht versucht, sie zu töten, wenn sie ihm nicht zuvorgekommen wäre?

Leichen pflastern ihren Weg

Zum Zeitpunkt seines Todes ist Richard Charles Mallory einundfünfzig Jahre alt. Er betreibt einen kleinen Laden, in dem er elektronische Geräte repariert. Er lebt isoliert. Aber es ist bekannt, dass er regelmäßig mitten am Tag das Schild mit der Aufschrift »OPEN« umdreht, seinen Laden abschließt und seine sexuellen Fantasien mit Prostituierten auslebt. Erst vor Kurzem hat er sich von seiner letzten Freundin getrennt, fünf Scheidungen hat er schon hinter sich.

Am 2. Dezember 1989 bleibt der Laden von Richard Mallory unerwartet geschlossen. Zunächst fällt das niemandem auf, denn Richard hat nicht viele Freunde, bei denen er sich regelmäßig meldet, oder Kunden, die dringend Ware abholen wollen. Aber die Polizei fängt an, nach ihm zu suchen, nachdem sein Wagen in der Nähe von Aileens und Tyrias Wohnung aufgefunden wird. Zwei Türen stehen offen, die Lichter im Innenraum sind noch an. Am Lenkrad finden sich Blutspuren. In der Brieftasche im Sand neben dem Truck findet sich ein Ausweis mit dem Namen Richard Mallory. Der Fahrersitz jedoch ist ganz nach vorne geschoben, so würde kein Mann in Richards Größe Auto fahren. Ist der Täter möglicherweise eine Frau?

Am 13. Dezember 1989 findet die Polizei die Leiche von Richard Mallory in einem Wald. Insekten und andere Tiere haben dem toten Körper schwer zugesetzt, er ist in einem so schlechten Zustand. Für die Polizisten ist es auf diese Weise unmöglich, Hinweise auf den Täter zu finden. In der Wohnung von Richard stoßen die Ermittler auf Telefonnummern von anderen Prostituierten, die sie befragen. Diese Frauen erzählen von den perversen Fantasien und dem grausamen Umgang von Richard. Aber sie alle haben Alibis.

Die Polizei hat keine weiteren Indizien, und so führt Aileen ihr Leben mit Tyria erst einmal ungestört weiter. Sie schenkt Tyria einen Schal und eine Lederjacke, in der »Richard« auf dem Etikett steht. Den Mord hält sie vor der Liebe ihres Lebens nicht geheim. Eine Kamera und einen Radarfallen-Detektor, die sie aus dem Auto hat mitgehen lassen, tauscht sie in einer Pfandleihe gegen fünfunddreißig Dollar ein.

Allerdings hat die Sache mit Richard Aileen offenbar auf den Geschmack gebracht. Im Laufe der nächsten zwölf Monate erschießt sie in und rund um Florida sechs weitere Männer. Bei all diesen Taten habe es sich, wie sie später sagt, um Notwehr gehandelt. Einen Mann tötet sie, weil sie vermutet, dass er sie mit einem Stahlrohr erschlagen möchte. Ein anderer Mann beleidigt sie; sie begnügt sich zunächst damit, ihn mit einem Schuss zu verletzten – bis sie eine Waffe auf seinem Autodach findet. Hatte der Mann etwa vor, sie zu töten? Aileen kommt ihm zuvor.

Nach und nach kristallisiert sich für die Ermittler eine Spur heraus. Die Phantombilder, die mithilfe von Zeugen erstellt werden, scheinen zwei Personen zu zeigen: eine größere Frau mit blonden Haaren und roten Lippen sowie eine kleinere Frau mit kurzen schwarzen Haaren und Mondgesicht – offenbar ein Pärchen. Tatsächlich ist Tyria bei den späteren Morden anwesend und wird in den gestohlenen Autos der Opfer gesehen.

Am Ende ist es der erste Mord, der im Dezember 1990 zur Aufklärung der Serie beiträgt. Die Polizei sucht mithilfe von Zeitungsanzeigen nach Hinweisen. Daraufhin melden sich zwei Personen unabhängig voneinander in der Gegend, in der das erste Opfer gewohnt hat. Die eine sagt aus, dass zwei Frauen einen Wohnwagen kaufen wollten. Die andere berichtet, dass zwei junge Frauen einen Wohnwagen von ihr gemietet hätten. Die jeweiligen Beschreibungen der Frauen passen sehr genau zueinander – und zu den erstellten Phantombildern. Nur die Namen unterscheiden sich: »Tyria Moore« und »Lee« – das ist der Spitzname von Aileen – bei einem Anrufer, und »Tyria Moore« und »Susan Blahovec« – einer der Decknamen, die Aileen häufig benutzt hat – beim anderen. Zum ersten Mal hat die Polizei eine heiße Spur.

Der perfekte Lockvogel

In der Zwischenzeit ist die Beziehung zu Tyria, die so viele Jahre überdauert hat, zerbrochen. Wegen des Drucks und der Fahndung nach den beiden hat Aileens Freundin einen Schlussstrich gezogen. Außerdem müssen sie ihre gemeinsame Wohnung räumen. Aileen steht also erneut vor dem Nichts. Keine Wohnung, kein Geld, keine Beziehung.

Währenddessen sind die Fahnder den beiden immer dichter auf der Spur. Sie finden heraus, wer die Frauen auf den Phantombildern sind. Tyria Moore ist nicht vorbestraft und wird so für die Ermittler schnell uninteressant. Ganz anders bei Aileen. Es sieht alles danach aus, dass sie es war, die unter einem ihrer Pseudonyme eine Kamera sowie einen Radarfallen-Detektor in der Pfandleihe eingetauscht hat – genau solche Geräte, wie sie aus dem Auto des ersten Opfers gestohlen wurden. Und tatsächlich finden sich Mallorys Fingerabdrücke auf einem der Geräte.

Jackpot!

Außerdem zeigt ein Abgleich, dass Aileens Fingerabdrücke mit jenen übereinstimmen, die die Polizei an manchen Tatorten gefunden hat. Sie wissen also jetzt, wer die Person ist, die sie suchen. Am 8. Januar 1991 finden die Ermittler Aileen schließlich. Aber sie greifen nicht sofort zu. Sie überwachen sie erst, wie sie mit einem Rollkoffer von einem Ort zum nächsten zieht.

Gern würde die Polizei Aileen länger beobachten, um mehr über sie zu erfahren und so vielleicht ihre Kontakte oder Angewohnheiten herauszufinden, die dazu beitragen könnten, die Morde aufzuklären oder etwaige Mittäter ausfindig zu machen. Doch allein in der Zeit der Beobachtung nimmt die örtliche Polizei Aileen zweimal fast mit aufs Revier. Die Ermittler können das jeweils im letzten Augenblick verhindern, indem sie in aller Eile bei den zuständigen Vorgesetzten anrufen, damit Aileen ungestört weiterlaufen kann und sich nicht verschreckt aus dem Staub macht.

Die Nächte verbringt Aileen in der Last Resort Bar. Dort wird sie von Zivilpolizisten beobachtet. Als jedoch klar wird, dass am Abend in der Bar ein großes Bikertreffen stattfinden soll, bei dem Aileen leicht abtauchen könnte, beschließt die Polizei, frühzeitig zuzugreifen, und verhaftet Aileen. Dabei wird ihr nicht mitgeteilt, dass sie wegen Mordverdachts verhaftet wurde, sondern ein offener Haftbefehl wegen eines ihrer Aliase und unerlaubten Waffenbesitzes wird vorgeschoben.

Auch Tyria wird festgenommen. Sie ist mittlerweile bei ihrer Schwester untergekommen und willigt bei der ersten Befragung durch die Polizei ein, gegen Aileen auszusagen. Sie wird so der perfekte Lockvogel für Aileen, die ihre Freundin schmerzlich vermisst. Wieder auf freiem Fuß soll Tyria bei Aileen im Gefängnis anrufen und versuchen, ein Geständnis aus ihr herauszukitzeln.

Insgesamt elfmal telefonieren Tyria und Aileen miteinander – ohne ein greifbares Ergebnis für die Ermittler. Aileen hört ein Knacken in der Leitung und vermutet zu Recht, dass sie abgehört wird. Außerdem kommt ihr Tyria verdächtig vor – nicht so, wie in jener Zeit, als sie sich noch in Freiheit gesehen haben. Aileen wiederholt nur zwei Dinge immer wieder: Sie werde alle Schuld auf sich nehmen und dafür sorgen, dass Tyria bei ihrer Familie sein könne und nicht im Gefängnis lande. Und dass sie für Tyria sterben wolle.

Ein Versprechen, das Aileen halten wird.

»Ich habe nur sieben umgebracht ...«

Aileen hat eine Vertraute im Gefängnis – eine Wärterin. Sie bittet diese schließlich zu einem Gespräch im Gefangenenblock, um ihr alles zu gestehen. Aileen erzählt ihr von den Morden, betont aber auch, dass Tyria nichts damit zu tun habe. Sie wolle nun alles loswerden, weil sie Angst habe, nicht in den Himmel zu kommen, wenn sie ihre Taten mit sich nehme. Offenbar haben die Jahre des Zusammenlebens mit der religiösen Tyria ihre Spuren hinterlassen.

Wenige Tage später gesteht Aileen im Gespräch mit zwei Polizisten ihre Taten. In drei verschiedenen Verfahren werden Aileens Morde schließlich verhandelt. In allen Fällen zeigt sie sich geständig und besteht darauf, dass sie aus Notwehr gehandelt habe.

Im ersten Prozess wird nur der Mord an Richard Mallory verhandelt. Ein Journalist schreibt über die Verhandlung, dass er es merkwürdig finde, dass die Strafakte von Richard nicht berücksichtigt werde. Mallory ist schon mehrmals wegen Sexualdelikten verurteilt worden und gilt Prostituierten gegenüber als äußerst brutal. Außerdem ist er aus einer geschlossenen psychiatrischen Klinik ausgebrochen. Ein Typ, so schreibt der Journalist, mit dem man ohne Waffe nicht in einem Auto sitzen möchte.

Vielleicht hätte die Jury anders entschieden, wenn sie diese Informationen vorliegen gehabt hätte. Stattdessen hören sie nur das, was Aileen sagt. Sie sehen, wie sie sich gibt. Aileen ist aggressiv. Sie ist provokativ. »Ich habe mit Hunderten Männern geschlafen, ich habe nur sieben umgebracht ... Was sagt euch das?«

Getan, was getan werden musste

Am 28. Januar 1992 wird Aileen zum ersten Mal zum Tode verurteilt. In den weiteren Prozessen erhält sie fünf weitere Todesurteile. Aber erst zehn Jahre später wird Aileen Carol Wuornos hingerichtet. Zehn lange Jahre versuchen die Anwälte, ihr Unzurechnungsfähigkeit attestieren zu lassen, weil sie bei mehreren Tests starke psychopathische Tendenzen gezeigt hat. Das Todesurteil wäre in diesem Fall auf »lebenslänglich« abgewandelt worden.

Für Aileen ist diese Aussicht aber schlimmer als die auf die Hinrichtung und sie versucht sogar, ihre Pflichtverteidiger loszuwerden. Sie sagt, dass sie wieder töten werde, wenn sie am Leben gelassen werde.

Die Zeit im Todestrakt ist für sie eine Qual. Wie die *Associated Press* berichtet, beschuldigt Aileen die Gefängniswärter, sie würden ihr Essen mit Urin oder Dreck verunreinigen und immer wieder schmerzliche Leibesvisitationen vornehmen. Der Grund: Aileen solle ihrer Meinung nach in den Selbstmord getrieben werden. Außerdem sollen die Wärter ein perfides Wettspiel begonnen haben, wer schneller ist: Aileen oder der elektrische Stuhl ... Die Gefängnisleitung bestreitet diese Vorwürfe vehement. Aileen Wuornos bringt sich nicht um. Sie stirbt am 9. Oktober 2002 durch die Giftspritze. In ihrem Schlusswort am Ende des letzten Prozesses entschuldigt sie sich nicht. Die Angehörigen der Opfer mögen diese vielleicht geliebt haben, sagt sie, doch sie, Aileen, wollten diese Männer verprügeln, vergewaltigen, ja, sogar umbringen. Sie habe nur das getan, was getan werden musste.

Und das Schreckliche daran: Vermutlich konnte Aileen aus ihrer Sicht wirklich nicht anders.

Dabei hatte sie doch alles anders machen wollen ...

INZEST, GELDGIER ODER RACHE?

Fall 5: Hinterkaifeck

»Zu vieles spricht für ihn, fast nichts gegen ihn.«

Sechs Tote auf dem Einödhof

Zwischen Feldern, Wäldern und Wiesen liegt der abgelegene Hof der Familie Gruber in der Nähe von Pfaffenhofen in Bayern. Hinterkaifeck. Nach München sind es etwa siebzig Kilometer in den Süden, knapp fünfhundert Meter sind es bis zum nächsten Ort Gröbern.

Es ist ein Freitag, der 31. März 1922.

An diesem Abend werden sämtliche Mitglieder der Familie Gruber und die Magd Maria Baumgartner umgebracht. Insgesamt sechs Personen sterben in dieser Nacht. Alle Opfer werden erschlagen – vermutlich mit einer Kreuzhacke. Die jüngsten Opfer sind die siebenjährige Cäzilia und ihr zweieinhalbjähriger Bruder Josef.

Erst vier Tage nach dem Mord werden die Leichen der Familie gefunden, erst vier Tage nach dem Verbrechen tritt zutage, was für eine bestialische Tat hier stattgefunden hat. Und was für eine rätselhafte Tat – die Polizei stellt jahrelang intensive Nachforschungen an, mehr als hundert Verdächtige geraten in den Fokus der Ermittler, die auf die unterschiedlichsten Hinweise und Motive stoßen, was die Geschichte von Hinterkaifeck zu einem der bekanntesten Kriminalfälle der deutschen Geschichte macht …

Keine normale Familie

Zum Zeitpunkt der Tat ist der Hof knapp sechzig Jahre alt. Das Gebäude ist ein L-förmiger Bau. Die Anlage besteht aus einem eingeschossigen, lang gestreckten Wohn- und Stallgebäude, an das rechtwinklig ein größerer Scheunentrakt angeschlossen ist. Unter dem Dach befindet sich ein durchgehender Dachboden, in dem Stroh und Heu gelagert werden.

Die Familie lebt ein Stück abseits vom nächsten Dorf. Es handelt sich um freundliche Menschen, das sagt zumindest der Postbote. Doch die, um es vorsichtig auszudrücken, »ungewöhnliche« Familienkonstellation auf dem Hof Hinterkaifeck zeigt, dass hier durchaus keine normale, nette Familie gewohnt hat …

Das Familienoberhaupt ist Andreas Gruber. Er hat hier das Sagen. Mittlerweile ist er vierundsechzig Jahre alt. Eigentlich hat er das Anwesen schon vor einiger Zeit seiner Tochter Viktoria übergeben, dennoch hat er weiterhin das Kommando auf diesem Hof, der gut läuft. Entsprechend wohlhabend ist die Familie. Gruber ist fast einen Meter achtzig groß, von kräftiger Statur, furchtlos und durch nichts so leicht zu erschüttern. Er wird als geizig, menschenscheu, stur und äußerst misstrauisch beschrieben.

Seine Frau heißt Cäzilia Gruber und ist zweiundsiebzig. Sie ist mit Andreas in zweiter Ehe verheiratet. Andreas Gruber war früher Knecht auf dem Hof. Nach dem Tod des Hofbauern ehelichte er seine Arbeitgeberin und steigt selbst zum Bauern auf. Es gibt Gerüchte darüber, dass die Ehe nicht glücklich ist. Aus der Ehe der beiden ist Viktoria die einzige Tochter, die das Kindesalter überlebt hat. Zwei weitere Kinder sterben, eines davon gleich nach der Geburt.

Viktoria heißt die besagte Tochter, die auf dem Hof Hinterkaifeck geboren wird. Seit ihrer Hochzeit mit dem inzwischen verstorbenen Karl Gabriel trägt sie dessen Nachnamen: Viktoria Gabriel. Sie ist fünfunddreißig Jahre alt und – wie es heißt – bildhübsch. Sie ist im Kirchenchor erste Sängerin und wird wegen ihrer schönen Stimme auch als »Lerche von Kaifeck« bezeichnet. Karl Gabriel ist im Ersten Weltkrieg gefallen, nur neun Monate nach der Hochzeit und einen Monat vor Cäzilias Geburt, die inzwischen sieben Jahre alt ist. Daher hat die kleine Cäzilia ihren Vater nie kennengelernt. Doch es gibt noch ein weiteres Kind auf dem Hof. Das jüngste Kind von Viktoria ist der kleine Josef. Er ist gerade einmal zweieinhalb Jahre alt. Josef und Cäzilia sind Halbgeschwister. Doch es ist nicht klar, wer Josefs Vater ist.

Als Vater kommen zwei Männer infrage: Lorenz Schlittenbauer, ein verwitweter Nachbar – oder Andreas Gruber, Viktorias Vater. Der wäre dann gleichzeitig Vater und Großvater des kleinen Josef.

Tatsächlich hat schon im Jahr 1915 das Landgericht Neuburg Andreas und Viktoria wegen Inzests verurteilt. Das Gericht sieht es als erwiesen an, dass die beiden über mehrere Jahre hinweg ein intimes Verhältnis gehabt haben. Die Beweislage hierfür ist ziemlich dünn, zudem kann das Gericht nicht genau sagen, wann oder wie oft die beiden miteinander geschlafen haben sollen – es stellt nur fest, dass es über einen längeren Zeitraum passiert sein soll. Seit Viktorias sechzehntem Geburtstag sollen die beiden Sex gehabt haben. Die wichtigste Zeugin ist eine Nachbarin, die sagt, dass Viktoria ihr von dem intimen Verhältnis zwischen ihr und ihrem Vater erzählt habe. Ob die Beziehung einvernehmlich oder nicht war, bleibt dahingestellt. Es ist jedoch davon auszugehen, dass heute eher von einer »Vergewaltigung« die Rede wäre. Das ficht der Richter jedoch nicht an. Viktoria wandert für einen Monat ins Gefängnis, der Vater muss für ein Jahr ins Zuchthaus.

1920 werden die beiden ein zweites Mal wegen Inzest angeklagt. Die Anzeige, die zum Prozess führt, stammt von Lorenz Schlittenbauer. Er gilt als der offizielle Vater des kleinen Josef. Viktoria und Lorenz hatten eine Weile eine Affäre, aus der Josef als Kind hervorgegangen sein könnte.

Tatsächlich würde Lorenz Schlittenbauer Viktoria gern heiraten. Viktoria ist sehr hübsch und schlau. Außerdem wird sie den Hof erben und das Vermögen ihrer wohlhabenden Eltern noch dazu. Eine gute Partie – und eine passende. Lorenz und Viktoria kennen sich schon ihr ganzes Leben lang. Sie sind Nachbarn. Lorenz ist Ortsvorsteher, hat also auch ein hohes Ansehen im Ort, und er besitzt ebenfalls einen eigenen Hof, der sogar etwas größer ist als der Hinterkaifeck-Hof. Ihn und Viktoria verbindet zudem ein gemeinsames Schicksal: Genau wie bei Viktoria ist seine erste Ehefrau früh verstorben.

Die erste Annäherung ging offenbar von Viktoria aus. Lorenz berichtet, nach dem Tod ihres Mannes habe sie ihm ein eindeutiges Angebot gemacht. Allerdings sei er nicht darauf eingegangen, schließlich sei er zu diesem Zeitpunkt noch verheiratet gewesen.

Die Sache sieht jedoch ganz anders aus, als Viktoria, kurz nachdem seine Frau gestorben ist, noch einmal zu ihm kommt und fragt, ob er sie heiraten möchte. Die Idee an sich findet Lorenz gut, aber ihn stört das Verhältnis von Viktoria zu ihrem Vater. Deswegen spricht er erst mit Andreas darüber und bittet ihn darum, Viktoria heiraten zu dürfen. Er stellt jedoch gleichzeitig die Bedingung, dass Andreas dann nicht mehr mit Viktoria schlafen dürfe. Der antwortet darauf angeblich nur: »Wir werden sehen.«

Lorenz spricht ein weiteres Mal mit Viktoria, die zu diesem Zeitpunkt schon mit Josef schwanger ist, und beschreibt die Situation folgendermaßen: »Sie sagte auch, dass ich der Vater sei. Ich protestierte dagegen und sagte ihr: ›Da ist doch dein Vater auch dabei.‹ Sie erwiderte darauf: ›Das ist eben das Bessere, dass ich sagen kann, Vater, du bist auch dabei, sonst täte er mich erschlagen.‹« Außerdem erklärt Viktoria ihm, dass es ihrem Vater nun doch nicht mehr recht sei mit der Heirat – die Vaterschaft solle er, Lorenz, trotzdem anerkennen.

Es kommt zum Streit zwischen Lorenz und Andreas Gruber – schließlich werden für den Fall, dass Lorenz das Kind tatsächlich anerkennt, auch Alimente fällig. Lorenz droht Gruber mit einer Anzeige wegen Inzests, der jagt diesen mit der Sense davon.

Lorenz ist wegen dieser ganzen Sache extrem angefressen. Eigentlich wollte er doch nur Viktoria heiraten. Doch die Hochzeit wird ihm jetzt verwehrt, stattdessen soll er die offizielle Vaterschaft für einen Sohn übernehmen, der in seinen Augen gar nicht von ihm ist – mit allen finanziellen Verpflichtungen, die damit einhergehen.

Kurz nach der Geburt des kleinen Josef zeigt Lorenz Andreas Gruber und Viktoria also wegen »Blutschuld« an. Zum zweiten Mal stehen die beiden vor Gericht. Viktoria hat Angst um ihre Existenz. Sie hat ein Kleinkind, das sie versorgen muss. Außerdem muss sie als Wiederholungstäterin mit einer viel härteren Strafe rechnen. Wobei auch diesmal die Frage nach der Einvernehmlichkeit des Verkehrs sicherlich nicht gestellt werden wird …

Sie hat nur noch eine Chance – sie muss Lorenz dazu bringen, seine Anzeige zurückzuziehen. Es kommt zur Aussprache und Viktoria hat Erfolg. Lorenz einigt sich mit der Familie vom Hinterkaifeck-Hof darauf, dass er die Vaterschaft zwar anerkennt, jedoch keine Alimente zahlen muss. Andreas und Viktoria werden freigesprochen.

Wie das Verhältnis zwischen den Familien ab diesem Zeitpunkt wohl war?

Man weiß es nicht.

Lorenz sagt, dass er sich mit der Familie wieder gut verstanden habe, dass er aber von diesem Moment an bis zu dem Zeitpunkt, an dem die Leichen gefunden wurden, nicht mehr auf dem Hinterkaifeck-Hof gewesen sei …

Ein unbemerkter Mord

Vier Tage dauert es, bis die Leichen gefunden werden. Der Hof liegt abseits, hat keine unmittelbaren Nachbarn. Dennoch suchen in der Zwischenzeit immer wieder Menschen den Hof auf – doch dass sechs Leichen auf dem Gehöft verteilt liegen, bemerken sie nicht.

Zwei Kaffeeverkäufer kommen am Samstag, dem Tag nach dem Mord, vorbei, um eine Bestellung aufzunehmen – und ziehen unverrichteter Dinge weiter, als niemand auf ihr Klopfen reagiert.

Auch in der Schule fällt auf, dass die siebenjährige Cäzilia nicht zum Unterricht, der damals auch am Samstag stattfindet, erscheint. Am Sonntag wird die Familie, die sonst sonntags immer in die Kirche geht, beim Gottesdienst vermisst. Montag und am Dienstag taucht Cäzilia wieder nicht in der Schule auf. Der Postbote wundert sich darüber, dass sich am Montag immer noch die Post von Samstag im Briefkasten befindet.

Doch tätig wird niemand.

Schließlich kommt am 4. April 1922 um neun Uhr ein Mechaniker auf den Hof. Er soll eine Maschine reparieren. Die Zylinderkopfdichtung eines Dieselmotors ist kaputt. Er trifft niemanden an und wartet eine Stunde lang darauf, dass irgendjemand kommt. Letztendlich verschafft er sich Zutritt zur Motorenhütte und arbeitet an der Maschine, rund viereinhalb Stunden lang. Die ganze Zeit über bekommt er keinen Menschen zu Gesicht und ist ganz allein.

Gegen 14.30 Uhr ist er mit seiner Arbeit fertig. Er schwingt sich auf sein Fahrrad und fährt Richtung Gröbern. Dort trifft er zufällig auf zwei Töchter von Lorenz Schlittenbauer, dem offiziellen Vater des kleinen Josef. Der Mechaniker erzählt den beiden Mädchen, dass er auf Hinterkaifeck niemanden angetroffen habe. Falls sie jemanden von der Familie sehen sollten, sollen sie ihm doch bitte ausrichten, dass der Motor wieder läuft. Die Mädchen erzählen das ihrem Vater.

Der ist verwundert. Normalerweise ist werktags immer jemand auf dem Hof zu Hause. Er schickt seine beiden Söhne zum Hinterkaifeck-Hof. Sie sollen nachschauen, ob dort alles in Ordnung ist.

Als die Söhne auf dem Hof der Grubers niemanden antreffen, geht Lorenz selbst – zusammen mit Michael Pöll und Jakob Sigl, zwei weiteren Nachbarn – zum Hof der Grubers. Ihnen fällt auf, wie still es ist, die drei gehen zur Scheune. Lorenz Schlittenbauer tritt als Erster ein. Er stolpert, achtet darauf jedoch nicht weiter. Da ruft Pöll hinter ihm: »Da ist ja ein Fuß.« Und er hat recht. In der Scheune liegen vier Leichen. Über ihnen eine Holztür, darüber eine Schicht Stroh. Es sind die Leichen von Andreas und Cäzilia Gruber sowie von Viktoria und ihrer kleinen Tochter. Spätere Untersuchungen werden ergeben, dass die Siebenjährige offenbar zunächst überlebt hat und erst zwei Stunden nach dem Angriff qualvoll an ihren Verletzungen gestorben ist. Vor Schmerzen hat sich das Mädchen ganze Haarbüschel ausgerissen und in den Mund gesteckt.

Die drei Männer sind schockiert. Sie hoffen, die restlichen Bewohner irgendwo lebend zu finden, und suchen das komplette Grundstück ab. Sie dringen ins Haus ein und entdecken dort die Leichen des kleinen Josefs im Stubenwagen, der im Schlafzimmer seiner Mutter steht, und der Magd Maria Baumgartner. Diese war geistig und körperlich leicht behindert und ist erst am Tag vor der Tat auf dem Hof eingetroffen. Ihre Schwester hat sie gebracht, deren Hand Maria beim Abschied gar nicht mehr loslassen wollte. Als hätte sie etwas geahnt …

Alle Opfer sind voller Blut. Ihre Schädel wurden brutal eingeschlagen. Viktoria wurde besonders schlimm zugerichtet. Es wirkt so, als ob der oder die Täter mit großem Hass auf sie eingeprügelt haben. Keine der anderen Leichen ist so malträtiert worden wie ihre. Neben etlichen Verletzungen an ihrem Kopf und einer eingeschlagenen Gesichtshälfte finden sich auch Würgespuren an ihrem Hals. Die Polizei rekonstruiert, dass wahrscheinlich erst Viktoria getötet wurde, dann ihre Mutter Cäzilia, dann ihr Vater Andreas.

Schließlich die anderen drei Opfer.

Vernichtete Beweise

Entsetzt machen Michael Pöll und Jakob Sigl sich auf den Weg ins Dorf, um die Polizei zu holen. Doch bevor sie gehen, beginnt Lorenz Schlittenbauer damit, die Leichen von Andreas, Cäzilia und Viktoria zurechtzurücken. Seine Begleiter sagen ihm, dass er damit aufhören solle. Ihnen ist bewusst, dass erst die Polizei den Tatort untersuchen muss. Aber Lorenz entgegnet ihnen, dass er sich alles genau ansehen müsse. Er fordert Michael Pöll und Jakob Sigl sogar auf, Heu vom Speicher runterzuwerfen. Damit will er erst mal die Tiere auf dem Hof versorgen.

Warum Lorenz so handelt?

Ist er durch die Geschehnisse so durch den Wind, dass er nicht mehr mit gesundem Menschenverstand agiert?

Oder will er etwa Beweise vernichten?

Bei seiner Aussage gegenüber der Polizei berichtet Jakob Sigl zudem, wie auffällig gut Lorenz Schlittenbauer überall im Hause genau

Bescheid wusste – besser, als er eigentlich Bescheid wissen konnte. Täterwissen? Oder Dinge, die ihm einfach aus der Zeit seiner Affäre mit Viktoria bekannt waren?

Auf jeden Fall weigern Michael Pöll und Jakob Sigl sich, Lorenz bei der Tierfütterung zu helfen, und verlassen den Hof, um die Polizei zu alarmieren.

Als diese kommt, führt Lorenz die Ermittler durchs Haus und zeigt den Polizisten im Schlafzimmer eine leere Brieftasche. Es fällt jedoch auf, dass sonst kaum etwas fehlt. Und noch etwas fällt auf: Offenbar hat Lorenz Schlittenbauer keine Anstalten gemacht, Schaulustige vom Tatort zurückzuhalten. Dorfbewohner und Nachbarn tummeln sich auf dem Hof, laufen kreuz und quer durch die Gegend und vernichten potenzielle Spuren.

Der große Unbekannte

Die Polizisten beginnen damit, Zeugen zu befragen und Hinweise zu sammeln. Jahrelang ziehen sich die Ermittlungen hin, in deren Verlauf sich immer mehr Ungereimtheiten ergeben. Eine der frühesten Aussagen ist jene eines Zimmermanns auf der Walz, der am Abend nach der Tat an Hinterkaifeck vorbeigelaufen ist, also am 1. April 1922. Er sagt, dass an diesem Abend noch ein Feuer in der Tenne gebrannt und ein großer Mann ihm mit einer Taschenlampe ins Gesicht geleuchtet habe. Als diese Gestalt den Zimmermann gesehen habe, sei sie wieder zurück in den Anbau des Hofes gegangen.

Falls das stimmt, würde das bedeuten, dass noch jemand im Haus aktiv war, als die Familie bereits tot war. Vielleicht hatten es der oder die Täter tatsächlich nicht eilig, weil sie genau wussten, dass auf diesem abgelegenen Stück Land nicht viele Menschen vorbeikommen.

Zudem gibt es Hinweise darauf, dass schon seit geraumer Zeit eine rätselhafte Person um den Hof Hinterkaifeck ihr Unwesen trieb. So haben sich Dinge ereignet, die für sich genommen belanglos wirken, die aber nach dem Mehrfachmord Rätsel aufgeben.

Beispielsweise finden die Hofbewohner kurz vor dem Mord in der Nähe des Hofes eine *Münchner Zeitung*. Das ist ungewöhnlich, denn diese Publikation ist in der Region nicht weit verbreitet. Andreas oder Viktoria – der Postbote weiß es nicht mehr so genau – fragen diesen, ob er die Zeitung vielleicht auf seiner Tour verloren habe oder wer rund um den Hof diese Zeitung lese. Aber der Postbote kann sich deren Auftauchen auch nicht erklären. Abonniert hat das Blatt in der Gegend niemand.

Außerdem findet Andreas Gruber wenige Tage vor den Morden Fußspuren im Schnee, die er sich nicht erklären kann. Denn die Fußspuren führen nur zum Hof und nicht wieder zurück. Es wirkt so, als ob jemand seinen Hof vom nahen Waldrand aus beobachtet und sich dann zum Hof geschlichen hätte.

Darüber hinaus beobachten vor der Tat einige Frauen, mit denen Viktoria im Chor singt, wie diese nach der Kirche von einem unbekannten Mann am Friedhof angesprochen wird. Der Mann will sie begleiten, doch Viktoria möchte das nicht, wehrt sich sogar mit einer Ohrfeige, als der Mann immer aufdringlicher wird. Angeblich sagt dieser auch zu ihr: »Frauen wie du lassen mir keine Ruhe.« Allerdings weiß niemand, wer dieser Mann ist – genauso wenig, ob das der gleiche Mann ist, der in der Nacht nach dem Mord das Feuer in Hinterkaifeck entzündet hat oder ob die mysteriösen Fußspuren zu diesem Mann gehören.

Möglicherweise hat der Unbekannte den Grubers den Haustürschlüssel gestohlen. Der ist nämlich auch verschwunden. Sowohl Viktoria als auch Andreas erzählen mehreren Menschen einen Tag vor den Morden, dass sie ihren einzigen Haustürschlüssel vermissen. Die Familie lässt extra einen neuen Riegel anbringen, um den Hof zu sichern. Wirklich sicher fühlt sich die Familie dennoch nicht. Am Tag des Mordes selbst erzählt Andreas Gruber in einem Geschäft, dass etwas bei ihm zu Hause nicht stimme. Er habe nachts Geräusche auf dem Dachboden gehört, als würde da jemand herumlaufen. Er sei nach oben gegangen, habe aber niemanden entdecken können.

Und tatsächlich: Bei ihren Ermittlungen stößt die Polizei auf Spuren, die darauf hindeuten, dass jemand dort oben gelegen haben könnte. Das Heu, das dort gelagert wird, ist an zwei Stellen so zusammengescharrt, dass es aussieht, als hätten eine oder zwei Personen sich hier eine Art provisorisches Bett geschaffen. Außerdem sollen am Dach zwei Ziegel entfernt worden sein. Die Lücke, die dadurch entstanden ist, ermöglicht einen weiten Blick auf den Innenhof, so, als ob jemand genau beobachten wollte, was passiert.

Dazu kommt, dass Viktoria in den Jahren vor dem Mord immer wieder große Geldsummen von ihrem Konto abgehoben und sich sogar Geld geliehen hat. Warum, ist nicht bekannt. Vor allem nicht, warum sie sich Geld leihen musste. Die Familie war schließlich wohlhabend. Wurde Viktoria etwa erpresst?

All diese Hinweise befeuern die Gerüchte, dass der oder die Mörder von außen kamen und sich schon Tage vor den Morden im Hof Hinterkaifeck eingenistet und nur auf den richtigen Zeitpunkt gewartet haben, um zuzuschlagen.

Ein Punkt spricht allerdings dagegen: Die Familie Gruber hatte einen Hund, der fremde Personen in der Regel anbellte. Warum also hat er nicht Laut gegeben? Der Dachboden war über eine kleine Leiter im Stall zu erreichen, das heißt, da hätte der Hund die Fährte aufnehmen können und dann Alarm schlagen müssen.

Von Spitzhacken und Kristallkugeln

Es gibt viele ungeklärte Fragen und Ungereimtheiten, die die Ermittler beantworten müssen. Ein wichtiger Punkt für die Polizisten ist dabei die Suche nach der Tatwaffe. Es ist offensichtlich, dass die Opfer allesamt mit einem spitzen Gegenstand erschlagen wurden. Als Erstes findet die Polizei eine Spitzhacke in einem Trog bei den Kühen. Die Ermittler gehen zunächst davon aus, dass die Familie Gruber damit umgebracht wurde. Allerdings finden sich keine Blutspuren auf der Hacke. Die Polizei überlegt, ob möglicherweise die Kühe das Blut von der Spitzhacke weggeleckt haben könnten.

Als der Hof dann ein Jahr nach dem Mord abgerissen wird, findet man in einem Zwischenboden eine mit Blut verschmierte Hacke. Darauf findet man zudem menschliche Haare und Haare von einem Tier, wahrscheinlich von einem Kaninchen oder einer Katze. Diese Hacke wird zu einem Spezialisten geschickt, dieser kann jedoch keine verwertbaren Spuren mehr auf dieser mehr entdecken. Auch ein Taschenmesser wird bei diesem Abriss gefunden, aber es gilt eher als unwahrscheinlich, dass es sich dabei um die Tatwaffe handelt. In den meisten Quellen wird die Hacke als die Tatwaffe beschrieben.

Ungeklärt bleibt auch, ob es sich um einen Raubmord handelt. Die Brieftasche auf dem Bett ist zwar leer, aber eine Geldkassette mit vielen Gold- und Silbermünzen, die leicht zu finden gewesen wäre, wird von dem oder den Tätern nicht beachtet. Da jedoch niemand weiß, wie viel Geld und Gold sich im Haus befanden, können die Polizeibeamten nicht ermitteln, ob und wie viel Geld gestohlen wurde.

Auch Wochen nach dem Verbrechen hat die Polizei noch immer keine heiße Spur, keine konkreten Hinweise und natürlich auch kein Geständnis. Weil die Polizei ratlos ist, beschließt sie, zu einem heute schräg anmutenden Mittel zu greifen – das in jener Zeit gar nicht mal so ungewöhnlich ist. Sie befragt Hellseherinnen, ob sie mit ihren übernatürlichen Kräften weitere Informationen zum Aussehen, der Identität oder dem Aufenthaltsort der Täter liefern können. Um ihre magischen Kräfte zu befeuern, bekommen die Hellseherinnen Pakete mit Teilen der Schädel – es war damals üblich, bei Gewaltverbrechen den Opfern die Köpfe abzutrennen, um sie besser untersuchen zu können. Darüber hinaus werden ihnen die leere Brieftasche, die auf dem Bett gefunden wurde, und ein Seil, das der Täter berührt haben könnte, vorgelegt.

Aber auch die Hellseherinnen liefern keine neuen Erkenntnisse.

Eine andere Person mit einem guten Draht ins Jenseits behauptet allerdings, dass sie genau wisse, wer den Mord begangen habe, und wundert sich, dass die Polizei nicht von selbst darauf kommt. Aber den Namen des Mörders nennt diese Person – Pfarrer Michael Haas – nicht.

Es ist davon auszugehen, dass dem Pfarrer die Tat gebeichtet wurde, doch da dieser aufgrund des Beichtgeheimnisses den Namen nicht offen nennen durfte, verlegte er sich möglicherweise auf Andeutungen. Einem Oberinspektor zufolge versucht Haas sogar Jahre später, sich vom Vatikan eine Ausnahmegenehmigung einzuholen, um das Verbrechen mit den Infos, die er aus einer Beichte erhalten hat, aufklären zu dürfen. Falls dem so war, kommt die Genehmigung zu spät – der Pfarrer stirbt, bevor er den Namen des Täters enthüllen kann.

Die Ermittler stehen vor einem Rätsel. Die Spurenlage ist dünn, Beweise gibt es keine. Ganz oben auf der Liste der Verdächtigen steht jedoch Lorenz Schlittenbauer. Er hat zumindest ein Motiv.

Er wollte Viktoria heiraten. Weil aber Andreas dafür nicht den Inzest mit seiner Tochter aufgeben will, jagt er ihn vom Hof und bläst die Hochzeit ab. Schlittenbauer ärgert sich zudem über die Vaterschaft, die er offiziell angenommen hat, weil er von Andreas dazu genötigt wurde, obwohl er nicht weiß, ob er tatsächlich der Vater ist. Außerdem hat er sich laut Zeugenaussagen sehr sonderbar benommen, als er am Tatort eingetroffen ist, und hat alles getan, um etwaige Spuren zu verwischen.

Neben dem Motiv besaß er die Gelegenheit, die Morde zu begehen. Er kennt sich am Hof bestens aus, war dort mehrmals zu Gast. Lorenz wohnt in der Nähe und hätte sich problemlos unerkannt auf den Hof schleichen können.

Doch es spricht auch etwas gegen die Theorie, dass Lorenz der Mörder ist. Er ist schwerer Asthmatiker. Wie soll er da sechs Menschen mit einer schweren Hacke den Schädel einschlagen, ohne dass ihm die Luft wegbleibt? Und warum tötet er die unbeteiligte Magd, die erst seit wenigen Stunden auf dem Hof ist und von den Morden in der Scheune nichts mitbekommen hat? Die Schreie der Opfer waren nicht im Haus zu hören. Das überprüft die Polizei später mit einem Experiment.

Tote werden lebendig

Der nächste Tatverdächtige auf der Liste der Polizei ist eine faustdicke Überraschung. Karl Gabriel, Viktorias verstorbener Ehemann und der Vater von Cäzilia. Es kommen nämlich Zweifel daran auf, ob er wirklich im Krieg gefallen ist. Kameraden sagen aus, dass er nicht gestorben sei, sondern nur eine andere Identität angenommen habe.

Spannend sind in diesem Zusammenhang die Aussagen von zurückgekehrten Kriegsgefangenen aus dem Zweiten Weltkrieg. Die sagen unabhängig voneinander aus, dass sie von einem sowjetischen Offizier nach Hause geschickt worden seien, der bayerisch gesprochen habe. Dieser Offizier habe ihnen erzählt, dass er der Mörder von Hinterkaifeck sei.

Kam also Karl Gabriel nach dem Ersten Weltkrieg unter falschem Namen zurück zum Hof der Familie Gruber? Hatte er da bereits vor, seine Frau zu töten, weil er in der Ehe mit ihr alles andere als glücklich gewesen war? Oder entschloss er sich erst bei seiner Rückkehr zum Mord, als er feststellen musste, dass seine Frau offensichtlich ein Kind von einem anderen geboren hatte?

Nach der Tat könnte sich Gabriel nach Russland abgesetzt haben, wo er dann im Zweiten Weltkrieg mit seinen Taten prahlte. Es gibt sogar Zeugen, die bestätigen, dass sie unmittelbar nach den Morden einen Mann gesehen haben, der gesagt habe, dass er nach Russland auswandern möchte. Aber selbst wenn diese Aussagen alle wahr sein sollten, wäre immer noch nicht gesichert, dass dieser Offizier in Russland Karl Gabriel war.

Und Gabriel ist durchaus nicht der einzige Verdächtige neben Schlittenbauer. Auch ein geisteskranker Patient, der aus einer Heilanstalt ausgebrochen ist, gilt als möglicher Täter. Doch die Fahndung nach ihm verläuft ins Leere. Der Mann ist einfach nicht mehr auffindbar.

Mehrere ehemalige Erntehelfer der Familie Gruber sollen zudem unzufrieden mit ihrer Behandlung und Entlohnung gewesen sein. Aber reicht das als Grund für einen Raubmord? Beweise gibt es dafür nicht, zumal die prall gefüllte Schatulle mit Gold- und Silbermünzen nicht vom Tatort entwendet wurde …

Und die schier endlose Reihe der Verdächtigen geht noch weiter: Die Schwester zweier Männer, die in dieser Zeit an der Ermordung von neun Bauern beteiligt gewesen sein sollen, wird später auf dem Sterbebett aussagen, dass ihre Brüder, die Gebrüder Gump, auch die Mörder der Familie Gruber gewesen seien. Aber auch das lässt sich nicht beweisen.

Ebenfalls kurzzeitig unter Verdacht stehen zwei Männer aus der Gegend, die anfingen, für ihre Kinder ein Haus zu bauen, und denen kurz darauf das Geld ausging – allerdings können sie wenig später aus heiterem Himmel ihre Schulden für das Haus doch noch bezahlen. Woher sie plötzlich das Geld haben, ist unklar, wie so vieles an diesem Fall.

Aber macht sie das wirklich zu Mördern?

So viele Fragen, keine Antworten

Es werden noch zahlreiche weitere Verdächtige befragt. Die Polizei ermittelt in die unterschiedlichsten Richtungen. Doch das Ergebnis ist immer das gleiche: Es gibt keine Beweise für eine entsprechende Tatbeteiligung. Alle Verdächtigen müssen am Ende wieder freigelassen werden. Der grausame Sechsfachmord auf dem Hinterkaifeck-Hof bleibt ungeklärt.

Auch viele weitere Fragen können die Ermittler nicht aufklären. Warum hat sich die Familie nicht gewehrt? Eine frühere Magd erzählt, dass Andreas Gruber ungebetenen Gästen auch mal mit einem Gewehr hinterhergeschossen habe. Manchen Quellen zufolge soll er angesichts der Geräusche auf dem Dachboden gesagt haben, dass er sein Gewehr schon bereitgestellt habe.

Es stellt sich auch die Frage, warum es so lange gedauert hat, bis die Leichen gefunden wurden. Eigentlich hätte schon viel früher auffallen müssen, dass niemand auf dem Hof mehr lebte, weil die Kühe vor Hunger oder weil sie nicht gemolken wurden, geschrien haben müssen.

Die Ermittler gehen daher davon aus, dass der oder die Täter zum Tatort zurückgekommen sind, um sich um die Tiere zu kümmern, sie zu füttern und sie zu melken. Vielleicht blieb der (oder die?) Täter nach den Morden auch auf dem Hof. Dafür würde sprechen, dass die Polizei ein frisch angeschnittenes Stück Speck entdeckt hat. Möglicherweise hat der Täter damit seinen Hunger gestillt.

Auch wenn der Fall schon mehr als hundert Jahre zurückliegt, lässt er die Menschen bis heute nicht los. Im Jahr 2007 wählten fünfzehn angehende Kriminalbeamte an der Fachhochschule für Verwaltung und Recht in Fürstenfeldbruck bei München den Mordfall Hinterkaifeck für ihre Studienabschlussarbeit aus.

In dieser Arbeit loben sie einerseits, dass sehr detailreich ermittelt wurde, aber sie kritisieren auch, dass vielen Hinweisen nicht nachgegangen wurde. Die Polizei habe zudem schlampig gearbeitet, Zeit-, Datums- und Ortsangaben seien ungenau oder fehlten ganz. Unter manchen Aussagen fehlten die Unterschriften der Befragten. Am Tatort haben die Polizisten darüber hinaus keine Fingerabdrücke genommen – auch in dieser Zeit eigentlich bereits reine Routine bei Mordermittlungen. Außerdem haben sie auch nicht das Umfeld des Hofs abgesucht, sondern nur den Hof selbst.

Die angehenden Kriminalbeamten kommen in ihrer 186 Seiten langen Abhandlung zu dem Ergebnis, dass ein Täter ohne verwertbare DNA-Spuren so viele Jahre später nicht mehr überführt werden könne.

Und doch scheint für die Kriminalbeamten alles auf eine Person hinzuweisen. »Zu vieles spricht für ihn, fast nichts gegen ihn«, heißt es in dem Bericht. Wen sie jedoch meinen, lassen die Beamten offen.

Aus Datenschutzgründen.

Und um der Familie des Täters kein Leid zuzufügen.

Der Mord von Hinterkaifeck hat schließlich schon für genug Schmerz gesorgt …

Doch das Entsetzen bleibt.

VERLOREN IM DSCHUNGEL

Fall 6: Lisanne und Kris

»Warum hört uns denn niemand?«

Lust auf Abenteuer

Zwei Mitbewohnerinnen – nein, mehr: Freundinnen.

Lisanne und Kris.

Zu Hause im niederländischen Amersfoort sind die beiden Studentinnen zusammen in eine Wohnung gezogen, haben neben dem Studium sogar gemeinsam im selben Café gejobbt. Doch im Frühjahr 2014 wollen sie raus. Sie wollen sich zu zweit ins Abenteuer stürzen – sie wollen: nach Panama.

Lisanne hat gerade ihr Studium der Angewandten Psychologie abgeschlossen, die Reise ist für sie eine Belohnung für die langen Stunden am Schreibtisch. Die sportbegeisterte, intelligente Frau mag weder große Menschengruppen noch typische Touri-Orte, weshalb ihr Panama als das ideale Ziel erscheint: ein Land voller Natur und Abwechslung. Ihre Mitbewohnerin Kris ist mit ihren einundzwanzig Jahren nur wenige Monate jünger als Lisanne und ein durch und durch kreativer Kopf. Sie hat bereits einen Abschluss in kultureller Sozialpädagogik mit dem Schwerpunkt Kunstpädagogik und will im darauffolgenden Herbst mit einem zweiten Studium – im Fach Kunstgeschichte – beginnen.

Es soll eine sorglose Reise werden, eine Reise voller Begegnungen, Erkenntnisse und Erholung. Sechs Wochen lang wollen die beiden Studentinnen das zentralamerikanische Land erkunden, Spanisch lernen und in einer Schule aushelfen. Eine Mischung aus Reisen und Gutes tun für die Kinder vor Ort, das ist der Plan. Unterkommen wollen sie während des Freiwilligendienstes in einem Hostel, das gleichzeitig auch eine Sprachschule ist – perfekt, um ihre Spanischkenntnisse zu verbessern.

Ein halbes Jahr hat es gedauert, alles zu organisieren. Als Kris und Lisanne ihre Familien zum Abschied in die Arme schließen, können sie vermutlich kaum glauben, dass es nun endlich losgeht. Ans andere Ende der Welt fliegt man schließlich nicht alle Tage!

Vor allem aber ahnt niemand, dass sie nie wieder nach Hause zurückkehren werden …

Go with the Panamanian flow

Der Aufenthalt in Panama beginnt friedlich. Für zwei unbeschwerte Wochen reisen die beiden Freundinnen an der Küste des Landes entlang, bis sie am 29. März 2014 das kleine Städtchen Boquete im Westen erreichen. Boquete liegt in einem von Bächen durchzogenen Tal. Gerade einmal vierzig Autominuten entfernt befindet sich der Vulkan Barú, der höchste Berg Panamas.

In Boquete sollen Kris und Lisanne nun die nächsten Wochen verbringen. Hier wollen sie an der Schule unterrichten; Anfang April soll es losgehen – zumindest ist das der Plan. Allerdings hat wohl etwas mit der Organisation des Freiwilligendienstes nicht ganz geklappt. Es gibt einige Tage Verzögerung. Doch Lisanne und Kris lassen sich ihre gute Laune nicht verderben. Voller Tatendurst beschließen sie, die Zeit zu nutzen, um sich die Umgebung genauer anzuschauen.

Durch die Nähe zum Vulkan und den umliegenden Dschungel lädt die Gegend regelrecht zu Wandertouren ein. Einen Fremdenführer haben sie in der Sprachschule sogar schon kennengelernt. Er hat angeboten, sie mit zu seiner Kaffeefarm zu nehmen, die tief im Dschungel liegt. Doch die beiden Frauen wollen erst einmal auf eigene Faust losziehen und verabreden sich für einen anderen Tag mit ihm.

Wanderung ohne Wiederkehr

Es ist der 1. April 2014, als Lisanne und Kris zu einer Tour auf dem Wanderweg *El Pianista* aufbrechen. Dieser führt durch die umliegenden Nebelwälder von Boquete hoch zur Kontinentalscheide. Der Name des Weges geht zurück auf seine leiterähnlichen Stufen, die an ein Klavier erinnern. Der Aufstieg verlangt Wanderern einiges ab, vor allem, wenn es geregnet hat. Auf dem schlammigen Weg voller Wurzeln ist es schwer, nicht zu stürzen. Doch an diesen Tagen ist das Wetter – wie schon die Tage zuvor – schön. Die Sonne lacht.

Die beiden Mädels planen nicht, an dem Tag lange unterwegs zu sein. Sie nehmen nur einen Rucksack mit, den sie abwechselnd tragen wollen, kein Essen und nur eine kleine Flasche Wasser. Ein Taxi bringt sie gegen zehn Uhr morgens direkt zum Startpunkt des Wanderweges. Dann machen sie sich an den Aufstieg, vorbei an wilden Avocados, windzerzausten Zedern und dicken Eichen, gekleidet in kurzen Hosen und Tops, begleitet von der Sonne und, so berichten einige Quellen, einem Hund, der dort in der Gegend lebt.

Irgendwann am Mittag, es mag schon Nachmittag sein, erreichen Kris und Lisanne den Aussichtspunkt auf dem Berg. Was jetzt geschieht, wird sich später niemand erklären können. Doch Tatsache ist – so viel finden die Ermittler später heraus –, dass die beiden Frauen den gekennzeichneten Wanderweg verlassen und auf der Rückseite des Berges immer tiefer in den Dschungel hineinlaufen. Der Aufstieg auf dem *El Pianista* gilt schon als schwierig, aber er ist kein Vergleich zu den verschlungenen Pfaden auf dieser Seite des Berges. Genutzt werden diese Wege nur von Einheimischen, die sich in der Gegend gut auskennen. Die Pfade sind ausdrücklich nicht für Touristen gedacht und werden dementsprechend auch nicht von den Behörden instand gehalten. Der Boden ist rutschig und schlammig, besonders nach Regen sackt man dort schnell mal knöcheltief ein.

Wie kann es also sein, dass die beiden Niederländerinnen nicht einfach den Weg zurückgehen, den sie gekommen sind? Sind sie aus Versehen vom offiziellen Weg abgekommen oder ist es eine bewusste Entscheidung? Sollte Letzteres der Fall sein, stellt sich die Frage: Haben sie aus freiem Willen gehandelt oder hat sie jemand dazu gezwungen?

Niemand kennt den Grund für diese folgenschwere Entscheidung. Doch Fakt ist: Kris und Lisanne verlassen den Weg – und kehren an diesem 1. April 2014 nicht aus dem Dschungel zurück.

Grüne Hölle

Das Fehlen der beiden Frauen fällt schnell auf. Am nächsten Tag vermisst man sie in der Sprachschule, und auch der Fremdenführer, mit dem sie eigentlich verabredet gewesen wären, hört nichts von ihnen. Zudem soll der Hund, der angeblich bei ihnen gewesen ist, in der Nacht allein wieder nach Hause gekommen sein – ohne seine menschlichen Weggefährtinnen. Auch die Lieben in der Heimat merken schnell, dass etwas nicht stimmt: Normalerweise schreiben Kris und Lisanne täglich Nachrichten, doch die bleiben plötzlich aus. Und telefonisch zu erreichen sind die beiden auch nicht.

Was ist nur geschehen?

Noch bevor die Polizei aktiv wird, nehmen die Menschen vor Ort die Sache in die Hand. Sie bilden Suchtrupps aus Ortskundigen, die Lisanne und Kris in den Dschungel folgen – doch von den beiden Frauen finden sie keine Spur. Mit seinen dicht bewachsenen Pfaden und den vielen Pflanzen und Bäumen ist der Dschungel ein regelrechtes Labyrinth, das sich kaum überblicken lässt – und das zudem unberechenbare Gefahren birgt. Schlangen, Panther, Jaguare und noch viele andere gefährliche Tiere leben hier. Ein falscher Schritt, und schon stürzt man einen Abhang hinab, der gar nicht als solcher zu erkennen war. Dazu kommen die hohe Luftfeuchtigkeit und das schummrige Licht, das nur spärlich durch die dichte Blätterkrone dringt. Es ist auf Dauer definitiv kein sicherer Ort für zwei junge Menschen, die nur eine Flasche Wasser, kein Essen und keine passende Kleidung für plötzliche Wetterumschwünge dabeihaben.

Am 3. April 2014, zwei Tage nach dem Verschwinden von Lisanne und Kris, schaltet sich die lokale Polizei ein, ein paar Tage später auch SINAPROC, das *Sistema Nacional de Protección Civil*, das Äquivalent zum deutschen Bundesamt für Bevölkerungsschutz und Katastrophenhilfe. Beides geschieht viel zu spät – meist sind die ersten vierundzwanzig Stunden entscheidend bei solchen Such- und Rettungsaktionen. Und gerade in diesem Fall – im panamaischen Dschungel – bräuchte es jedes Paar Augen, um das dichte Grün zu durchdringen.

Doch die zeitliche Verzögerung ist nicht das einzige Problem: Kaum hat sich die Regierung eingeschaltet, wird den Freiwilligen befohlen, sich zurückzuhalten. SINAPROC will eine eigene Suchaktion durchführen – obwohl die Freiwilligen doch diejenigen sind, die das Gebiet so gut kennen wie sonst niemand. Eine Entscheidung, die einige der Fremdenführer aus der Gegend in Zeitungsinterviews als grundlegend falsch einschätzen.

Am 6. April treffen die Familien von Kris und Lisanne in Boquete ein. Sie möchten selbst nach ihren Töchtern suchen. Und sie kommen nicht allein. Auch niederländische Ermittler unterstützen die Suchaktion, teilweise sogar mit Hundestaffeln. Sie durchkämmen das gesamte Waldgebiet, in dem man die beiden Frauen vermutet, lassen kein Mittel ungenutzt. Sogar Helikopter werden bei der Suche nach Lisanne und Kris eingesetzt, doch die dichte Blätterkrone des Dschungels macht es fast unmöglich, aus der Luft etwas zu erkennen.

Nach zehn Tagen Suche beschließen die panamaischen Behörden, die Aktion einzustellen. Starke Regenfälle setzen ein, sodass schließlich auch das niederländische Team aufgeben muss. Voller Verzweiflung setzen die Eltern eine Belohnung von 30 000 US-Dollar aus für Hinweise, die sie zu ihren Töchtern führen. Inzwischen sind schon Wochen vergangen, und mit jedem Tag sinken die Überlebenschancen für Lisanne und Kris.

Hat der Dschungel gesiegt?

Werden die Eltern ihre Kinder jemals wiedersehen?

Doch dann geschieht das, womit schon keiner mehr gerechnet hat: Nachdem fast zehn Wochen vergangen sind, seitdem man *Las Holan-*

desas – so werden Lisanne und Kris von den Zeitungen in Panama genannt – zum letzten Mal gesehen hat, taucht vollkommen unerwartet der Rucksack auf, mit dem die beiden an jenem Tag losgezogen sind. Er wird von einer Einheimischen am Flussufer eines Reisfeldes gefunden, verkeilt im Treibgut am Ufer. Das Feld liegt in der Nähe des Dorfes Alto Romero – etwa zwölf Stunden Fußmarsch von dort entfernt, wo Kris und Lisanne vom Touristenweg abgewichen sind. Als die Frau den Rucksack den Behörden übergibt, schwört sie, dass er am Tag zuvor noch nicht dort gelegen habe. In ihm befinden sich Lisannes Reisepass, zwei Sonnenbrillen, eine Wasserflasche, dreiundachtzig US-Dollar Bargeld, zwei BHs, Lisannes Digitalkamera und die Handys der beiden Vermissten; alles seltsamerweise ordentlich verpackt, trocken und in einem guten Zustand. Wie durch ein Wunder lassen sich die technischen Geräte sogar noch nutzen – und sie liefern neue, wichtige Informationen.

Die Auswertung der Handys ergibt, dass die beiden schon wenige Stunden nach ihrem Aufbruch zur Wanderung, um 16.39 Uhr, zum ersten Mal den Notruf wählen. Die jungen Frauen sind also recht schnell, nachdem sie vom offiziellen Weg abgewichen sind, in eine Notlage geraten. In den nächsten Tagen versuchen die beiden es immer wieder, doch ohne Erfolg. Insgesamt siebenundsiebzig Mal wählen sie den Notruf – sowohl den internationalen unter 112 als auch den lokalen unter 911. Nur ein einziger Anruf geht durch, bricht jedoch nach wenigen Sekunden wieder ab. Der Grund: das undurchdringliche Blätterdach des panamaischen Dschungels.

Wie verzweifelt müssen Lisanne und Kris gewesen sein – allein in der grünen Hölle, sich immer weiter vorwärtskämpfend in der Hoffnung, einen Ort zu finden, von dem aus ihr Notruf durchdringt und endlich die ersehnte Rettung bringt?

Ihre Hoffnung erfüllt sich nicht. Lisannes Handy wird zuletzt am 5. April gegen fünf Uhr morgens eingeschaltet, bevor der Akku leer ist. Kris' Handy hält noch etwas länger. Bis zum 11. April, also zehn Tage nach ihrem Aufbruch, wird es immer wieder an- und ausgeschaltet – doch da zu oft die falsche PIN eingegeben worden ist, lässt es sich nicht entsperren.

Ist das Handy zu diesem Zeitpunkt möglicherweise gar nicht mehr in den Händen seiner eigentlichen Besitzerin? Und wenn ja: In wessen Händen befindet es sich dann? Hat ihre Freundin es an sich genommen, weil Kris es aus unerfindlichen Gründen nicht mehr selbst bedienen konnte? Doch weshalb kennt Lisanne den Handy-PIN ihrer Freundin nicht? Hat sie ihn ihr nicht mehr sagen können? Oder ist vielleicht eine dritte Person im Spiel?

Vor allem aber stellt sich die Frage, wie die Geräte – trotz heftiger Regenfälle nach dem Verschwinden der beiden jungen Frauen – noch immer funktionieren können. Ist das tatsächlich Zufall? Glück?

Oder etwas ganz anderes?

Bilder eines Albtraums

Auf Lisannes Digitalkamera finden die Ermittler zahlreiche Fotos, die Kris und Lisanne nach dem Betreten des Dschungels gemacht haben. Auf den Fotos vom 1. April sieht noch alles normal aus: Sie zeigen die beiden beim Aufstieg zum Aussichtspunkt, Lisanne und Kris lächeln in die Kamera. Sie sehen glücklich und unbeschwert aus, schießen Selfies und bewundern die Umgebung – wie ganz normale Touris eben. Ihre Augen strahlen vor Freude. Nicht einmal der Hauch einer Ahnung dessen, was ihnen in kürzester Zeit widerfahren wird, ist auf ihren Gesichtern abzulesen.

Diese Fotos wurden einige Stunden vor dem ersten Notruf geschossen, als sich beide noch auf dem offiziellen Weg befanden. Im krassen Gegensatz dazu stehen die Bilder, die sie danach gemacht haben, am 8. April, also eine Woche später. Zwischen ein Uhr und vier Uhr nachts werden etwa neunzig Fotos mit Blitzlicht geschossen, bei vollkommener Finsternis im tiefsten Dschungel. Auf den meisten Aufnahmen ist nichts zu erkennen, dafür gibt es jedoch einige wenige, auf denen sich eine unheimliche, geradezu rätselhafte Szenerie darstellt. Auf einer dieser Aufnahmen steht die Person, die das Foto gemacht hat, kurz vor einer Schlucht, einer Stelle im Dschungel, an der es offenbar steil bergab geht. Ein Foto zeigt einen Zweig, an den Plastikfetzen geknotet worden sind, auf einem großen Stein – vermutlich eine selbst gebastelte Signalflagge. Daneben liegen, wie auf einem weiteren Bild erkennbar wird, die Habseligkeiten der beiden Frauen. Auf den Fotos soll zudem ein Stück Spiegel sichtbar sein, der auf einem Felsen liegt, umgeben von Toilettenpapier, aus dem drei Buchstaben gelegt wurden: SOS.

Unter den Bildern befindet sich auch ein Foto von Kris' Hinterkopf in Nahaufnahme – ein Bild, das den Ermittlern Sorgen bereitet, denn die Spitzen des kupferfarbenen Haares sind verklebt, sie sind dunkel, rötlich.

Blut?

Hat Kris sich etwa am Kopf verletzt?

Möglicherweise so schwer, dass sie nicht weiterkonnte?

Auch die anderen Aufnahmen sehen aus, als stammten sie direkt aus einem Albtraum. Die absolute Finsternis des Dschungels wird durch das grelle Blitzlicht nicht ansatzweise genug erhellt. Die existenzielle Angst und Orientierungslosigkeit, die Kris und Lisanne in diesem Moment spüren müssen, ist unvorstellbar. Die Finsternis, plötzliche Abgründe, Geräusche, die sie nicht zuordnen können. Und das Wissen, dass zwischen den Bäumen wilde Tiere – oder ganz andere Dinge – herumstreifen, die sie vielleicht sogar in diesem Moment beobachten.

Warum sie diese Bilder wohl gemacht haben? Es gibt mehrere Vermutungen. Lisanne und Kris könnten versucht haben, durch den Blitz der Kamera ihre Umgebung besser zu erkennen. Allerdings ist das Blitzlicht so grell, dass ihre Augen erst einmal Zeit bräuchten, um in der Umgebung etwas zu erkennen – und so lange leuchtet das Licht nicht auf.

Vielleicht aber haben die beiden auch versucht, durch die Blitze auf sich aufmerksam zu machen. Das würde jedoch nur dann einen Sinn ergeben, wenn sie menschliche Geräusche in ihrer Nähe gehört hätten – denn durch all die Pflanzen, Stämme und die dichte Blätterkrone des Waldes wäre es unwahrscheinlich, dass das Licht von weit her gesehen wird.

Eine andere Möglichkeit ist, dass die Frauen eine bestimmte Situation mit den Fotos dokumentieren wollten. Auf der Aufnahme von Kris' Hinterkopf ist nicht zu erkennen, wie schwer sie verletzt ist. Hat Kris möglicherweise zu diesem Zeitpunkt schon keine Kraft mehr, weiterzulaufen, sodass Lisanne alleine weiter muss, um Hilfe zu holen? Dokumentiert sie möglicherweise, bevor sie ihre Freundin zurücklassen muss, genau den Ort, um sie nachher wiederzufinden?

Die Wahrheit kennen nur die beiden.

Auf jeden Fall beweisen die Fotos, dass die zwei Freundinnen sich – obwohl Kris und Lisanne schon so viele Tage ohne Wasser, Nahrung und warme Kleidung im Dschungel gefangen sind und zu diesem Zeitpunkt nicht nur dehydriert, sondern durch die Regenfälle auch klitschnass, unterkühlt und maximal ermüdet sein müssen – noch immer rational und intelligent verhalten und alles ihnen zur Verfügung Stehende nutzen, um Signale für den Rettungstrupp zu hinterlassen. Das Stück Spiegel haben die beiden vermutlich auf dem Stein platziert, damit das Sonnenlicht darin reflektiert und so auch von der Luft aus gesehen werden kann. Auch der Zweig mit den Plastikfetzen könnte demnach als Orientierungsmarker dienen – immer in der Hoffnung, dass es für die beiden doch noch Rettung gibt, dass jemand ihre Zeichen sieht, dass jemand ihre Rufe hört …

Das fehlende Bild

Vielleicht aber waren es gar nicht Lisanne oder Kris, die die Fotos gemacht haben …

Beim Analysieren der Bilder fällt den Ermittlern nämlich etwas Merkwürdiges auf: Das Bild Nummer 509 fehlt, die Nummerierungen springen von 508 direkt auf 510. Das bedeutet, dass die Nummer 509 im Nachhinein gelöscht worden sein muss, denn wäre es direkt gelöscht worden, hätte die Kamera die Nummerierung einfach nahtlos weitergeführt.

Wer also hat das Foto gelöscht – und warum? Dass es Kris oder Lisanne selbst waren, ist höchst unwahrscheinlich. Denn warum sollten sie die gemachten Bilder noch einmal durchgehen und nur dieses eine löschen? Was man darauf gesehen hat, dürfte den beiden Frauen doch ziemlich egal sein – vor allem, weil sie auf diese Weise wertvolle Akkulaufzeit verschwendet hätten.

War in diesem Augenblick vielleicht eine dritte Person bei ihnen und wollte nicht, dass man sie auf dem Foto erkennt? Oder waren es die panamaischen Behörden selbst, die ein Verbrechen vertuschen wollten, um dem für die Wirtschaft wichtigen Tourismus in der Region nicht zu schaden? Immerhin bringt der Tourismus Panama pro Jahr etwa vier Milliarden Dollar ein, was gut 18 Prozent des Bruttoinlandsprodukts ausmacht. Letzteres zumindest vermuten einige, die sich kritisch mit dem Fall auseinandergesetzt haben, darunter Enrique Arrocha, der Anwalt von Kris' Familie, sowie Adelita Coriat, die für die Zeitung *La Estrella*, eine der größten Tageszeitungen Panamas, schreibt. Beide kommen auch in einer Reportage des deutschen *Focus*-Magazins über das Verschwinden von Lisanne und Kris zu Wort. Doch all das sind nur Spekulationen. Dort, wo nachweisbare Fakten fehlen, treten vage Theorien an ihre Stelle.

Auf jeden Fall löst der Fund des Rucksacks fast zehn Wochen nach dem Verschwinden der beiden Frauen eine neue Suchaktion entlang des Flusses aus, und tatsächlich entdeckt man einige Kilometer entfernt Kris' Shorts, die ordentlich gefaltet auf einem Felsen am gegenüberliegenden Ufer liegen. Haben die Frauen – oder eine von beiden – die Shorts dort platziert, um zu markieren, an welcher Stelle sie versucht haben, den Fluss zu überqueren? Ist die Kleidung also ein Zeichen, dass es zumindest eine von beiden doch noch aus dem Dschungel herausgeschafft hat? Oder wurden die Shorts von einer dritten Person dort platziert?

Doch wenn ja, warum?

Fragen über Fragen, auf die niemand eine Antwort hat. Das heißt, viele meinen zwar, die Antworten zu kennen, doch niemand kann sie auch wirklich beweisen.

Ein grausiger Fund

Die Hoffnung, die beiden Frauen jemals lebend wiederzusehen, schwindet, als die Helfer zwei Monate nach dem Rucksackfund Lisannes Schuh entdecken. Darin steckt noch ihr gesamter Fuß, abgetrennt vom Rest des Körpers, mit einem mehrfach gebrochenen Mittelfußknochen.

Und die schaurigen Entdeckungen mehren sich. Ein Beckenknochen und mindestens dreiunddreißig weitere Knochen tauchen auf, die zum Teil weit verstreut entlang des Flussufers liegen, sowohl flussauf- als auch flussabwärts der Fundstelle des Rucksacks. DNA-Tests räumen jeden Zweifel aus: Es handelt sich tatsächlich um die Gebeine der beiden Frauen, zumindest um einen Bruchteil davon.

An den gefundenen Körperteilen können keine Spuren von Gewalteinwirkung, also Schuss-, Messer- oder sonstige Traumaspuren, entdeckt werden – doch wie passt das mit den grausam zerstückelten Leichen zusammen? Und wie aussagekräftig ist die Feststellung hinsichtlich der fehlenden Gewalteinwirkung durch Dritte überhaupt, wenn der Großteil der Knochen noch gar nicht gefunden werden konnte?

Was außerdem seltsam ist: Während sich an Lisannes Knochen noch Haut befindet, sollen einige Knochen von Kris, darunter Teile ihrer Rippen, aussehen, als wären sie gebleicht worden. Das berichtet *The Daily Beast*, ein US-amerikanisches Online-Nachrichtenmagazin, das den Fall selbst noch einmal neu recherchiert hat, nachdem den Journalisten geheime Kopien der offiziellen Fallakten zugespielt wurden und auf das auch viele Erkenntnisse dieses Textes zurückgehen.

Allerdings waren diese Knochen nicht lange genug der Sonne ausgesetzt, als dass die UV-Strahlung sie auf diese Weise hätte bleichen können. Angeblich sollen an den Knochen Spuren von Kalk gefunden worden sein. Dieser Stoff kommt jedoch in der Gegend nicht natürlich vor und könnte, wie der leitende Gerichtsmediziner laut dem *Focus*-Magazin öffentlich spekuliert, zur Beschleunigung der Verwesung verwendet worden sein – möglicherweise ein Grund, weshalb Kris' Knochen so unnatürlich »sauber« erschienen.

Könnten die seltsam weißen Knochen damit ein Zeichen menschlicher Intervention sein? Ein Hinweis darauf, wie zumindest Kris gestorben ist?

In einem Interview mit *The Daily Beast* teilt der Leiter des niederländischen Ermittlerteams Dr. Frank Van de Goot seine Einschätzung der Situation mit. Er sei der Meinung, dass man ein Verbrechen zwar nicht komplett ausschließen könne, dass er aber davon ausgehe, dass es sich um einen Unfall handele. Die Ursache für den Tod der beiden Frauen seien die zerklüfteten geografischen Gegebenheiten der Region, die gerade beim Herumirren im Dunkeln tödliche Stolperfallen bereithielten, und der dichte Dschungel, der jeden Laut absorbiere. Außerdem wehe ein ständiger Wind vom Land her, Hunde könnten einen nicht riechen und es gebe keinen Telefonempfang.

Die von vielen Seiten kritisierte Arbeit der lokalen Polizei macht die faktische Rekonstruktion des Falls nicht leichter und nährt den Boden für wilde Spekulationen und krude Theorien. Das *Focus*-Magazin schreibt, dass »ordnungsgemäße Polizeiverfahren weitgehend ignoriert« worden seien, und zitiert Arrocha, den Anwalt von Kris' Familie, der die Versäumnisse der Polizei aufzählt. Dazu gehört, dass angeblich keine Bodenproben entnommen wurden, um sie später mit den bei der Autopsie gefundenen Beweisen zu vergleichen. Zudem sollen keine forensischen Tatortfotos gemacht worden sein, und die Leichenteile wurden wohl am Fundort nicht sofort kriminalistisch untersucht, sondern erst von Laien angefasst und transportiert. Abgesehen davon findet das niederländische Institut für Gerichtsmedizin mehr als dreißig nicht identifizierte Fingerabdrücke auf dem Inhalt des Rucksacks.

Die Spuren der Helfer?

Oder eines unbekannten Dritten?

Das alles sind Fragen, die wohl nie geklärt werden können.

Umso mehr Theorien gibt es über die Gründe für das Verschwinden der beiden Frauen, die so voller Lebensfreude in den Dschungel Panamas aufgebrochen sind …

Ein Rätsel – so viele Theorien …

Die offizielle Erklärung der panamaischen Behörden lautet, dass Kris und Lisanne sich im Dschungel verirrt hätten und dass ihr Tod ein Unfall sei. Beide Frauen seien von einer sehr schwer begehbaren Seilbrücke in den reißenden Fluss gefallen und von der Strömung gegen die Felsen geschleudert worden, woraufhin ihre Körper dann in einzelne Teile aufgespalten worden seien. Doch diese Erklärung wirft einige Fragen auf: Wie hat der Rucksack den Sturz in den Fluss überstanden? Wie kommen die Jeans-Shorts dann gefaltet auf das Flussbett? Und warum sollten die beiden überhaupt eine so gefährliche Brücke überqueren?

Dennoch spricht viel für einen Unfall. Der Dschungel ist ein verwinkelter und unberechenbarer Ort, an dem man schnell die Orientierung verlieren kann. Womöglich haben die beiden Frauen das unterschätzt und wollten nur kurz einen Abstecher zwischen die Bäume machen, von wo aus sie dann aber nicht wieder herausfanden. Auch das Wetter ist in dieser Region ein recht unberechenbarer Faktor. Die plötzlichen starken Regenfälle und der häufige dichte Nebel können die Sicht innerhalb von Sekunden auf nahezu Null reduzieren, was es zusammen mit der dichten Blätterkrone unmöglich macht, sich im Wald mithilfe der Sonne oder der Sterne zu orientieren.

Ein Sturz, der Biss eines Tieres – es gibt viele Ursachen, die letztendlich den Tod der Frauen herbeigeführt haben könnten. Vielleicht jedoch versagten die Körper der beiden Frauen aus ganz anderen Gründen den Dienst. Eine Flasche Wasser reicht nicht lange. Ein Schluck aus dem parasitenverseuchten Fluss sorgt für Durchfall, Dehydrierung, Schwäche – mit denen der Verlust der geistigen und körperlichen Kräfte Hand in Hand geht. Zudem sinkt die Temperatur in dieser Höhenlage auch im Dschungel nachts auf zehn bis fünfzehn Grad Celsius ab, was bedeutet, dass sie sich eventuell sogar – noch nass vom Regen – unterkühlt haben könnten. Nicht zu vergessen ist eine Art Waldwahnsinn, der jene befällt, die sich im Dschungel verirren. Der Urwald verändere einen, erklärt ein Fremdenführer dem Rechercheteam von *The Daily Beast* im Interview. Verirre man sich dort oben, sei man nicht mehr derselbe Mensch, der man unten sei. Manche Leute würden verrückt werden und anfangen, den Pfad hinunterzusprinten. Es sei wie ein Albtraum, sich in der *Selva* [Spanisch für Urwald] zu verirren.

Der Tod der beiden könnte auch durch eine plötzliche Sturzflut hervorgerufen worden sein, durch die sie im schlammigen Boden den Halt verloren haben und weggespült worden sein könnten. Zu der Schlussfolgerung kommen übrigens auch die beiden niederländischen Autoren Marja West und Jürgen Snoeren, die über den Fall das Buch *Lost in the Jungle* geschrieben haben. Derartige Sturzfluten seien in dieser Region nicht unüblich für die Jahreszeit. Gegen die Kraft des Wassers hätten beide nach all der Zeit im Regenwald keine Chance gehabt – vielleicht wurden sie gegen dicke Baumstämme oder Felsen geschleudert, die sie schwer verletzten (das könnte den gebrochenen Mittelfußknochen erklären) oder sogar töteten, und dann in den Fluss gespült.

Die blanken Knochen sind dabei übrigens nicht unbedingt ein Hinweis auf ein Gewaltverbrechen. Dr. Kathy Reichs, forensische Anthropologin und Bestsellerautorin, führt im *Focus*-Magazin die Mikroumgebungen des Dschungels als möglichen Grund für eine schnellere Zersetzung des Gewebes an. Zudem würden Faktoren wie unterschiedliche Flussströmungen, die an den Ufern wachsende Flora und der Transport des Gewebes durch Aasfresser die Zersetzung verschiedener Körperteile unterschiedlich schnell vorantreiben.

Der Anwalt der Familie von Kris glaubt jedoch nicht an einen Unfall. Der Weg auf der anderen Seite des Berges sei so schlammig, sagt er im Interview mit *The Daily Beast*, dass die beiden Frauen diesen niemals freiwillig eingeschlagen hätten. Allerdings war es am Tag des

Verschwindens sonnig und hell, wie auch schon den Rest der Woche. Das heißt, die Wege dürften verhältnismäßig leicht zu begehen und der Flusspegel eher niedrig gewesen sein – was sich natürlich mit dem Einsetzen des Regens schnell änderte.

Und doch bleibt der nagende Gedanke: Was, wenn es kein Unfall war?

Was, wenn jemand bei den jungen Frauen war?

Wer war noch da?

Schließlich ist da immer noch die Sache mit dem fehlenden Foto auf der Digitalkamera, das im Nachhinein gelöscht worden sein muss. Das könnte natürlich jeder getan haben, der die Kamera in der Hand gehalten hat, einschließlich Lisanne und Kris selbst, auch wenn dafür die Erklärung fehlt.

Doch warum haben die beiden keine Nachricht hinterlassen? Kein Video, keine Sprachnotiz – sei es mit dem Handy oder der Kamera? Hat man ihnen vielleicht keine Zeit dazu gelassen?

Und warum sind Kris und Lisanne überhaupt den Pfad auf der anderen Seite des Berges hinabgestiegen und nicht wieder denselben Weg zurück in die Stadt gelaufen? Könnte sie jemand schon auf der Bergspitze dazu gezwungen haben? Möglicherweise haben die beiden schon während des Aufstiegs festgestellt, dass ihnen jemand folgte, und sie haben sich deshalb nicht getraut, umzukehren, sondern sind immer tiefer in den Dschungel hineingewandert. Das könnte auch ein Grund sein, warum sie schon am Nachmittag zum ersten Mal den Notruf gewählt haben. Dieser jemand hätte sie dann erst eine Woche im Wald herumirren lassen (da sie ihre Handys ja noch genutzt haben), ihnen immer auf den Fersen, bis er sie letztendlich vollkommen dehydriert und erschöpft in seine Gewalt brachte – der reinste Psychoterror. Doch zu dieser Theorie passt nicht, wie die beiden Frauen auf den Fotos, die sie oben an der Spitze des Berges gemacht haben, aussehen: fröhlich und unbeschwert. Niemand, der sich verfolgt fühlt, würde so in die Kamera lachen.

Im Internet kursieren zahlreiche Theorien, was genau hinter dem Tod der beiden Frauen stecken könnte. Eine davon besagt, dass die beiden im Dschungel Kannibalen zum Opfer gefallen seien, die Kris' Knochen anschließend möglicherweise in einer Art Zeremonie gebleicht haben. Auch Organ- und Mädchenhändler werden ebenso wie Drogenbarone immer wieder als mögliche Täter angeführt. Doch auch das ist wieder nur reine Spekulation, Beweise gibt es keine.

Eine Person gerät kurzzeitig in den Verdacht, hinter dem Verschwinden der *Holandesas* zu stecken: der Fremdenführer, der ihnen einen Tag vor der Wanderung in Boquete angeboten hat, sie mit in den Dschungel zu seiner Kaffeefarm zu nehmen – und dessen Angebot Lisanne und Kris aus einem unbekannten Grund abgelehnt haben.

Dieser Mann hat also nicht nur gewusst, was die Frauen vorhaben, sondern war auch im Nachhinein an der Suche nach ihnen sehr intensiv beteiligt. Den größten Teil der Knochen hat er gefunden, einschließlich des Schuhs mit Lisannes Fuß darin – und zwar mitten im Dschungel unter einem umgefallenen Baum, also an einem Ort, an dem in dem ganzen Wirrwarr der Pflanzen nur für ein sehr geübtes Auge etwas zu erkennen ist …

Angeblich hat der Mann bereits andere Touristinnen sexuell belästigt. Das Magazin *The Daily Beast* berichtet, er habe die Angewohnheit, in den heißen Quellen Panamas mit den Frauen zu baden oder auf andere Art sexuelle Avancen zu zeigen, gerade bei Alleinreisenden. Das bestätigt auch ein Tour-Guide gegenüber Reportern. Andere Fremdenführer aus der Region hätten ihm ebenfalls mehrfach von dem übergriffigen Kollegen berichtet. Das macht den Mann zwar nicht gerade sympathisch, doch beweist es noch gar nichts. Er selbst beteuert seine Unschuld und wurde auch nie offiziell angeklagt, da die panamaischen Behörden ja von einem Unfall ausgehen. Vor allem aber hat der Mann ein Alibi: Als der zweite Notruf von Kris und Lisanne getätigt wurde, soll der Mann unten in der Stadt auf eine Touristin gewartet haben, mit der er zu einer Führung verabredet war.

Die Last des Nicht-Wissens

Letztendlich gibt es nur eine Wahrheit in diesem Fall, so bitter sie auch ist: Lisanne und Kris, die einfach nur für kurze Zeit dem Alltag entfliehen wollten, haben im Dschungel von Panama ihr Leben verloren. Warum und wie genau, das ist bis heute ungeklärt.

Ihre Familien und Freunde bleiben voller Entsetzen und Trauer mit mehr Fragen als Antworten zurück. Und zum Schmerz über den Verlust kommt die schreckliche Ahnung, welche Angst, welches Grauen ihre Töchter in den letzten Tagen ihres Lebens durchgestanden haben müssen, während sie orientierungslos durch den Regenwald irren – hilflos und verloren, eine von beiden möglicherweise schwer verletzt oder gar schon tot, sodass die andere ganz allein im Dschungel zurückblieb.

Wartend auf Hilfe, während die Hoffnung immer mehr schwand.

Wartend auf den Tod.

Warum hört denn niemand mein Schreien?

LEICHEN IM KELLER

Fall 7: H. H. Holmes

»Knusper, knusper, knäuschen ...«

Kinderstreiche

Es gibt Orte, vor denen viele Menschen Angst haben. Zum Beispiel ein dunkler Wald, ein Dachboden mit knarzenden Dielen oder ein muffiger Keller. Meist sind diese Orte aber nicht so gefährlich, wie sie vielen im ersten Moment erscheinen. Auf der anderen Seite gibt es Orte, die nach außen hin richtig toll aussehen. Mit einer hübschen Fassade, die die schrecklichen Ereignisse, die sich an diesen Orten abgespielt haben, überdeckt. In diesem Fall geht es um genau so einen Ort. Er ist besser bekannt als das Murder Hotel oder auf Deutsch: Hotel Mord.

Es ist seinerzeit eines der schönsten Gebäude Chicagos, doch hinter den herrlichen Wänden passieren schaurige Dinge – Taten, begangen von einem Betrüger und Schwindler und gleichzeitig Besitzer dieses Hauses: Herman Webster Mudgett – der als Dr. Henry Howard Holmes, oder kurz: H. H. Holmes, einmal schaurige Berühmtheit erlangen wird.

Herman wird am 16. Mai 1861 in dem kleinen Örtchen Gilmanton im US-Bundesstaat New Hampshire geboren. Seine Eltern sind Kinder britischer Siedler, die nach Amerika ausgewandert sind.

Eine seiner frühesten Erinnerungen ist der Weg zur Schule. Herman ist fünf Jahre alt, die folgende Geschichte muss sich also im Jahr 1866 zugetragen haben. Jeden Tag läuft der kleine Herman an einer Arztpraxis vorbei. Für ihn ist es ein Ort des Grauens. Er hat panische

Angst vor all den Bakterien, die von den Kranken ins Wartezimmer getragen werden und dort auf ihn lauern, und die Geschichten und Gerüchte über Ärzte halten ihn davon ab, auch nur einen Fuß freiwillig in dieses Gebäude zu setzen.

Die Betonung liegt auf »freiwillig«, denn eines Tages machen sich zwei ältere Mitschüler einen Spaß aus seiner Angst und zerren ihn gemeinsam in die Praxis. Natürlich wehrt sich der kleine Herman und versucht alles, um sich loszureißen. Ohne Erfolg. Besonders schrecklich findet Herman ein Skelett, dem er sich im Warteraum plötzlich gegenübersieht. Vor ihm kauernd fühlt es sich an, als ob sich das Gerippe über ihn beuge und nur darauf warte, ihn zu verschlingen.

Doch so traumatisch der unfreiwillige Gang in die Arztpraxis zunächst erscheinen mag, empfindet Herman das Erlebnis doch als irgendwie heilsam. Er hat von einem Moment auf den anderen keine Angst mehr vor Ärzten und kranken Menschen. Er merkt nämlich, dass Medizin gar nicht so gruselig ist, wie er sich das immer ausgemalt hat. Skelette beginnen ihn sogar zu faszinieren. Er möchte mehr über den Körper und die Medizin lernen – er möchte Arzt werden.

In dieser Überzeugung bestärkt ihn ein weiteres Erlebnis aus dem Jahr 1869, als Herman etwa acht Jahre alt ist. Ein Wanderfotograf kommt in das kleine Örtchen, in dem er mit seiner Familie wohnt. Die Kamera, jenen Apparat, der innerhalb von nur wenigen Minuten ein Bild von der Wirklichkeit zaubern kann, findet Herman spannend. Er bietet dem Fotografen an, als Laufbursche für ihn zu arbeiten. Sein Lohn dafür soll ein Bild sein, das der Fotograf von Herman macht. Mehrmals läuft der junge Herman für den Fotografen durch den Ort, um kleinere Aufträge auszuführen. Als er einmal von einem dieser Aufträge wieder zurück ins Büro des Fotografen kommt, sieht er, wie der Mann halb bekleidet auf dem Schreibtisch sitzt. Herman ist bereits vorher aufgefallen, dass der Mann ein bisschen hinkt, aber den Grund dafür konnte er sich nicht vorstellen: Dem Mann fehlt ein Bein und Herman sieht eine Apparatur aus Holz und Metallstreben, die sein fehlendes Bein ersetzt, sodass er laufen kann.

Herman fallen fast die Augen aus dem Kopf, denn dass man ganze Gliedmaßen ersetzen kann, hat er noch nie gehört. Er ist schockiert und fasziniert zugleich von dem Wunderwerk, das der menschliche Körper ist – und was die Medizin mit ihm anstellen kann. Dem Fotografen fällt auf, wie schrecklich unwohl Herman sich fühlt, setzt den Jungen auf einen Hocker, macht das Licht aus, drückt den Auslöser und schenkt ihm ein paar Tage später das fertig entwickelte Bild – das Bild eines blassen, verstörten Jungen, das Herman jahrelang aufbewahrt und sich immer wieder ansieht.

Und noch etwas anderes fasziniert Herman: das liebe Geld – und wie man damit bei anderen Menschen Eindruck schinden kann. Etwa zur gleichen Zeit sieht er in einer Zeitung, dass man sich dort eine Taschenuhr bestellen kann – aus Gold. Zumindest glaubt er das. In Wahrheit ist die Uhr nur vergoldet. Der Preis ist äußerst günstig und Herman spürt: Er muss diese Uhr haben, um seine Freunde damit zu beeindrucken. Er kratzt jede Münze zusammen, die er finden kann. Als die Uhr wenige Tage später ankommt, probiert er aus, in welche Tasche er die Uhr stehen stecken muss, damit sie besonders beeindruckend wirkt, wenn er sie herausholt. Anschließend macht er sich auf den Weg durch den Ort – mit dabei: ein Freund, der ihn ständig in Geschäften oder vor Nachbarn nach der Uhrzeit fragen soll, damit Herman lässig seine Uhr ziehen kann. Als Gegenleistung darf der Freund sich die Uhr leihen, aber nur, wenn Herman mit dabei ist, damit dem guten Stück nichts passiert.

Eigentlich ein solider Plan – der jedoch nicht aufgeht. Die Uhr ist schneller kaputt, als sich sein guter Ruf aufbauen kann. Das Gold platzt ab, die Uhr lässt sich nicht mehr aufziehen. Kurz gesagt: Herman hat Schrott gekauft. Statt zum Helden wird er eher zum Gespött seiner Freunde und Nachbarn.

Ja, Herman ist ein Aufschneider – und nimmt es mit der Wahrheit nicht so genau, das zeigt eine weitere Geschichte aus seiner Kindheit. Die Familie besitzt eine kleine Herde Kühe, die Herman mit versorgen und regelmäßig zur Weide bringen muss. An diesem Tag sind aber nicht nur die Kühe der Eltern in seiner Kontrolle, sondern auch ein paar Rinder von Nachbarn, die er ebenfalls zu ihrem gewohnten Futterplatz bringen soll. Neugierig beobachtet ein Nachbar, wie Herman die Tiere antreibt. Er ist erstaunt, dass er so viele Kühe auf die Weide bringen soll, und fragt, wem die denn alle gehören. Daraufhin lügt Herman und sagt, sie gehörten allesamt seinen Eltern, nur die schönste Kuh sei seine eigene.

Als er wieder nach Hause kommt, hat sein Vater schon von dieser Lüge gehört. Er baut sich vor Herman auf, und bevor der überhaupt antworten und vielleicht erklären kann, warum er gelogen hat, bekommt er eine Tracht Prügel. Außerdem muss er auf sein Zimmer, darf für den Rest des Tages kein Wort mehr sprechen und bekommt auch nichts zu essen. Herman selbst sagt rückblickend über seine Kindheit übrigens, er sei von liebevollen und religiösen Eltern gut erzogen worden. Die Mutter habe immer zärtlich für ihn gebetet, der Vater habe es nicht an Kontrolle fehlen lassen und »liberal vom Rohrstock Gebrauch gemacht, den er nicht mit einer sparsamen Hand geschwungen« habe.

Ein wirklich »liebevoller« Vater …

Zum Glück hat er gute Freunde, die extra bei ihm zu Hause vorbeikommen und ihm einen Korb mit Lebensmitteln an einer Schnur in sein Zimmer liefern, damit Hermans Eltern nichts davon mitbekommen.

Und er fällt durch weitere Streiche auf: Eines Tages arbeiten ein Freund und Herman für einen Bauern auf einem Feld und jäten Unkraut. Als der den versprochenen Lohn jedoch nicht rausrückt, trocknen die beiden Jungen das Unkraut, sammeln die Samen und verteilen sie auf dem kompletten Feld des Bauern. Dass die beiden Jungen an dem wuchernden Unkraut schuld sind, ist schnell herausgefunden, denn sie hinterlassen dem Bauern eine Nachricht: »Wer jätet jetzt dein Unkraut?« Auch diese Episode endet mit einer Tracht Prügel und Hausarrest.

Doch Herman hat nicht nur Unsinn im Kopf. Er gilt als besonders guter Schüler, der Spaß daran hat, neue Dinge zu lernen. Außerdem macht er sich schon in seiner Jugend Gedanken über seine Zukunft – wäre Viehzüchter möglicherweise eine Option? Angeblich probiert Herman es einfach aus. Er fängt mit zwei Kälbern und einem Lamm an, das ihm ein befreundeter Bauer geschenkt hat, und baut seinen Bestand im Laufe der Zeit auf über vierzig Tiere aus.

Mit gerade einmal siebzehn Jahren heiratet Herman seine Jugendliebe Clara am 4. Juli 1878. Gut eineinhalb Jahre später, am 3. Februar 1880, wird Herman Vater eines Sohnes. Kurz zuvor hat er ein Medizinstudium begonnen. Es führt ihn weit weg von zu Hause, Geld hat Herman keines. In seinen Semesterferien nimmt er einen Job als Buchverkäufer an, verdient dabei aber, anders als erhofft, nicht das große Geld. Stattdessen beginnt er, in der an die Universität angeschlossenen Klinik zu arbeiten. Das gibt ihm die Möglichkeit, Experimente an den Leichen durchführen und so mehr über Skelette und den menschlichen Körper zu lernen.

1884, im Alter von dreiundzwanzig Jahren, beendet er schließlich sein Studium. Es ist auch das Jahr, in dem sich Herman und Clara trennen. Freunde der beiden wundern sich angeblich, dass das nicht schon viel früher geschehen ist. Denn Herman verhält sich gegen Clara gemein und ungeduldig, er soll ihr gegenüber sogar gewalttätig geworden sein. Schließlich zieht sie aus ihrer Wohnung aus und nimmt auch den gemeinsamen Sohn Robert mit, der inzwischen vier Jahre alt ist.

Herman möchte gerne als Arzt praktizieren, aber in der damaligen Zeit ist es schwierig, eine gute Stelle zu finden. Deswegen arbeitet er zunächst als Verkäufer für eine Firma in Portland im Bundesstaat Maine, dann als Lehrer in New Jersey und schließlich eröffnet er seine eigene kleine Praxis. Damit gewinnt er zwar Ansehen, verdient aber kaum Geld. Er rackert sich ab, ohne die Früchte für seinen Erfolg zu sehen. Er will endlich richtig Geld verdienen.

Wie gut, dass in seinem Hinterkopf noch eine Idee schlummert, die er schon in College-Tagen mit einem Freund ausgetüftelt hat. Eine Idee, die als ihr letzter Plan gilt, falls sie beide nicht als Ärzte Erfolg haben sollten. Und genauso wie Herman verdient auch sein Freund als Arzt nicht das große Geld.

Höchste Zeit, Plan B in die Tat umsetzen.

Und der ist ziemlich kurios …

Plan B: Versicherungsbetrug

Dafür kommt zuallererst ein weiterer Mann ins Spiel, dem die beiden vertrauen. Dieser hat gerade erst einen Unfall überlebt und genau das macht ihn für diesen Plan so geeignet. Er soll nämlich seine Lebensversicherung erhöhen – auf insgesamt 40 000 Dollar, heute wären das über eine Million Euro. Die Versicherung werde das schon verstehen, dass man sich nach so einem Unfall besser absichern wolle.

Der Plan selbst ist folgender: Es soll so aussehen, als ob der Mann im Rausch seine Frau und seine Kinder umgebracht und sich schließlich selbst gerichtet hätte. Seine entstellte »Leiche« soll anschließend gefunden werden – in der Kleidung, die der Mann getragen hat, als er zum letzten Mal »lebend« gesehen wurde. Bei der Leiche soll ein Brief liegen, in dem der Mord an der Frau und den Kindern genauer beschrieben wird. Wieder nüchtern soll der Mann keinen Sinn mehr in seinem Leben gesehen und sich umgebracht haben. Die 40 000 Dollar Lebensversicherung werden dann an Verwandte ausgezahlt, die im Brief erwähnt werden.

Der ganze Plan ist damit nichts weiter als ein ziemlich makabrer Versicherungsbetrug. Der Mann bringt seine Familie und sich natürlich nicht wirklich selbst um, sondern soll sich zu seiner Familie in den Westen der USA absetzen – zu den Verwandten, die im Brief genannt wurden. Die Versicherungssumme sollen dann die Verwandten, der Mann und Herman mit seinem Freund unter sich aufteilen.

Doch um den Fall echt aussehen zu lassen, benötigen Herman und seine Komplizen vier Leichen. Eine Frau, einen Mann und zwei Kinder, damit deren Überreste noch gefunden werden können. Und die sind gar nicht so einfach zu bekommen. Denn auch wenn Herman und sein Freund Ärzte sind, sind Leichen durchaus Mangelware. Nur mit großem organisatorischen Aufwand schaffen sie es, diese zu besorgen, indem sie durch einige Städte im Osten der USA reisen und die Körper, die sie währenddessen für Forschungsarbeiten gestellt bekommen, einfach mitnehmen.

Doch obwohl die vier Leichen schließlich bereitliegen, findet der eigentliche Betrug nicht statt. Während einer Reise von Chicago nach New York liest Herman zwei Artikel, in denen beschrieben wird, wie gut Versicherungsunternehmen darin sind, genau jene Art von Betrug aufzudecken, die sie gerade geplant haben. Außerdem stirbt der Freund von Herman unerwartet und plötzlich. Deswegen gibt Herman diesen Plan, schnell zu viel Geld zu kommen, zunächst auf …

… nur um kurze Zeit später diesen Versicherungsbetrug auf eigene Faust etliche Male durchzuführen.

Und zwar relativ erfolgreich.

Allerdings merkt Herman schnell, dass die Versicherungsbetrügereien nicht so lukrativ sind, wie er sich das vorgestellt hat. Immer wieder muss er dafür seinen Wohnort wechseln, um an neuen Orten Leichen ausgehändigt zu bekommen. Manchmal muss er schnell weg, weil er sich mit seinen Aktivitäten verdächtig macht. Von dem Geld, das er durch den Versicherungsbetrug einnimmt, geht also eine ganze Menge dafür drauf, diese Betrugsmasche überhaupt durchführen zu können. Die Unterstellung, dass Herman selbst Morde begeht, um Leichen zur Verfügung zu haben, die er als »Ersatz« platzieren kann, weist Herman bei seiner Verhaftung jedoch strikt von sich. Er sagt, er sei in dieser Zeit nur ein einfacher Betrüger gewesen.

Dennoch kommt es immer wieder zu seltsamen Vorwürfen. Eine Zeit lang wohnt er in einem Ort in der Nähe von New York, wo 1885 ein Junge vermisst wird. Viele Anwohner behaupten, dass sie zuletzt Herman mit diesem Jungen gesehen hätten. Es gibt aber keine Beweise dafür, dass er den Jungen entführt oder ihm sogar noch Schlimmeres angetan hat. Doch die Situation scheint Herman unangenehm zu sein, denn nur kurz nachdem er von der Polizei befragt worden ist, verlässt Herman auch diesen Ort wieder.

Er zieht weiter nach Philadelphia und arbeitet dort als Wächter in einer Nervenheilanstalt, doch die Gesichter der Insassen verfolgen ihn bis in den Schlaf. Glücklicherweise findet er nur wenig später eine Anstellung in einer Drogerie-Apotheke, in der er als Verkäufer arbeitet. Am 1. Juli 1885 kommt ein kleiner Junge in den Laden und erzählt eine wirre Geschichte, nämlich dass sein Bruder gestorben sei, nachdem er Medizin geschluckt habe, die der Junge erst an diesem Morgen gekauft habe. Herman kann sich zwar nicht daran erinnern, die Medizin verkauft zu haben, die den kleinen Jungen getötet haben soll. Aber bevor er in den Fokus einer Ermittlung geraten könnte, verlässt er lieber wieder fluchtartig die Stadt und geht nach Chicago.

Eingelegte Leichen

Auch wenn nicht eindeutig nachgewiesen werden kann, dass Herman für das Verschwinden des einen und für den Tod des anderen Jungen verantwortlich ist, haften diese Geschichten an ihm. Deswegen beschließt er, seinen Namen Herman Webster Mudgett abzulegen und ab sofort einen Decknamen zu benutzen, unter dem er der Nachwelt viel bekannter ist, nämlich H. H. Holmes.

In Chicago beginnt er, in einer Apotheke an der Ecke South Wallace Avenue und West 63rd Street im Stadtteil Englewood zu arbeiten. Er erledigt seine Aufgaben zur vollsten Zufriedenheit seines Chefs, später übernimmt er sogar die Apotheke.

Mit welchem Geld er die Ablöse zahlt?

Welche Ablöse?

Als Schwindler hat Holmes natürlich Erfahrung darin, Zahlungen zu umgehen und Ausreden zu erfinden. Die ursprünglichen Besitzer werden keinen Cent von ihm bekommen – und verzichten sogar auf einen Rechtsstreit.

Holmes nimmt sich eine kleine Wohnung zur Miete, und zum ersten Mal in seinem Leben verdient er so viel Geld, dass er damit zufrieden ist. Allerdings bekommt sein Vermieter das mit und möchte seinen Teil vom Kuchen abhaben. Bei einem gut verdienenden Arzt, der zudem eine Apotheke hat, kann man doch problemlos die Miete erhöhen.

Mehr Geld muss also her.

Und langfristig eine eigene Wohnung.

Die Lösung findet er, als er durch das Fenster seiner Apotheke blickt: ein leer stehendes Grundstück gegenüber. Holmes kauft es und beginnt mit dem Bau eines riesigen Gebäudes. Etwas ganz Großes will er erschaffen. Etwas, das die Menschen in Englewood noch nicht gesehen haben – mit reichlich Platz für Geschäfte und Restaurants im Erdgeschoss des Gebäudes und eine eigene Wohnung für ihn. Eine echte Gelddruckmaschine – und die Möglichkeit, von seinen Mitmenschen die Anerkennung zu bekommen, nach der Holmes sich schon seit seiner Kindheit sehnt.

Die Kosten für die Kreditraten liegen jedoch weit über dem, was seine Apotheke abwirft – und damit nimmt eine finanzielle Abwärtsspirale ihren Lauf. Um seine Raten zu bezahlen, muss Holmes sich an mehreren Stellen Geld leihen. Für das geliehene Geld, muss er allerdings Zinsen zahlen, weshalb seine Schulden nur noch größer werden.

Eines Tages bekommt H. H. Holmes Besuch von einem Anwalt. Weil Holmes die Schulden bei einem Gläubiger nicht bezahlen kann, schaut sich der Anwalt die Apotheke an, um den Wert zu berechnen, der bei einer Pfändung angemessen wäre. Der Anwalt möchte dabei unter anderem wissen, was sich in zwei Fässern befindet. Eilig lenkt Holmes die Aufmerksamkeit des Mannes auf andere Gegenstände, die viel Geld bringen könnten – denn in den Fässern befinden sich Leichen, die Holmes in der Zeit konserviert hat, als er noch Versicherungen betrogen hat.

Langsam steigt Holmes das Wasser bis zum Hals. Seine Baupläne aufgeben will er nicht, also versucht er es als Immobilienmakler – und zwar unter falschem Namen. So können seine Auftraggeber ihn nicht finden, wenn sie ihr Geld von ihm bekommen möchten. Auch den Kunden seiner Apotheke gaukelt er etwas vor. Bei ihm kann man Wasser kaufen, das einem die ewige Jugend verspricht und die Gesundheit um ein Vielfaches verbessern soll. Vor allem aber verbessert das Wasser, das schlicht aus Holmes' Wasserhahn stammt, seinen eigenen Kontostand – und damit auch seine Chancen, sein »perfektes Haus« Wirklichkeit werden zu lassen.

Nächtelang zeichnet er an Grundrissen. Als die Bauarbeiten schließlich beginnen, wird das Gebäude schnell als »The Castle« bekannt. Jeder redet über diesen Prachtbau, der hier entsteht. Dabei weiß niemand so genau, was genau eigentlich gebaut wird. Immer wieder werden die Bauarbeiter ausgetauscht. Ist der Grund wirklich, dass H. H. Holmes sich hier seine ganz persönliche Menschenfalle und Folterkammer errichtet, von der niemand wissen soll? Das wird zumindest später in der Popkultur immer wieder behauptet. Oder sind schlicht finanzielle Erwägungen der Grund? Denn Geld, um die Bauarbeiter zu bezahlen, hat Holmes immer noch nicht. Er erfindet ständig neue Gründe, warum er die aktuellen Arbeiter entlassen muss und warum er sogar so unzufrieden ist, dass er ihnen gar keinen Lohn bezahlt.

Alles an diesem Haus hat er mit Krediten finanziert, die er nie zurückzahlen wird. Den Bau, die Einrichtung, einfach alles. Und das Gebäude ist wirklich groß: Es hat zunächst einen Keller und darüber zwei Stockwerke, später wird ein weiteres hinzugefügt. Im Erdgeschoss befindet sich später so etwas wie eine kleine Mall, in der er seine Drogerie einbaut, direkt daneben gibt es ein Restaurant, einen Schmuckladen, einen Friseur und einen Eisenwarenladen.

Just married

Ja, es läuft gut für H. H. Holmes. Privat läuft es noch besser. Er hat sich neu verliebt. Obwohl er noch mit seiner ersten Frau Clara verheiratet ist, ehelicht er im Jahr 1887 im Alter von sechsundzwanzig Jahren seine zweite Frau Myrta.

Myrta und er kennen sich schon ein paar Jahre, als er ihr den Antrag macht. Er hat sie auf einer seiner Reisen kennengelernt, bei der er seine Betrugsmaschen durchgeführt hat. Myrta sagt sofort Ja, denn für sie ist damit ein enormer wirtschaftlicher Aufstieg verbunden. Durch diese Heirat kann sie weg vom Land mit der harten Feldarbeit und rein in die Stadt, als Frau des Besitzers dieses wunderschönen Palastes, und ein High-Society-Leben führen. Zumindest stellt sie sich das so vor.

Die Realität allerdings enttäuscht sie sehr, denn statt Champagner zu schlürfen und mit den anderen reichen Damen der Stadt ins Theater zu gehen, bekommt Myrta von Holmes die Aufgabe, die Drogerie zu führen. So bleibt ihm mehr Zeit, seine anderen Schwindeleien in die Tat umzusetzen. Zwei Jahre nach ihrer Hochzeit bekommen die beiden ein Kind: Lucy. Myrta macht das Leben in Chicago immer weniger Spaß. Nicht nur, dass sie den ganzen Tag hinter der Ladentheke stehen und sich parallel noch ums Baby kümmern muss. Ihr Mann ist auch ein begehrter Frauenheld – kein Wunder, nach außen lebt er ja ein Luxusleben.

Holmes ist von seiner nörgelnden Ehefrau extrem genervt. Eine helfende Hand für den Laden muss her, während Myrta sich nur noch um die Buchhaltung kümmern soll. Die helfende Hand heißt Benjamin. Er ist Alkoholiker und nach Chicago gekommen, um seine Frau und seine fünf Kinder zu versorgen. Vor allem aber ist Benjamin eines: vertrauenswürdig – etwas, das für Holmes oberste Priorität hat. Schließlich ist er selbst gerade schwer damit beschäftigt, sich zu merken, unter welchem Namen er wem welche Lüge erzählt hat. Seine Versicherungsbetrügereien sind zum Vollzeit-Job geworden und er muss höllisch aufpassen, dass er sich nicht durch eine kleine Unachtsamkeit verrät.

Benjamin wird mehr als nur ein Mitarbeiter. Er wird eine Art Partner. Denn Holmes spannt ihn in seine Betrugsmaschen mit ein, Benjamin wird zu seinem Komplizen. Als Gegenleistung bekommt er einen Anteil an den erbeuteten Summen.

Damit ist Holmes für die Familie von Benjamin schon fast so etwas wie ein Wohltäter.

Endlich geht alles seinen Gang.

Wenn es nur nicht ständig irgendwelche Komplikationen geben müsste.

Das Morden beginnt

Weil Benjamin immer mehr zu H. H. Holmes' rechter Hand wird, braucht es bald einen neuen Mitarbeiter in der Apotheke. Ned. Der zieht mit seiner Frau Julia und der Tochter Pearl in das Haus von Holmes. Der wiederum kann jedoch nicht die Finger von Julia lassen. Die beiden beginnen eine Affäre. Als Ned davon Wind bekommt, kündigt er seinen Job und zieht weg. Julia und Pearl bleiben dagegen in dem Gebäude wohnen.

Für Julia ist Holmes offenbar eine Art Hauptgewinn, ähnlich wie Myrta macht sie sich vermutlich Hoffnungen, bald ein Leben in Saus und Braus führen zu können. Als sie einige Monate später herausfindet, dass sie schwanger ist, fordert sie Holmes auf, sie zu heiraten. Dass er schon mit Myrta und darüber hinaus auch noch mit Clara verheiratet ist, scheint ihr nicht bewusst zu sein. Holmes hat vermutlich nicht die Absicht, Julia zu heiraten. Aber er ist ein geschickter Lügner und erzählt ihr, dass er sie heiraten werde und die beiden eine gemeinsame Zukunft hätten, wenn sie ihm nur erlaube, das Kind abzutreiben. Julia stimmt dem zu.

Am Weihnachtsabend im Jahr 1891 ist sie die erste Person, die in dem Keller des »Palastes« stirbt. Angeblich habe es Komplikationen bei der Operation gegeben. Egal – Julia ist tot und Holmes hat eine Sorge weniger. Er verkauft ihr Skelett an eine Universität und macht so aus diesem Unglück sogar noch Geld. Seit jenem Abend fehlt übrigens auch von Julias Tochter jede Spur. Was mit ihr geschehen ist, weiß Holmes angeblich nicht.

Wade – ein Ofenbauer – wird H. H. Holmes' nächstes Opfer. Dieser lässt von ihm ein komplexes Heizrohrsystem im Haus installieren. Dieses System auch zu bezahlen hat er jedoch nicht vor. Aber Wade ist selbst ein Geschäftsmann, der schon viele billige Tricks gesehen hat, und lässt sich nicht so leicht abschütteln. In einem seiner Versuche, zumindest den Preis zu drücken – oder in Vorbereitung eines perfiden Mordplans? –, behauptet Holmes, dass etwas am Ofen kaputt sei und Wade nachschauen solle, ob er das reparieren könne. Der riesige Heizofen befindet sich im Keller des Hauses. Dort kriecht Wade in den Ofen, um sich selbst ein Bild von der Lage zu machen. Wie bei Hänsel und Gretel schließt Holmes hinter ihm die Tür und stellt die Brenner auf die höchste Stufe. Holmes sagt später aus, er habe danebengestanden, während Wade komplett verbrannt sei.

Obwohl Holmes für diese mutmaßlichen Verbrechen nie verurteilt wurde, erscheinen diese Geschichten noch relativ glaubwürdig. Dagegen wirken die Berichte über einige weitere Morde eher den Gehirnen von Psychothrillerautoren entsprungen.

Was wirklich an ihnen dran ist, lässt sich heute, über hundert Jahre später, nicht mehr sicher feststellen. Vor allem, weil auch Holmes' eigene Aussagen – vor der Polizei, aber auch in seiner Biografie und späteren Briefen – eher Verwirrung stiften, als für eine echte Aufklärung zu sorgen. Offene Fragen auch in diesem Buch gehen auf die verzwickte Quellenlage zurück. Verschwiegen werden sollen jene Morde dennoch nicht – schließlich sind sie der Grund dafür, dass das Haus seinen Spitznamen bekommen hat: Murder Hotel.

Der Folterkeller

Vom 1. Mai bis zum 30. Oktober 1893 findet in Chicago die Weltausstellung statt. Viele Touristen kommen in die Stadt, um sich die Ausstellung anzusehen. Angeblich inseriert H. H. Holmes in der Zeitung sein Haus als Hotel und bekommt viele Anfragen. Zwar hat er eigentlich gar kein Interesse daran, Zimmer zu vermieten, aber das Geld nimmt er gern, um sich damit luxuriöse Möbel zu kaufen.

Holmes lädt immer nur einzelne Personen ein, meistens Frauen. Die Zimmer, die er ihnen zur Verfügung stellt, sollen unter seiner vollen Kontrolle gestanden haben. Wie verschiedene Boulevard-Zeitungen berichten, hat er angeblich heimliche Gucklöcher eingebaut, die Wände seien schallisoliert gewesen, sodass kein Geräusch nach außen dringen konnte. Sogar eigene Gasleitungen habe er in die Räume legen lassen, damit er auf Knopfdruck Gas hineinströmen lassen konnte. Durch die Gucklöcher habe er dabei zugeschaut, wie die Personen ihre letzten Atemzüge machten.

Das Stockwerk, in dem er die Hotelzimmer anbietet, besteht angeblich überwiegend aus einem Labyrinth von Räumen. Über fünfunddreißig Räume sollen hier gebaut worden sein, dazu etliche Treppen, die ins Nichts führen. Der Grund ist so einfach wie genial: Holmes will kontrollieren, wer aus diesem Labyrinth wieder herausfinden darf. Und eine weitere Besonderheit gibt es in diesem Stockwerk: eine Rutsche, die direkt in den Keller führt.

Die Rutsche dient nicht dazu, um schnell mit viel Spaß durch die Stockwerke durchzurauschen. Sie ist nicht etwa da, weil Holmes sich sein eigenes kleines Spieleparadies bauen wollte. Diese Rutsche hat angeblich einen anderen Zweck: Damit sollen seine Opfer möglichst schnell und unauffällig im Keller landen.

Der Keller ist der gruseligste Teil des Hauses, angeblich sieht er aus wie ein mittelalterliches Verlies. Eine Streckbank soll hier stehen, auch ein Seziertisch, auf dem Leichen zerteilt werden können. Daneben reißt der große Ofen sein finsteres Maul auf, in dem Holmes schon die Leiche von Wade hat verschwinden lassen.

Es ist, wie gesagt, schwierig, zu entscheiden, was in den Beschreibungen, die heute vorliegen, Wahrheit ist und was gruselige Erfindung. Es gibt weder Grundrisse noch Baupläne. Das Gebäude brannte am 19. August 1895 komplett nieder. Auch Tatortfotos wurden nicht gemacht. Polizeiberichte existieren ebenfalls nicht. Diese sind verschollen, falls es sie überhaupt gab. Der Serienmörder-Spezialist Harold Schechter kommt zu dem Schluss, dass viele Schilderungen übertrieben oder sogar unwahr seien. Den Folterkeller habe es gar nicht gegeben, die Rutsche sei kein Sonderfall, die meisten Häuser hätten zu dieser Zeit solche Rutschen gehabt, um Wäsche von den Wohnungen in den Keller zu transportieren. Auch sei nicht geklärt, ob Holmes jemals Touristen umgebracht habe.

Zuzutrauen wäre es ihm, denn kurze Zeit später findet er einen neuen Grund, um wieder zu morden.

Mundtot

Benjamins Alkoholsucht wird immer schlimmer, gleichzeitig hat er wie kein anderer Einblick in Holmes' Treiben und weiß genau, wie viele Gläubiger und Investoren Geld von Holmes haben wollen. Wenn er sich verplappert oder ihn jemand ausfragt, wenn er betrunken oder verkatert ist, dann könnten all die Betrügereien von Holmes aufgedeckt werden. Außerdem verlangt Benjamin mittlerweile mehr Geld von Holmes.

Der sieht nur noch eine einzige Lösung: Benjamin muss sterben. Ihn aber einfach so zu beseitigen wäre zu auffällig. Holmes muss den Mord wie einen Unfall aussehen lassen. Für diesen Plan nutzt er eine Taktik, die er schon häufig eingesetzt hat: den Lebensversicherungsbetrug mit den falschen Leichen.

Holmes kann Benjamin davon überzeugen, eine hohe Lebensversicherung abzuschließen. Sie wollen seinen Tod faken und sich später das ausgezahlte Geld teilen. Benjamins Frau weiß Bescheid. Gemeinsam machen sich Holmes und Benjamin auf eine Reise, auf der Benjamin vermeintlich sterben soll.

So zumindest der Plan.

Doch es gibt Probleme. Während dieser Reise fliegt ein kleinerer Betrug von Holmes auf. In St. Louis wird er verhaftet und muss ins Gefängnis. Dort bleibt er aber nicht lange. Er wird auf Kaution entlassen. Also weiter im Programm. Wieder auf freiem Fuß, reisen Benjamin und Holmes nach Philadelphia.

Dort gibt Benjamin sich als Patentanwalt aus. Eines Morgens hat ein Erfinder einen Termin mit Benjamin, weil er sich ein Patent sichern möchte. Aber als er zum Büro kommt, ist scheinbar niemand da. Der Erfinder wundert sich und sucht in den Wohnräumen des Gebäudes nach Benjamin. Da sieht er hinter einem Sofa eine Person liegen. Der Erfinder eilt dorthin und entdeckt eine Leiche, deren Gesicht vollkommen verbrannt ist.

Das ist zumindest die Version, die Holmes der Polizei erzählt. Denn der »Erfinder« namens B. F. Perry ist in Wirklichkeit H. H. Holmes!

Die Ermittlungen der Polizei ergeben, dass stark brennbare Chemikalien diese Verletzungen verursacht haben. Später stellt sich heraus, dass es sich um das leicht entflammbare Benzol gehandelt hat. Ein Selbstmord?

Die Leiche muss zudem identifiziert werden. Handelt es sich wirklich um Benjamin, der sich selbst umgebracht hat? Um das zu bezeugen, reist die fünfzehnjährige Tochter von Benjamin nach Philadelphia – und sie bestätigt, dass der Tote tatsächlich ihr Vater ist.

Nachdem das feststeht, zahlt die Versicherung die vorher vereinbarte Summe an die Frau von Benjamin, Carrie. Carrie glaubt zu diesem Zeitpunkt noch, dass die beiden die Versicherung betrogen haben. Für sie ist das der normale Ablauf, den sie vorher besprochen haben. Holmes will aber das ganze Geld für sich. Deswegen verhindert er, dass die Tochter von Carrie zurück nach Chicago reist. Denn die weiß ja mittlerweile, dass ihr Vater wirklich gestorben ist.

Der Mutter erzählt Holmes, dass der Betrug fast aufgeflogen sei und dass sie alle erst mal untertauchen müssten. Am sichersten sei es, wenn Carrie ihre anderen Kinder zu ihm und Benjamin (der natürlich längst tot ist, von dem Carrie allerdings noch glaubt, dass er lebt) vorschicke und dann selbst nachkomme. Carrie geht teilweise darauf ein und lässt zwei ihrer Kinder zu ihm fahren. Holmes reist also mit den drei Kindern quer durch die USA und Kanada, Carrie immer im Abstand von einigen Tagen hinterher.

Durch Briefe lässt Holmes sie wissen, wo sie als Nächstes hinkommen soll. Und er fordert sie auf, ihm Geld zukommen zu lassen, damit er sich um die Kinder und um Benjamin kümmern kann. Natürlich will Carrie das Beste für ihre Kinder und ihren Mann, deswegen schickt sie ihm bereitwillig große Summen.

Ob sie irgendwann Verdacht geschöpft hätte – oder hat sie es vielleicht sogar schon?

Unklar.

Es ist ein anderer Fehler, der H. H. Holmes schließlich zum Verhängnis wird.

Ein Keller voller Knochen

Während seiner kurzen Haft im Gefängnis in St. Louis hat H. H. Holmes einer Mitgefangenen von dem Versicherungsbetrug erzählt und ihr fünfhundert Dollar von der Prämie versprochen, wenn sie ihm einen guten Anwalt vermittelt, der bei dem Betrug mitmacht. Diese Summe hat sie allerdings nie bekommen – obwohl sie ihm den Kontakt zu einem Juristen gegeben hat, mit dem Holmes dann auch zusammengearbeitet hat.

Als sie mitbekommt, dass der echte Benjamin gestorben ist, zählt sie eins und eins zusammen und berichtet einer Gefängniswache alles, was sie über Holmes weiß. Sie ist sich sicher, dass er Benjamin getötet hat, um die Versicherungssumme allein abzustauben. Am 17. November 1884 findet die Polizei Holmes in Boston und nimmt ihn wegen des Mordes an Benjamin fest.

Holmes besteht darauf, dass Benjamin sich selbst das Leben genommen habe. Aber das will ihm niemand glauben. Die Ermittler wollen außerdem wissen, wo die drei Kinder von Benjamin und Carrie sind. Holmes nennt ihnen mehrere Adressen, an denen sie die Kinder lebend und gesund vorfinden können sollen, aber egal, wo er sie hinschickt, die Kinder sind nicht da. Den Polizisten wird bewusst, dass Holmes nur mit ihnen spielt. Deswegen setzen sie einen Ermittler darauf an, die Spuren von Holmes' Reise mit den Kindern zurückzuverfolgen. Besonders hilfreich sind dabei Briefe, die Alice, das älteste der drei Kinder, an ihre Mutter geschrieben hat. Holmes hat sie zwar nie abgeschickt, aber er hat sie aufbewahrt. Und auf jedem der Briefe sind das Datum und der Ort notiert, an dem sich das Mädchen zu dem entsprechenden Zeitpunkt befunden hat.

Gleichzeitig beantragt die Polizei einen Durchsuchungsbefehl für das Haus in Chicago: das Murder Hotel. Am 19. Juli 1895 betreten die Ermittler das Gebäude. Sie durchsuchen Holmes' Zimmer und die anderen seltsam angeordneten Räumlichkeiten – ohne jedoch irgendwelche Hinweise zu finden. Als sie aber in den Keller gehen, verschlägt es ihnen die Sprache. Dort liegen etliche Knochen, dazu blutverschmierte Kleider, auf dem Seziertisch finden sie getrocknetes Blut.

Mit diesen Beweisen wird Holmes konfrontiert und er gesteht insgesamt siebenundzwanzig Morde und sechs Mordversuche. Mit diesen Geständnissen führt er die Polizei jedoch nur weiter an der Nase herum. Denn die ist irritiert, als sie die Namen der Opfer recherchiert und feststellt, dass die Menschen, über die Holmes gesprochen hat, immer noch leben. Nur bei drei Opfern scheint er die Wahrheit gesagt zu haben: den Kindern von Benjamin und Carrie.

Die hat Holmes jedoch, wie er schließlich gesteht, nicht in Chicago getötet. Zwei der Kinder habe er in Toronto ermordet. Er habe sie in eine Kiste gesteckt, ein Loch hineingebohrt und so lange Gas einströmen lassen, bis die beiden Kinder erstickt seien. Das dritte Kind habe er in Indianapolis mit einer Überdosis Medikamente umgebracht. Der Detektiv, der sich auf die Spurensuche gemacht hat, kann die Geschichten zwar nicht bestätigen, aber er findet die Überreste der Kinder an den Orten, die Holmes genannt hat.

Woher die Knochen im Keller stammen? Doch von ermordeten Touristen? Von Wade? Von irgendwelchen Leichen, die Holmes sich für seine Betrügereien in Krankenhäusern und auf Friedhöfen besorgt hat? Analysen ergeben: Viele der Knochen stammen von Tieren. Die menschlichen Überreste verweisen auf ein Kind – nicht älter als sieben Jahre.

Der Beweis, dass Holmes auch Julias und Neds Tochter Pearl auf dem Gewissen hat?

Für einen einzigen Mord wird Holmes schließlich am 28. Oktober 1895 angeklagt, nämlich für den an Benjamin.

Der berührendste Moment ist, als im Gerichtssaal die Briefe von Alice vorgelesen werden: Wie sehr sie ihre Mutter vermisse, wie sehr sie ihren Vater vermisse und wie schlecht Holmes sie und ihre Geschwister auf der Reise behandele. Worte, die der Mutter – die bei der Verlesung im Gerichtssaal anwesend ist – das Herz gebrochen haben müssen. Die Zuhörer im Gerichtssaal nehmen in schockiertem Schweigen Anteil an ihrer Trauer.

Wegen des Mordes an Benjamin wird H. H. Holmes schließlich zum Tod durch den Strick verurteilt. Das Urteil wird am 7. Mai 1896 vollstreckt.

Nach seinem Tod machen unzählige Spekulationen und Gerüchte die Runde – nicht nur über das Murder Hotel und den angeblichen Folterkeller. Es wird auch gemutmaßt, dass H. H. Holmes auch Jack the Ripper war, der im Jahr 1888 mindestens fünf Frauen in London ermordet hat. In zahlreichen Medien ist davon die Rede, dass er bis zu zweihundert Menschen auf dem Gewissen habe.

Nichts davon ist bewiesen. Mit großer Wahrscheinlichkeit hat er zwölf Menschen umgebracht. Auch den Mord am Ofenbauer Wade gesteht H. H. Holmes noch vor seiner Hinrichtung. Dazu kommen – neben den bereits erwähnten Opfern – seine Sekretärin und eine junge Frau, der er die Ehe versprochen hat, obwohl er inzwischen schon doppelt verheiratet war, sowie deren Schwester.

Als Serienmörder gilt H. H. Holmes übrigens nicht – er tötete nämlich nie im Blutrausch oder für seine sexuelle Befriedigung, auch brachte er nie ihm unbekannte Menschen um. Er ermordete ausschließlich Leute, die er kannte. Der Grund war immer der gleiche: Er wollte nicht, dass seine Betrügereien auffliegen.

Für ihn mag sich das wie ein guter Grund angefühlt haben …

LIEBE UND GELD

Fall 8: The Lonely Hearts Killers

»Frauen lieben Aufmerksamkeit – und ich habe ihnen immer eine ganze Menge Aufmerksamkeit geschenkt.«

Einsames Herz … sucht dich!

Was macht man Mitte des vergangenen Jahrhunderts in den USA, wenn man seinen zukünftigen Partner nicht im Tanzkurs kennenlernt oder von den Eltern vorgestellt bekommt? Tinder, Bumble, Lovoo – all das gibt es zu dieser Zeit noch nicht. Aber vielleicht eine analoge Alternative?

Genau! Den Lonely Hearts Club.

Die Idee funktioniert ungefähr so wie Tinder heute, nur eben offline. Frauen und Männer, die nach einem neuen Partner oder einer neuen Partnerin suchen, lassen ihr Profil in einer Zeitung abdrucken. Wer interessiert ist, kann einfach einen Brief schreiben und sich vorstellen. Im Idealfall legt man auch ein Foto bei, damit die andere Person sich ein Bild davon machen kann, wer die netten Worte geschrieben hat. Manche sprühen ihre Briefe auch mit Parfüm ein, um Sehnsüchte zu wecken. Die Tipps und Tricks für erfolgreiche Briefe sind vielfältig.

Auch Delphine ist Mitglied im *Lonely Hearts Club*, allerdings erst seit einigen Wochen. 1917 geboren, ist Delphine gerade Anfang dreißig und hat doch schon einen schweren Verlust erlebt. Die Lehrerin, die auf einer Farm geboren wurde, hat auf einer Reise nach Los Angeles ihren zukünftigen Mann Rolland kennengelernt. Die beiden beschließen, in dem kleinen Örtchen Wyoming Township ein gemeinsames Leben zu beginnen. Rolland ist Soldat und arbeitet nach dem Krieg als Truck-Fahrer. Im Jahr 1946 scheint das Glück perfekt, die erste Tochter der beiden wird geboren – Rainelle. Aber nur knapp ein Jahr nach der Geburt des Kindes hat Rolland einen schweren Autounfall, bei dem er ums Leben kommt.

Nach dem Tod ihres Mannes schwört Delphine sich, dass sie nie wieder heiraten will. Doch Anfang des Jahres 1949 sehnt sie sich nach Nähe, sie sehnt sich nach Liebe. Weihnachten und Silvester mit all ihren Feierlichkeiten sind vorbei und die letzten Dekorationen stehen noch in den Fenstern der Bewohner von Wyoming Township, wo Delphine noch immer in dem Haus wohnt, in dem sie mit Rolland gelebt hat. Und Delphines Anmeldung im *Lonely Hearts Club* trägt Früchte – ein Mann meldet sich.

Charles.

Charles stellt sich ihr als reicher New Yorker vor. Er und Delphine beginnen, sich Briefe hin- und herzuschicken. Charles bittet darum, dass Delphine ihm auch noch eine Haarsträhne mitschickt. Wenn das hilft, die Liebe des Lebens zu finden, dann macht Delphine das natürlich gern. Aus ihren Zeilen spricht die Sehnsucht, einen neuen Partner zu finden, ja, regelrechte Verliebtheit. Gleichzeitig scheint es ihr wichtig zu sein, dass Charles weiß, dass sie auf eigenen Beinen stehen. Sie erzählt von ihrem Haus, ihrer großen Garage, der guten Nachbarschaft.

Ihre Freunde und Bekannte beschreiben Delphine als konservativ, um nicht zu sagen ganz schön altmodisch. Für sie ist es sicherlich eine schöne Vorstellung, dass ein echter Gentleman um sie wirbt, sie rausholen will aus ihrem Leben, das sich gerade viel um ihre Tochter und den langweiligen Alltag dreht, und sie in ein Leben entführt, das ihr wie im Märchen vorkommt. Optisch ist Charles genau ihr Typ. Er hat ein markantes Gesicht, seine Augen sind dunkel und sein Blick ist wach. Sein Haar lichtet sich schon etwas, aber er ist in ihren Augen ein sehr attraktiver Mann.

Gekommen, um zu bleiben

Am Samstag, dem 23. Januar 1949, ist endlich der große Tag gekommen. Delphine soll den Mann persönlich kennenlernen, den sie sich als Ersatzvater für Rainelle wünscht. Und tatsächlich wird sie mit Charles den Rest ihres Lebens verbringen – wobei die ihr verbleibende Zeit allerdings sehr, sehr kurz sein wird. Ihr Herz schlägt laut, als es an der Tür klopft. Und da steht er nun vor ihr: Charles, den sie nur von Fotos kennt!

Was für eine Freude!

Was für ein Glück.

Aber als der Blick von Delphine über Charles' Schulter schweift, ist sie irritiert, denn Charles ist nicht allein. Er hat eine junge Frau mitgebracht – ungefähr im gleichen Alter wie Delphine. Charles stellt die Frau als seine Schwester Martha vor. Eine unscheinbare Person. Sie ist korpulent, mehr als einen Kopf kleiner als Charles, mit einem rundlichen Gesicht. Späteren Beobachtern fällt ein nervöser Tick an ihrer Lippe auf. Außerdem heißt es, Martha hätte einen schlechten Atem. Vor allem aber wirken die beiden überhaupt nicht wie Geschwister. Doch Delphine macht sich keine weiteren Gedanken darüber, sie ist blind vor Liebe – sie hat in diesem Moment nur Augen für Charles.

Nach dem ersten Kennenlernen verlassen die beiden Besucher das Haus von Delphine. Charles und Martha schlafen die ersten Nächte im Hotel. Nach ein paar Tagen können sie Delphine dazu überreden, sie für die restlichen Nächte zu sich einzuladen. Etwa eine Woche sollte der Besuch von Charles und seiner Schwester dauern. Aber die beiden reisen nicht ab. Im Gegenteil. Bereits am 2. Februar verkündet Delphine eine Nachricht, die ihre Freunde und Bekannte trifft wie ein Paukenschlag: Sie und Charles möchten heiraten.

Und es kommt noch kurioser. Als sie am Abend eine kleine Feier veranstalten, erklärt Delphine, dass sie heimlich schon geheiratet hätten – nur wenige Wochen nachdem die beiden überhaupt zum ersten Mal Kontakt aufgenommen und nur wenige Tage nachdem sie sich persönlich kennengelernt haben.

Das verwundert die Anwesenden. Delphine ist seit dem Tod ihres ersten Mannes sehr stark in die Gemeinschaft des Ortes eingebunden. Dass sie einfach so geheiratet hat, ohne irgendjemandem vorher Bescheid zu geben, kann sich niemand so richtig vorstellen. Außerdem finden ihre engen Freunde den Mann an der Seite von Delphine äußerst komisch. Er gibt sich als reicher New Yorker aus, aber sein Verhalten passt nicht zu dem, was er zu sein behauptet. Zudem erzählt Delphine offenbar nicht die Wahrheit, wie sie Charles kennengelernt hat. Angeblich sind die beiden sich an einer Bushaltestelle zum ersten Mal begegnet. Ob sie sich schämt, dass sie eine Annonce aufgegeben hat? Bushaltestelle klingt auf jeden Fall romantischer …

Delphine fährt mit ihrem neuen Ehemann nach Nebraska, wo ihre Eltern wohnen. Sie will ihnen den neuen Mann an ihrer Seite vorstellen. Zur Feier der Hochzeit reisen ihre Schwestern ebenfalls zur Farm ihrer Eltern. Hier erfindet Delphine eine neue Geschichte, wie die beiden sich kennengelernt haben. Sie behauptet, Martha sei die Hebamme bei der Geburt ihrer Tochter gewesen. Und nachdem Rolland verstorben sei, habe Martha sich gedacht: »Die beiden müssen sich kennenlernen!«

Delphine bringt sogar ein paar Stücke der Hochzeitstorte mit, die die Familie sehr lecker findet. Und auch von Charles ist die Verwandtschaft nach dem zweiwöchigen Besuch begeistert. Vor den Augen von Delphines Eltern gibt er Rainelle Gutenachtküsse, sagt zu ihr Dinge wie »Gib Daddy ein Küsschen« und hat die Großeltern damit vollends in der Tasche. Delphines Eltern sind glücklich, ihre Tochter in Charles' Armen zu sehen.

Danach geht es ziemlich schnell. Mitte Februar 1949 kommen die beiden von ihrem Antrittsbesuch bei Delphines Eltern zurück. Genauso schnell, wie die Hochzeit vollzogen wurde, haben die beiden schon neue Zukunftspläne geschmiedet. Delphine will mit Charles nach New York ziehen, um das Jetset-Leben im Big Apple genießen zu können. Das Leben einer alleinerziehenden Kleinstadt-Mama liegt endgültig hinter ihr – sie erwartet jetzt das süße Leben in New York!

Delphine verkauft innerhalb weniger Tage ihr Haus und versichert den neuen Besitzern, dass sie bereits am 1. März einziehen könnten. Ein Bekannter von Delphine sagt später der *Grand Rapids Press*, dass Charles ziemlich sauer gewesen sei, weil die Anzahlung für das Haus unter seinen Vorstellungen gelegen habe. Aber die Zeit ist knapp. Für den kompletten Umzug hat Delphine gerade einmal zwei Wochen eingeplant. Sie beginnt fieberhaft, ihre Sachen zu packen.

Die Bewohner von Wyoming Township beäugen Charles, der mit seinem teuren Anzug und seinem Luxusauto in diesem beschaulichen Städtchen protzt, derweil voller Misstrauen. Wer ist dieser Mann, der nach so kurzer Zeit Delphine zu sich holen will, obwohl niemand genau weiß, wer er ist?

Nur von einer Person sehen die Nachbarn nie wieder etwas, nämlich von Delphine selbst. Ab dem 25. Februar 1949 ist sie wie vom Erdboden verschluckt. Vorher hat sie noch ein gemeinsames Konto mit Charles eröffnet …

Eine Pfütze im Keller

Nach zwei Tagen ohne Lebenszeichen von Delphine wird es einer Gruppe von Nachbarn zu viel. Sie machen sich große Sorgen. Wenn sie versuchen, Delphine telefonisch zu erreichen, nimmt immer nur dieser Charles ab. Und der wirkt hektisch. Durch das Fenster kann die Nachbarin sehen, wie ein Koffer nach dem anderen in dem großen Auto verschwindet, mit dem dieser komische Typ aus New York angereist ist.

Die Nachbarn wissen sich nicht anders zu helfen und rufen die Polizei, die gegen 22 Uhr eintrifft. Die Beamten finden zunächst keine Hinweise auf ein Verbrechen. Aus Routine checken sie das Auto, mit dem Charles nach Wyoming Township gekommen ist, bevor sie in das Haus treten. Als das Funkgerät knackt und die Zentrale das Ergebnis durchgibt, sind die Beamten irritiert. Dieses Auto gehört gar keinem Charles, sondern einem Raymond. Das ist komisch.

Die Polizisten klopfen an die Tür.

Charles öffnet ihnen.

Charles hat keine Erklärung dafür, warum das Auto unter einem anderen Namen gemeldet ist, aber er kann dafür umso besser erklären, wo Delphine geblieben ist. Sie sei zu Verwandten gefahren und werde bald wiederkommen, behauptet er. Sie habe außerdem Charles und Martha gebeten, auf das Haus aufzupassen, die Pflanzen zu gießen, den Briefkasten zu leeren und so weiter, bis sie wieder zurück sei.

Die Polizisten wissen nicht, dass Delphine vorgehabt hat, nach New York zu ziehen, deshalb machen die zahlreichen Koffer sie neugierig. Für sie sieht es so aus, als hätte Delphine das Haus verlassen und die beiden wollten sich jetzt mit allem, was Wert hat, aus dem Staub machen. Die drei Polizisten durchsuchen daraufhin das gesamte Haus. Möglicherweise gibt es hier noch mehr Informationen, die ihnen dabei weiterhelfen, dem komischen Kauz mit seiner Schwester auf die Schliche zu kommen.

Im Keller entdecken die Beamten etwas, mit dem sie so nicht gerechnet hätten. Am Boden befindet sich eine riesige Pfütze aus frisch gegossenem Beton. Sie ist etwa sechzig Zentimeter lang und einen Meter zwanzig breit. Was soll das? Die Polizisten sind ratlos. Zum einen haben sie immer noch keine Spur von Delphine, zum anderen haben sie es jetzt mit zwei komischen Gestalten zu tun, die allem Anschein nach versucht haben, einer alleinerziehenden Mutter ihr Hab und Gut zu stehlen.

Um etwas Klarheit in diese Sache zu bringen, nehmen sie Charles und Martha mit auf die Wache. Dort sollen sie erklären, warum sie über 4000 Dollar Bargeld bei sich haben. Doch die beiden verweigern die Aussage. Die Polizei glaubt, dass das Geld Delphine gehört. Aber weil die nicht aufzufinden ist, kann sie den möglichen Diebstahl nicht anzeigen. Charles und Martha werden dennoch erst einmal festgehalten.

Die Polizisten wollen sich genauer anschauen, was die beiden im Haus von Delphine angestellt haben. Besonders die komische Pfütze aus Zement interessiert die Beamten. Nur etwa eine Stunde nachdem Charles und Martha festgenommen worden sind, stehen mehrere Polizisten und ein Journalist im Keller – der Polizei ist es wichtig, Fotos von diesem potenziellen Tatort zu haben – und beginnen, den Zement abzutragen.

Immer wieder wird der Keller vom Blitzlicht der Kamera erhellt. Was die Polizisten schnell herausfinden: Nur die Oberfläche des Lochs wurde mit Zement ausgegossen – es sollte so versiegelt werden. Das Loch selbst ist mit Wasser gefüllt – und irgendetwas befindet sich darin. Irgendetwas haben Charles und Martha dort drin versteckt. Die Polizisten stochern mit einem Stab in diesem Loch herum. Schließlich stoßen die Männer auf einen schweren Gegenstand, der in eine Decke eingewickelt wurde. Als sie die Decke entfernen, bestätigen sich die schlimmsten Befürchtungen: In dieser Decke, gemeinsam mit einem blutigen Kissen, ist die Leiche von Delphine eingewickelt.

Die Leiche ist mehr oder weniger unversehrt. Nur das Loch in ihrer Stirn beweist, dass Delphine keines natürlichen Todes gestorben ist. Die Polizisten fahren wieder zurück zur Dienststelle, in der Martha und Charles festgehalten werden. Sie konfrontieren die beiden mit dem, was sie gerade gefunden haben. Was ist hier passiert? Und vor allem: Wo ist die kleine Tochter von Delphine, die zweijährige Rainelle?

In diesem Moment gehen Charles, der auch dabei beobachtet worden ist, wie er im Laufe des Tages eine große Menge Zement gekauft hat, die Ausreden aus. Die Menschen im Baumarkt haben sich schon gewundert, was der reiche Mann aus New York hier mit dem Zement machen möchte. Das Lügengebäude bricht in sich zusammen. Delphine ist nicht zu Verwandten gefahren und er sollte auch nicht auf das Haus aufpassen. Martha und er haben sie umgebracht. Außerdem erzählen Martha und Charles den Polizisten, dass sie gar keine Geschwister sind. Sie sind eigentlich ein Pärchen.

Und noch etwas sagt Charles.

Rainelle befinde sich »in der grünen Box«.

Die grüne Box ist den Ermittlern schon aufgefallen, als sie den Keller durchsucht haben. Sie stand ganz in der Nähe des zubetonierten Loches. Aber sie haben sich nichts dabei gedacht und sie zur Seite gestellt. Eigentlich ist die Box zu klein, um ein Kind – mittlerweile fast zwei Jahre alt – aufzunehmen. Aber Charles und Martha haben den Körper der kleinen Rainelle offenbar mit Gewalt in diese Box gedrückt. Auch sie ist tot.

Am Kopf von Rainelle werden schwere Verletzungen festgestellt. Es kann nicht komplett geklärt werden, ob sie vor oder nach ihrem Tod entstanden sind. Sehr wahrscheinlich ist Rainelle durch Ersticken gestorben und die Kopfverletzungen wurden ihr nach ihrem Tod zugefügt. Doch was genau in diesen Tagen in Wyoming Township passiert ist, können nur Charles und Martha sagen.

Um Kopf und Kragen

Zum Glück – für die Polizei – kann Martha ihren Mund kaum halten. Sie redet wie ein Wasserfall. Ihr wäre es deutlich besser ergangen, wenn sie einfach auf einem Anwalt bestanden und geschwiegen hätte. Stattdessen erzählt sie den Polizisten von einer gewissen Janet – einer Frau, die die beiden in New York betrogen hätten. Mit dem Namen können die Ermittler erst einmal nichts anfangen, aber die Kollegen in New York bestätigen, dass eine Frau namens Janet vor ein paar Wochen als vermisst gemeldet wurde. Ihr Name steht auch in einem Notizbuch, das Charles bei sich getragen hat. Dort findet sich eine ganze Liste von Frauennamen, die abgehakt worden sind. Janet steht auf dieser Liste ganz oben. Spätestens ab diesem Punkt wird den Polizisten klar, dass sie hier einer ganz großen Sache auf der Spur sind. Denn wenn Delphine und Rainelle von den beiden ermordet wurden – warum nicht auch Janet und vielleicht noch die anderen Frauen auf der Liste?

Angeblich – darüber wird später noch ausführlich gestritten werden – unterbreitet die Polizei Martha und Charles – oder besser: Raymond – folgendes Angebot: Wenn sie ein vollständiges Geständnis ablegen, dann werden sie in Michigan verurteilt – und zwar nur für den Fall, der in Michigan stattgefunden hat, sprich: für die Morde an Delphine und Rainelle.

Konkret bedeutet das: Sie könnten einen möglichen Mord an Janet gestehen, ohne dafür eine Strafe befürchten zu müssen. Außerdem könnten sie auch später nicht mehr für die Taten, die außerhalb von Michigan begangen wurden, verurteilt werden, wenn sie ihre Strafe in Michigan abgesessen hätten. Das ist ein sehr wichtiges Versprechen, da in Michigan die Todesstrafe zu diesem Zeitpunkt bereits nicht mehr angewandt wird – im Gegensatz zum Beispiel zu New York, wo Janet vermisst wird.

Martha und Raymond beschließen, ein umfassendes Geständnis abzulegen – die Beweise für ihre Schuld wiegen allzu schwer und so können sie möglicherweise noch weitere Verfahren abwenden. Die beiden werden in einem Wohnbereich im Gefängnis, der einst für den Sheriff gedacht war, verhört. Auf Fotos der Szene sieht es so aus, als wäre das ein gemütliches Wohnzimmer mit Ringeltapete. Martha und Raymond nehmen dabei jeweils in einem Stuhl mit hoher Rückenlehne und Armstützen Platz. Sie sind umringt von Polizisten und Journalisten. Vor ihnen steht ein Teeservice auf einer Blümchen-Plastiktischdecke. Der leitende Polizist erklärt der *Detroit Times*, warum er dieses Setting ausgewählt hat. Niemand solle später sagen können, die Geständnisse seien aus den Verdächtigen herausgeprügelt worden. Die Anwesenden sollen bezeugen können, dass niemandem auch nur ein Haar gekrümmt wurde.

Zuerst sitzt Raymond auf diesem Stuhl. Er trägt ein weißes Hemd. Die Handschellen wurden ihm für dieses Verhör abgenommen. Bevor Raymond über die Verbrechen spricht, die er mit Martha begangen hat, erzählt er über sich selbst, darüber, wie aus einem spanischen Gastarbeiter der hoch angesehene New Yorker Geschäftsmann Charles wurde. Er beschönigt die Geschichte an vielen Stellen, die Wahrheit ist Folgende:

Raymond wird am 17. Dezember 1917 auf Hawaii geboren. Er ist ein Kind spanischer Einwanderer. Mit gerade einmal fünfzehn Jahren zieht Raymond in das Geburtsland seiner Eltern, um auf der Farm seines Onkels zu arbeiten. Mit zwanzig lernt er seine zukünftige Frau kennen. Sie heiraten, bauen ein Haus und bekommen vier Kinder. Eigentlich hat Raymond alles, was es zum Glücklichsein braucht. Aber dann kommt der Zweite Weltkrieg. Raymond dient er in der spanischen Marine, später agiert er als Spion für den britischen Geheimdienst. Offenbar sehr erfolgreich. Ob er zu diesem Zeitpunkt gelernt hat, Menschen um den Finger zu wickeln und seinen Willen durchzusetzen?

Nach dem Krieg geht es für Raymond wieder nach Amerika. Er will Geld für seine Frau und seine Kinder verdienen. Ein Schiff soll ihn über den Atlantik bringen, doch es geschieht ein schlimmer Unfall. Als er vom Unterdeck aus nach oben klettert und seinen Kopf durch die Luke steckt, fällt ihm eine schwere Stahltür auf den Kopf. Raymond ist schwer verletzt. An Land muss er für vier Monate ins Krankenhaus, bis er wieder entlassen werden kann. Aber Raymond ist nicht mehr die gleiche Person wie zuvor.

Er wird schnell wütend und ist sehr distanziert. Nur kurz nachdem Raymond aus dem Krankenhaus entlassen wurde, muss er ins Gefängnis. Er wurde beim Klauen erwischt und zu einem Jahr in Haft verurteilt. Angeblich lernt er in der Haft einen Hawaiianer kennen, der Raymond den Voodoo-Glauben näherbringt. Irgendwann ist Raymond davon überzeugt, mithilfe von Voodoo-Magie die Gefühle anderer Menschen beeinflussen zu können. Er glaubt, dass er, wenn er im Besitz von persönlichen Gegenständen einer Frau ist, zum Beispiel eines Ohrrings oder einer Haarlocke, sexuelle Energie heraufbeschwören kann.

Seine Bitte um die Haarlocke von Delphine wenige Jahre später erscheint plötzlich in einem ganz anderen Licht.

Auf der Suche nach Liebe

Im Jahr 1946 wird er aus dem Gefängnis freigelassen. Er zieht zu seiner wirklichen Schwester nach New York. Er soll unter schweren Kopfschmerzen leiden und sich immer wieder zurückziehen. In dieser Zeit entdeckt er den *Lonely Hearts Club* und schreibt seine ersten Briefe.

Raymond sucht sehr wahrscheinlich gezielt nach Frauen, die verwitwet oder geschieden sind und sich wieder Nähe wünschen.

In der Regel laufen seine Besuche wie folgt ab: Raymond besucht die Damen und kann sie innerhalb kürzester Zeit davon überzeugen, ihn zu heiraten und ein gemeinsames Konto mit ihm zu eröffnen, in das sie ihr mühsam erspartes Geld einzahlen sollen. Sobald Raymond Zugriff auf das Geld hat, geht er auf und davon.

Auch Martha lernt er so kennen. Doch anstatt ebenfalls von ihm hintergangen zu werden, begleitet sie ihn fortan bei seinen Betrügereien – als seine angebliche Schwester. Raymond hat sogar Sex mit den meisten dieser Frauen, obwohl Martha davon überzeugt ist, dass Raymond und sie fest ineinander verliebt sind. Aber sie ist eifersüchtig. Es gibt Streit – doch die beiden lassen nicht voneinander.

Bei wie vielen Frauen Raymond – oder die beiden gemeinsam – mit ihrer Betrugsmasche erfolgreich sind, ist unbekannt. Die Listen in Raymonds Notizbuch machen misstrauisch. Geht es hier nur um vergleichsweise harmlose Betrugsfälle oder haben die beiden noch mehr Morde begangen, die sie nicht zugeben wollen? Liegen möglicherweise in ganz Amerika Frauen in ihren Kellern begraben, denen Raymond und Martha ihr Geld stehlen wollten? Raymond bestreitet das, er sagt, dass die Liste lediglich Frauen aufführe, die er in Zukunft besuchen wollte.

Bis auf Janet.

Martha bestätigt in ihrem Verhör, dass die beiden Janet, die Dame in New York, tatsächlich umgebracht hätten. Sie sagt, dass sie die ältere Dame – sie war schon sechsundsechzig Jahre alt – im Dezember in ihrem Haus in New York aufgesucht hätten. Raymond habe sie erst alleine besucht, um auszukundschaften, wie viel Geld bei ihr zu holen ist. Er habe es geschafft, Janet davon zu überzeugen, mit Raymond in eine Wohnung zu ziehen, die er angemietet hatte. Doch Janet wird misstrauisch – und die »Geschwister« beschließen, sie aus dem Weg zu räumen. Martha schlägt sie mit einem Hammer, Raymond stranguliert sie mit einem Schal.

So zumindest die Aussage Marthas. Diese Darstellung wird im Laufe des Falles noch für einige Diskussionen sorgen. Die Leiche werden die beiden auf jene Art und Weise los, die auch bei Delphine Anfang 1949 zur Anwendung kommen wird. Nachdem sie Janets Leiche einige Zeit im Kofferraum »gelagert« haben, mieten sie ein Haus in New York an. Raymond gräbt im Keller ein Loch, Martha pflastert es wieder zu.

Die Vermieter dieses Hauses sagen später, dass Raymond schon fast hektisch gewesen sei, als er das Haus mieten wollte, aber sich nach ein paar Tagen umentschieden habe und wieder ausziehen wollte. Was die Vermieterin sehr wunderte: Raymond bestand darauf, dass sie ihm schriftlich bestätigte, dass er das Haus so zurückgegeben habe, wie er es bekommen hatte. Dass im Keller an einer Stelle Beton aufgegossen worden war, fiel den Vermietern zu diesem Zeitpunkt nicht auf. Erst rückblickend ergibt Raymonds Verhalten Sinn.

In Sachen Delphine versucht Raymond, sich herauszureden. Angeblich mochte er Delphine mehr als alle anderen Frauen, die er je getroffen habe, Martha habe er nicht geliebt, er habe sie schlicht nicht mehr abschütteln können.

Die vermeintliche Zuneigung zu Delphine hilft dieser jedoch nicht, als sie beginnt, Verdacht zu schöpfen. Sie möchte ihren Schwestern mit etwas Geld aushelfen, doch Raymond verhindert das. Da wird Delphine misstrauisch. Martha und Raymond haben Angst, dass sie Alarm schlägt. Raymond sagt, Martha habe Delphine dazu gezwungen, eine große Menge Beruhigungstabletten zu schlucken. Als die aus ihrem Dämmerschlaf wieder erwacht sei, habe sie versucht, die Polizei anzurufen. Um das zu verhindern, habe Raymond selbst eine Waffe genommen, sie in einer Decke eingewickelt, damit das Schussgeräusch nicht nach außen dringt, und Delphine erschossen.

Stille im Keller

Im Hinblick auf Rainelle sagt Martha aus, dass die beiden den Plan hatten, diese mit nach New York zu nehmen und sie dort aufzuziehen.

Das klingt nobler, als der Gedanke dahinter tatsächlich war. Sie hatten nämlich vor, den Eltern von Delphine vorzugaukeln, ihre Tochter würde noch leben. Als Beweis dafür wollten sie mit den Briefen, die sie mit einer Schreibmaschine schreiben wollten, auch aktuelle Bilder des Mädchens verschicken, das auch noch ein paar Worte auf das Briefpapier kritzeln sollte. Viel weiter ging der Plan nicht. Irgendwann hätten sie aufgehört, die Briefe zu schicken, und sich über alle Berge davongemacht. Was dann mit Rainelle passiert wäre? So weit ging der Plan noch nicht.

Und doch musste Rainelle sterben.

Einfach weil sie nicht aufgehört hat zu schreien.

Nach dem Mord an Delphine wissen Martha und Raymond nichts mit dem Kleinkind anzufangen. Sie fahren mit der weinenden Rainelle durch die Stadt, um sie abzulenken. Angeblich kaufen sie ihr sogar einen Welpen, um die Kleine zu beruhigen. Als Rainelle von ihm gekratzt wird, nehmen sie ihr den Hund jedoch wieder weg und die Kleine schreit noch mehr als zuvor. Raymond und Martha wissen sich nicht zu helfen. Sie kommen zum Entschluss, dass es keine andere Lösung gibt, als das kleine Kind neben seiner Mutter zu beerdigen.

Raymond erzählt in seinem Geständnis, dass Martha Rainelle gepackt habe und mit ihr in den Keller gegangen sei, wo ein großer Waschtrog gestanden habe. Für einen Moment habe er noch das Schreien des kleinen Mädchens gehört. Dann sei es ganz still geworden.

All das geschieht nur wenige Stunden, bevor die Polizei an die Tür klopft.

Angeblich ist Rainelles Körper noch warm, als die Kiste geöffnet wird.

Die dritte Leiche

Die Polizei hat für diesen Moment genug gehört. Sie verständigen die Kollegen in New York. Diese sollen feststellen, ob die Sache mit Janet so stimmen kann. Im ersten Anlauf findet die Polizei Janet nicht.

Erst als Raymond genau sagt, wo sie nachschauen müssen, entdecken sie die Leiche unter Beton und Sand vergraben. Der Arzt stellt fest, dass Janet nicht durch den Schlag auf den Kopf getötet wurde, sondern durch Ersticken. Sie muss also mit einem Seil oder etwas Ähnlichem stranguliert worden sein – oder mit dem Schal, wie Martha ausgesagt hat.

Am 2. März 1949 beginnt der Prozess gegen Raymond und Martha. Die beiden werden wegen des Mordes an Rainelle und Delphine angeklagt. Der Gerichtssaal ist vollgepackt mit Zuschauern. Alle wollen den Mann sehen, der es geschafft hat, so viele Frauen derart um den Finger zu wickeln, dass er ihnen all ihr Geld wegnehmen konnte. Und genau so neugierig sind sie auf die Frau, die so kaltblütig war, ein wehrloses Kind umzubringen.

Noch bevor der Prozess wirklich begonnen hat, gibt es im Gerichtssaal die erste große Überraschung: Der Staatsanwalt plädiert auf eine Unterbrechung des Prozesses, weil er den New Yorker Behörden die Gelegenheit geben möchte, ihre Ermittlungen abzuschließen, bevor dort der Prozess weitergeführt werden kann. In diesem Moment muss der Puls von Martha und Raymond in die Höhe geschnellt sein.

Moment!

Ihnen ist doch versprochen worden, dass sie nur wegen der Taten im Bundesstaat Michigan angeklagt werden, wenn sie ein vollständiges Geständnis ablegen. Eine weitere Ermittlung in New York, wo Janet ermordet wurde, würde gegen diese Absprache verstoßen. Vor allem ist Raymond und Martha bewusst: In New York wird noch die Todesstrafe verhängt – und vollzogen. Dass die beiden in einem New Yorker Prozess am Ende auf dem elektrischen Stuhl landen würden, ist so gut wie sicher.

Doch der Richter stimmt dem Vorschlag des Staatsanwalts zu, und so ist nach wenigen Minuten der erste Prozesstag auch schon beendet. Für die Medien reicht dieser kurze Tag aber schon, um für Schlagzeilen zu sorgen. Vor allem Martha bekommt den Großteil des öffentlichen Hasses ab. Sie gilt als die treibende Kraft hinter den Morden, vor allem der Mord an der kleinen Rainelle wird ihr besonders schwer angelastet.

Zwei Journalisten des *Grand Rapids Herald* können die beiden sogar interviewen und veröffentlichen noch mehr Informationen über die Masche der beiden. Raymond zum Beispiel erzählt, dass er etwa fünfzig Frauen angeschrieben habe. Er habe aufmerksam zugehört, was die Frauen über ihr Leben erzählten, um ihre Schwachstellen auszumachen. Ein Kinderspiel. Oder wie Raymond es ausdrückt: »Frauen lieben Aufmerksamkeit – und ich habe ihnen immer eine ganze Menge Aufmerksamkeit geschenkt.«

Polizisten aus dem ganzen Land wollen mit den beiden sprechen. Sie hoffen, so einige Vermisstenfälle aufklären zu können und in Martha und Raymond die Mörder gefunden zu haben, nach denen sie schon so lange suchen. Aber bei jeder neuen Anfrage sagen Martha und Raymond: Nein, damit haben wir nichts zu tun!

Die einzige Frau in Raymonds Notizbuch – außer Delphine –, die nachweislich von Martha und Raymond ermordet wurde, ist Janet. Die Polizei verhört Raymond und Martha erneut. Ihre vorherigen Geständnisse hatten die beiden unter der Voraussetzung abgegeben, dass diese nur für die Strafverfolgung in Michigan gelten. Die Polizei will aber wasserdichte Geständnisse, die auch in anderen Bundesstaaten verwendet werden können. Raymond weigert sich erst. Martha ist aber inzwischen alles egal.

»Mach, dass sie still ist!«

Der Punkt, der bis zuletzt immer wieder diskutiert werden wird: Wer hat Janet ermordet? Martha behauptet, dass Janet nach ein paar Tagen Verdacht geschöpft habe. Sie habe einen Streit begonnen und sei nicht mehr zu beruhigen gewesen. Irgendwann soll Raymond zu Martha gesagt haben: »Mach endlich, dass sie still ist!« Und das tut Martha. Mit einem Hammer schlägt sie Janet nieder. Raymond sei zu diesem Zeitpunkt nicht im Raum gewesen. Doch er kommt dazu, packt Janet an der Kehle und erwürgt diese.

Raymond und Martha überlegen fieberhaft, was sie mit der Leiche machen sollen. Raymond will sie an einer Bahnschiene vergraben, Martha ist diejenige, die die Zement-Idee hat. Raymond macht sich sofort an die Arbeit.

In seinem Besitz findet die Polizei später zudem einige sehr spannende Dinge. Raymond hat mehrere leere Blätter mit Janets Unterschrift dabei. Offenbar hat er sie gebeten, diese Blätter vorab zu unterschreiben, um eine Hochzeits-Einladung zu verschicken. Tatsächlich verwendete er die Blätter später für die Briefe an ihre Schwester, die so natürlich keinen Verdacht schöpfte. Völlig planlos und überraschend scheint Janet also nicht umgebracht worden zu sein.

Angesichts dieser Beweislast fragen sich die Ermittler, was die richtige Strategie ist, um Martha und Raymond zu verurteilen. Das Versprechen an die beiden, sie wegen ihrer Tat in New York nicht zu belangen, hat nicht lange gehalten. Die große Frage ist allerdings: Wo soll die erste Verhandlung stattfinden? In New York oder Michigan? Das ist gar nicht so leicht zu beantworten. Die einen sagen: Die Verhandlungen sollen in der Reihenfolge geführt werden, wie die Morde begangen wurden, also erst in New York, wo Janet ermordet wurde, dann in Michigan, wo Delphine und Rainelle ermordet wurden. Andere sagen: Die Prozesse sollen in der Reihenfolge geführt werden, wie die Verbrechen aufgedeckt wurden, also erst in Michigan, dann in New York.

Die Staatsanwaltschaft verfolgt aber einen ganz eigenen Ansatz: Sie will sicherstellen, dass die beiden eine möglichst harte Strafe erhalten. Daher will die Staatsanwaltschaft erst in New York vor Gericht und dort alles daransetzen, dass das Gericht die Todesstrafe verhängt. Sollte man in New York nicht erfolgreich sein, soll der Versuch in Michigan erfolgen, wo man zumindest eine lebenslange Haftstrafe erwirken könnte.

Am 8. März 1949 wird vor dem Gericht in Michigan final entschieden, wie das Verfahren ablaufen soll. Dafür müssen Martha und Raymond aus dem Gefängnis zum Gericht gebracht werden. Was so einfach klingt, ist eine organisatorische Höchstleistung. Fast sechzig Polizisten müssen für Ordnung sorgen, damit die Menge, die sich das Spektakel anschauen will, den Ablauf nicht gefährdet.

Schließlich beschließt das Gericht, dass die Verhandlung wie von der Staatsanwaltschaft gewünscht in New York beginnen soll. Schon zwei Tage später, am 10. März, werden die beiden nach New York verlegt. Raymond und Martha kommen in unterschiedliche Gefängnisse.

Es wird ernst

Mit der Verlegung nach New York bestehen die beiden erstmals auf einen Verteidiger. Der baut seine Verteidigungsstrategie nun darauf auf, dass Raymond zum Zeitpunkt des Mordes an Janet gar nicht anwesend war. Er hatte ja – wie von Martha ausgesagt – das Zimmer verlassen, als sie die Dame mit dem Hammer erschlug. Er wusste also davon nichts. Den Schal – das wird Raymond später auch so aussagen – habe er nur um den Kopf von Janet gewickelt, um die Blutung zu stillen. Martha ihrerseits sei – so die Verteidigung – geistig zu diesem Zeitpunkt nicht zurechnungsfähig gewesen.

Der Verteidiger versucht alles, um das Ruder doch noch herumzureißen und eine Verurteilung »nur« wegen Totschlags durchzusetzen. Wäre da nicht das Geständnis aus Michigan … Da stellt der Verteidiger seinen Antrag: Diese Geständnisse dürften unter keinen Umständen als Beweismittel zugelassen werden. Zum Zeitpunkt der Geständnisse litten Raymond und Martha angeblich unter Schlafmangel, sie hätten keinen Rechtsbeistand gehabt und sie seien nicht darüber aufgeklärt worden, welche Rechte sie überhaupt besäßen. Der Verteidiger vergleicht diese Verhöre sogar mit einer Inquisition. Stickig sei es in dem Raum gewesen, berichtet Raymond zudem. Sie hätten zuvor nichts zu essen und zu trinken bekommen – und danach nur von Ratten angefressene Nahrungsmittel. Um überhaupt Wasser zu bekommen, habe Raymond aus der Toilette trinken müssen.

Was Raymond vor Gericht aussagt, klingt eindeutig nach Polizeigewalt. Nach Willkür. Falls die Aussage stimmt, stellt sich zu Recht die Frage, wie die beiden so einer Prozedur unterzogen werden konnten. Außerdem erinnert der Verteidiger das Gericht noch einmal an das Versprechen, dass Martha und Raymond bekommen haben: Sollten sie zu diesem Zeitpunkt aussagen, dann würden sie nur in Michigan für die Verbrechen verurteilt, die auch in Michigan begangen wurden. Alle anderen Straftaten, wie die aus New York, wären vom Tisch.

Die betroffenen Polizisten wiederum weisen jede Schuld von sich und sagen, dass sie die beiden eindeutig darauf aufmerksam gemacht hätten, dass diese Geständnisse beide für Jahre hinter Gitter bringen würden – wenn nicht sogar auf den elektrischen Stuhl. Nur ein Polizist macht sich im Gerichtssaal ein wenig lächerlich, als er auf über hundert Fragen jedes Mal antwortet: »Ich kann mich nicht erinnern.«

Die Prozesstage sind sehr lang. Sie gehen häufig bis spät in die Nacht. Nur einmal kommt so etwas wie Lockerheit in den Gerichtssaal. Der Staatsanwalt nimmt Raymond in die Zange. Als dieser über Delphine spricht, bezeichnet er sie einmal als seine Frau, die gestorben sei. Martha macht das zornig. Ihrer Meinung nach ist sie die einzig legitime Frau an Raymonds Seite. Sie ruft von ihrer Anklagebank aus, dass seine Frau nicht tot sei. Im Saal sorgt das für vereinzelte Lacher.

Aber dann wird es wieder ernst.

Am 12. Juli 1949 werden die beiden Aussagen aus dem Gefängnis in Michigan vom Richter als »gültig« anerkannt. Damit hat er das Todesurteil für Raymond und Martha so gut wie unterschrieben. Als die Geständnisse vorgelesen werden, sitzt auch Marthas Mutter im Raum. Alle können ihr Schluchzen hören.

Die einzige verbliebene Option für den Verteidiger: Offensive! Er versucht weiter, Martha als wahnsinnig darzustellen, und insistiert darauf, dass Raymond während des Mordes nicht anwesend war. In dieser Verhandlung geht es ja nur um den Mord an Janet. Raymond sagt, dass er den Hammer nur benötigt habe, um ein paar Bilder aufzuhängen. Er habe nicht geahnt, dass Martha damit Janet erschlagen könnte. Er könne sich nicht einmal mehr daran erinnern, was er mit dem Hammer gemacht habe, nachdem er die Bilder aufgehängt habe.

Martha ihrerseits – so erzählt es Raymond – habe schon mehrere Anzeichen von Verrücktheit gezeigt. Ursprünglich habe Raymond gedacht, dass er Martha bei ihrem ersten Treffen nur für ein Sex-Wochenende treffen würde. Allerdings habe Martha sich in ihn verliebt und ihm keine Ruhe mehr gelassen. Raymond habe ihr Briefe geschrieben, in denen er versucht habe, klarzumachen, dass er keine Beziehung wolle. Daraufhin habe Martha versucht, sich selbst mit Gas zu ersticken.

Raymond will die Situation beruhigen und lädt Martha zu sich nach New York ein, um die ganze Sache zu bereden. Diese bringt bei diesem Besuch angeblich ihre beiden Kinder mit, auf die Raymond so gar keine Lust hat. Er stellt Martha vor die Wahl: Er oder die Kinder – vermutlich in der Überzeugung, dass die Forderung so dreist ist, dass sich die Sache von selbst erledigt. Aber da hat er Martha falsch eingeschätzt. Die gibt nämlich nun ihre Kinder an die Heilsarmee, um mit Raymond zusammen sein zu können.

Ein Hauch von Mutterliebe scheint jedoch noch in Marthas Herz gewohnt zu haben: Ein Polizist bringt sie später zu Raymond nach Hause, weil sie sich vor einen Zug werfen wollte. Aber Martha ist und bleibt einfach verrückt nach Raymond. Und sie soll große Probleme mit Eifersucht gehabt haben. So, wie Martha es dann vor Gericht erzählt, ist das auch der Grund, warum Janet schließlich sterben musste. Nachts begegnet Martha Janet in Unterwäsche auf dem Flur. Diese hat sich offensichtlich für Raymond schick gemacht. Martha beleidigt sie als Schlampe, worauf Janet diese angeblich aus heiterem Himmel angreift. Ein Angriff, gegen den Martha sich nur mit dem Hammer verteidigen konnte. Direkt nach dem Schlag sei Janet tot gewesen. Raymond habe nur noch den Schal geholt, um die Blutung zu stillen.

Diese Aussage nimmt den Druck von Raymond, der ja im Verdacht steht, Janet erwürgt zu haben. Ob sich hier die liebevollen Botschaften, die sich die beiden mit der Hilfe eines Wächters in der Haft zustecken konnten, für Raymond auszahlen, indem Martha nun für ihn falsch aussagt? Schließlich ist die Obduktion zu einem anderen

Ergebnis gekommen – nämlich dass das Erwürgen die Todesursache war. Und so hatte sich der Tathergang auch in Marthas erster Aussage dargestellt …

»Mit Liebe – von deiner Frau«

Dreiundvierzig Tage dauert die Verhandlung insgesamt, über 4000 Aktenseiten kommen dabei zusammen. Die Jury berät sich über dreizehn Stunden, bis sie zu einem Urteil kommt. Gegen acht Uhr morgens am 18. August 1949 verkündet sie ein einstimmiges Urteil. Raymond und Martha werden schuldig gesprochen, Janet gemeinschaftlich ermordet zu haben. Während das Urteil verlesen wird, regen sich die beiden kaum. Sie suchen auch keinen Kontakt zueinander. Sie werden zum Tod auf dem elektrischen Stuhl verurteilt. Nach dem Jury-Urteil werden sie wieder zurück ins Gefängnis und am 22. August schließlich in dessen Todestrakt gebracht. Sie dürfen ab diesem Zeitpunkt keinen Kontakt mehr zueinander haben.

Dennoch behauptet Raymond im Jahre 1950, dass ein Wärter eine sexuelle Beziehung mit Martha habe. Er könne das in seiner Zelle hören – der Todestrakt sei sehr klein. Außerdem gebe der Wärter damit an, wenn er an seiner Zelle vorbeilaufe. Martha kontert diesen Vorwurf in einem Brief an ihre Mutter. Das Ganze sei Blödsinn. Vermutlich versuche Raymond nur, irgendwie doch noch als verrückt durchzugehen und so dem elektrischen Stuhl zu entkommen.

Sie fährt fort:

> »Er hat nicht die Eier, sich selbst das Leben zu nehmen. Und er kann auch nicht selbst zum Stuhl laufen – man wird ihn dorthin schleifen müssen, während er kämpft und schreit. Er ist mutig, wenn er redet und andere verletzt. Er kann töten, ohne mit der Wimper zu zucken. Aber sich selbst zu verletzen – das kann er nicht. Dafür müsste er ein richtiger Mann sein.«

An diesem Punkt scheint die Liebe zwischen den beiden vollständig erloschen zu sein.

Die letzten Briefe von Raymond gehen an seine Frau, die er damals in Spanien zurückgelassen hat, um in Amerika das große Geld zu verdienen. Er möchte, dass es ihr gut geht und sie sich gut um die gemeinsamen Kinder kümmert. Sie antwortet, dass sie ihm vergebe und sie sich wünsche, dass er sich keine Sorgen um sie mache. Sie beendet ihren Brief mit den Worten: »Mit Liebe von der Person, die dich nie vergessen wird. Deiner Frau.«

Und doch gelten die letzten Worte von Martha und Raymond am Tag ihrer Hinrichtung am 8. März 1951 wieder einander – und der Liebe, die sie verbindet und die niemand so recht verstehen könne.

Was davon wahr ist?

Das kann niemand mit Gewissheit sagen.

Doch zahlreiche Mythen ranken sich auch heute noch um die Lonely Hearts Killer, deren Geschichte bereits zweimal verfilmt wurde.

Liebe und Geld.

Das zieht einfach immer …

TOD IN DEN FLUTEN

Fall 9: Rudolf Diesel

»Von hundert Genies gehen neunundneunzig unentdeckt zugrunde.«

Ein schauriger Fund

Am 10. Oktober 1913 schippert das kleine niederländische Regierungslotsenboot *Coertsen* über den Ärmelkanal. Es ist eine kalte Herbstnacht, windig, mit starkem Seegang und schlechter Sicht. Immer wieder bilden sich Nebelschwaden über dem Wasser. Doch die Besatzung tut ihre Pflicht und hält nach Booten und Schiffen Ausschau, die in holländische Hoheitsgewässer eingedrungen sind.

Plötzlich stößt die *Coertsen* gegen etwas. Die Seeleute schnappen sich ihre Petroleumlampen und leuchten hinaus auf das aufgewühlte Wasser. Sie entdecken einen Körper, der mit dem Gesicht nach unten auf den Wellen treibt. Mit einem Bootshaken, also einer langen Holzstange, an deren Ende sich ein Haken aus Stahl befindet, ziehen sie die Gestalt zu sich heran.

Als sie die leblose Person umdrehen, weicht die Besatzung entsetzt zurück. Die Leiche ist aufgequollen und bereits stark verwest. Das Gesicht ist durch Fäulnis so entstellt, dass man die Person nicht mehr identifizieren kann. Nur graue Haare, eine Halbglatze und ein Schnurrbart sind noch zu erkennen. Der Mann muss schon seit mehreren Tagen tot im Wasser treiben.

Die Seemänner wollen den Leichnam an Bord holen, doch der Kommandant der *Coertsen* verbietet das. Er will keine entsetzlich entstellte Leiche auf seinem Boot haben. Er glaubt, das würde Unglück bringen. Die Besatzung durchsucht die Taschen des Anzugs, den die Leiche trägt. Sie können einen Geldbeutel, ein leeres Brillenetui, ein Taschenmesser und eine Pastillendose sicherstellen. Dann übergeben sie den Körper wieder seinem kalten, nassen Grab.

Am nächsten Morgen kehrt die *Coertsen* zu ihrem Stützpunkt bei der niederländischen Hafenstadt Vlissingen zurück. Die Gegenstände, die bei der Leiche gefunden wurden, werden der Polizei übergeben und auf der örtlichen Polizeiwache aufbewahrt. Zudem meldet der Kommandant der *Coertsen* den Leichenfund an seine Vorgesetzten.

Diese haben schon eine Ahnung, um wen es sich bei der verwesten Wasserleiche handeln könnte. Denn seit elf Tagen wird eine Person vermisst, die plötzlich über Nacht von einem Fährschiff verschwunden ist. Bei dieser vermissten Person handelt es sich nicht um irgendwen, sondern um Rudolf Diesel, einen weltweit geachteten und bewunderten Ingenieur, einen technischen Revolutionär. Mit der Erfindung seines gleichnamigen Motors hat er die Welt verändert.

Doch im Laufe der Jahre hat er sich auch mächtige Feinde gemacht …

Ein Genie wächst heran

Rudolf Christian Karl Diesel wird nicht etwa irgendwo in Deutschland, sondern in Paris geboren. In der Rue Notre Dame de Nazareth, einer schmalen Straße unweit der Place de la République in Paris, kommt der kleine Rudolf am 18. März 1858 zur Welt. Er stammt aus einfachen Verhältnissen.

Vater Theodor ist gelernter Buchbinder und kommt aus Augsburg. Vor zehn Jahren hat er beschlossen, nach Paris auszuwandern und sein Glück als Lederwaren-Hersteller zu versuchen. In der Stadt der Liebe lernt er seine spätere Ehefrau Elise kennen, die Tochter eines Gürtlermeisters aus Nürnberg. Auch ihre Familie ist vor der Armut in Bayern nach Frankreich geflohen, nachdem der Vater sein Geschäft aufgeben musste. Rudolf ist das zweite Kind von Theodor und Elise.

Die Diesels sind so arm, dass sie Rudolf wenige Wochen nach seiner Geburt zu einer Bauernfamilie in einem Pariser Vorort geben. Dort wird er wenigstens mit dem Nötigsten versorgt, während die Eltern in der kleinen Werkstatt fast rund um die Uhr schuften. Erst nach neun langen Monaten holen sie ihren Sohn in ihr neues Zuhause in der Rue de la Fontaine au Roi zurück.

Die Armut ist ein ständiger Begleiter der Familie. Das liegt aber nicht etwa an Faulheit oder betriebswirtschaftlicher Unfähigkeit der Eltern, sondern am technischen Fortschritt der damaligen Zeit. Es wird immer schwerer, handgenähte Waren zu verkaufen. Gegen die Konkurrenz der Massenhersteller, die ihre riesigen Maschinen mit Dampfkraft betreiben und dementsprechend viel günstiger produzieren können, haben kleine Handwerksbetriebe keine Chance.

Rudolf Diesel wird es sich zu seiner Lebensaufgabe machen, das zu ändern.

Schon früh muss er im elterlichen Betrieb mitarbeiten. Jeden Morgen zieht er vor Schulbeginn mit einem Handkarren aus Holz durch die Straßen von Paris und liefert die Waren seines Vaters aus. Es ist ein hartes Leben. Auf seinen morgendlichen Touren erlebt er hautnah die Unterschiede zwischen den Reichen, die in herrschaftlichen Villen residieren, und den Armen, die in heruntergekommenen Pariser Mietskasernen auf engstem Raum hausen müssen. Diese Bilder werden ihn für den Rest seines Lebens prägen. Rudolf wird deshalb nicht nur versuchen, mit seinen Motoren die Arbeit der kleinen Handwerksbetriebe zu erleichtern, sondern auch eine wirtschaftliche Theorie entwickeln, wie man den Kapitalismus abschaffen könnte – jenes in seinen Augen unmenschliche System der Ausbeutung.

Obwohl er bei den Eltern viel mithelfen muss, ist Rudolf Diesel ein überragender Schüler. Mit zwölf Jahren wird er 1870 für seine überdurchschnittlichen Leistungen von der Société pour l'instruction élémentaire – das ist der älteste Grundschulverband Frankreichs – mit einer Bronzemedaille ausgezeichnet. Vor allem seine Technikbegeisterung fällt auf am jungen Rudolf.

In der Tat ist die zweite Hälfte des 19. Jahrhunderts eine spannende, vom technischen Fortschritt geprägte Zeit. Es gibt die ersten Luftschiffe, die ersten Verbrennungsmotoren werden erfunden. Auch die Elektrotechnik, die Chemie und die moderne Physik machen enorme Fortschritte. Die Welt ist auf dem Weg in ein neues Zeitalter. Es findet eine Technisierung aller Lebensbereiche statt. Und so besucht Rudolf nach der Schule, wenn er nicht seinen Eltern in der Werkstatt helfen muss, regelmäßig das berühmte Technikmuseum Musée des Arts et Métiers. Dort steht er stundenlang vor Maschinen und Motoren und zeichnet sie mit jedem noch so feinen Detail in ein kleines Heftchen, das er immer dabeihat.

So wäre der Dieselmotor wahrscheinlich eine französische Erfindung geworden. Doch nur ein paar Wochen nach Rudolfs Auszeichnung muss die Familie Diesel von heute auf morgen Frankreich verlassen: Am 19. Juli 1870 erklärt Frankreich Preußen und dem Norddeutschen Bund den Krieg und alle Deutschen werden umgehend ausgewiesen. Für die Diesels ist das ein Schock. Jahrelang haben sie mühsam ihr Geschäft aufgebaut, nun verlieren sie über Nacht ihre gesamte Existenz.

Sie fliehen nach London. Doch dort ist das Leben sehr hart. Ohne Arbeit und Einkommen vegetiert die inzwischen fünfköpfige Familie in einem armseligen Zimmer. Der zwölfjährige Rudolf muss mit seinen beiden Schwestern, der vierzehnjährigen Louise und der zehnjährigen Emma sogar in einem Bett schlafen. Vater Theodor überlegt, wie es weitergehen soll. Er schreibt seinem Bruder Johann Diesel nach Augsburg. Der überzeugt ihn, seinen Sohn Rudolf zu ihm zu schicken. Der kommt am 1. November 1870 ganz alleine an, der Rest der Familie bleibt in London. Rudolf schläft zunächst mit im Zimmer seiner beiden Cousins Christian und Hermann Diesel.

Onkel Johann erkennt das Potenzial, das in Rudolf steckt. Er beschließt, den Jungen bei Christoph Barnickel und seiner Frau Barbara unterzubringen. Christoph Barnickel ist Königlicher Gymnasialprofessor für Mathematik an der Gewerbeschule Augsburg und kann den

Wunsch Johann Diesels nicht ablehnen. Seine Frau Barbara wuchs als Waise bei Johann Diesel und seiner Frau auf. Es gibt eine Art Dankesschuld abzutragen. Barnickel ist wie ein Onkel für Rudolf. Die beiden fachsimpeln stundenlang über Mathematik und Mechanik. Fünf Jahre lebt Rudolf bei seinem Ziehonkel und Mentor.

Rudolf geht auf die Gewerbeschule, in der Barnickel unterrichtet – der Vorläufer des heutigen Holbein-Gymnasiums. Der Unterricht macht ihm großen Spaß. Zwei Jahre später – 1872 – schreibt er an seine Eltern und äußert das erste Mal seinen Berufswunsch: Er will Ingenieur werden. Da ist er gerade einmal vierzehn Jahre alt. Ein Jahr darauf beendet er die Schule als Jahrgangsbester. Danach schreibt er sich an der Industrieschule ein – die heutige Hochschule Augsburg. Zwei Jahre später schließt er die Ausbildung ab, erneut als Bester seines Jahrgangs.

An der Polytechnischen Schule in München – das ist heute die Technische Universität München – bekommt Rudolf ein Stipendium. Nach vier Jahren will er seinen Abschluss machen. Aber im Juli 1879 versäumt er wegen einer Typhuserkrankung sein Examen. Anfang 1880 kann er die Prüfung nachholen. Er schließt erneut mit überragenden Leistungen ab. Er ist der beste Student, der bis dato an der Polytechnischen Schule sein Examen abgelegt hat – mit gerade einmal einundzwanzig Jahren. Sein Studienabschluss ist der Startschuss für eine beeindruckende Karriere.

Die Dieselrevolution

Nach seinem Abschluss arbeitet Rudolf Diesel in verschiedenen Firmen des Erfinders und Ingenieurs Carl von Linde, der unter anderem eine Kältemaschine entwickelt, welche die Grundlage der heutigen Kühlschränke ist. Neben seiner Arbeit bei Carl von Linde forscht Rudolf an einer ganz neuen Art von Motor. Am 27. Februar 1892 schließlich meldet Rudolf Diesel beim Kaiserlichen Patentamt zu Berlin ein Patent an – er hat eine »neue rationelle Wärmekraftmaschine« erfunden: den Dieselmotor. Ein Jahr später wird das Patent erteilt.

Doch mit dem Patent allein kann er nichts anfangen. Rudolf braucht eine Maschinenfabrik, in der er einen Prototypen entwickeln kann. Und er benötigt Geld. Er verdient zwar bei Carl von Linde nicht schlecht. Aber für ein solches Projekt braucht man deutlich mehr Kapital, als ihm zur Verfügung steht.

Zunächst will ihn niemand unterstützen. Alle anerkannten Ingenieure weltweit sind sich einig: Dieser Motor kann nicht funktionieren. Das Prinzip dahinter ist Folgendes: Der Dieselmotor ist ein Selbstzünder. Dabei wird Luft stark komprimiert, sodass sie sich erhitzt. Anschließend wird fein zerstäubter Kraftstoff eingespritzt, der sich dann von selbst entzündet.

Der Grund für die ablehnende Haltung der Ingenieurskollegen ist eine falsche Ausgangsannahme von Rudolf Diesel. Er setzt, wie sich später herausstellen wird, den Druck, der für die Selbstzündung herrschen muss, viel zu hoch an. Um so einen hohen Druck auszuhalten, bräuchte man ein Material, das es auf der ganzen Welt nicht gibt.

Aber Rudolf Diesel ist felsenfest davon überzeugt, dass seine Idee funktioniert. Er beschließt, Werbung in eigener Sache zu machen, und schreibt hastig ein Buch, das er 1893 unter dem Titel *Theorie und Konstruktion eines rationellen Wärmemotors zum Ersatz der Dampfmaschinen und der heute bekannten Verbrennungsmotoren* veröffentlicht. Das Buch ist kein wissenschaftliches Werk, sondern dient ausschließlich dem Zweck, ausführlich die Vorteile seines Motors anzupreisen – der noch gar nicht existiert.

Und Rudolfs Plan geht auf. Heinrich von Buz, Chef der Maschinenfabrik Augsburg, heute MAN, liest das Werk mit Begeisterung. Er beschließt, dem mittlerweile fünfunddreißigjährigen Rudolf Diesel eine Chance zu geben. Er erlaubt ihm, seinen Prototypen in seiner Maschinenfabrik zu entwickeln. Um das finanzielle Risiko gering zu halten, verlangt Heinrich von Buz von Rudolf Diesel, dass er einen Partner auftreiben müsse, der das Projekt mitfinanziere. Rudolf Diesel geht Klinken putzen. Aber keiner der Großindustriellen gibt ihm das benötigte Geld. Nur einer scheint interessiert zu sein: Friedrich

Krupp, der mit seinen Stahlwerken reich geworden ist. Doch seine Ingenieure raten Krupp ab, Geld zu investieren. Zu gering seien die Erfolgsaussichten, meinen sie. Rudolf Diesel überprüft noch einmal seine Berechnungen. Er kommt zu dem Ergebnis, dass sein Motor auch mit nur 10 Prozent des ursprünglich berechneten Drucks auskommt. Und er verspricht, dass der Motor in einem halben Jahr fertig entwickelt sei.

Diese Argumente überzeugen Krupp. Er willigt ein, das Projekt zu finanzieren.

Statt sechs Monaten dauert es allerdings vier lange Jahre, bis der Motor in Serie gehen kann. Denn immer wieder gibt es Rückschläge. Manchmal wird die Fabrik sogar von Explosionen erschüttert. Teilweise meutern die Arbeiter in der Maschinenfabrik Augsburg, weil sie die Arbeit an dem Projekt als lebensgefährlich erachten.

Rudolf Diesel arbeitet Tag und Nacht. Er betreibt regelrecht Raubbau an seiner körperlichen Gesundheit. Er ernährt sich überwiegend von Kaffee und Zigaretten. Wenn er mal schläft, dann höchstens zwei Stunden. Er gibt alles, um seinen Motor zu entwickeln. Der jahrelange aufopfernde Einsatz fordert seinen Tribut. Er klagt häufig über starke stechende Kopfschmerzen und innere Niedergeschlagenheit. Heute würde man wohl sagen, dass er einen Burn-out hatte und unter Migräneattacken litt. Zudem plagen ihn Herzprobleme.

Als es Rudolf Diesel 1897 schließlich gelingt, einen serienreifen Dieselmotor zu bauen, geht es wirtschaftlich steil bergauf. Wenige Monate später, am 1. Januar 1898, eröffnet er seine Dieselmotorenfabrik Augsburg. Auf der Weltausstellung in Paris wird der Dieselmotor im Jahr 1900 mit dem Grand Prix ausgezeichnet. Ein Ritterschlag – und nebenbei noch die beste Werbung für seinen Motor! Rudolf Diesel ist auf dem Höhepunkt seiner Karriere angekommen.

Er verkauft zahlreiche Sublizenzen an andere Maschinenfabriken, die ebenfalls den neuartigen und so sparsamen Motor produzieren wollen. Er verdient mit seiner eigenen Fabrik und diesen Sublizenzen Millionen. Doch ihm geht es nicht in erster Linie um Geld. Sein

Ziel ist es nie gewesen, reich zu werden. Er will vielmehr den kleinen Handwerkern helfen, ihre Existenz zu sichern. Jeder soll sich einen Dieselmotor leisten können, um nicht gegen die mächtige Konkurrenz von großen Fabriken unterzugehen. 1903 veröffentlicht er sogar ein Buch mit dem Titel *Solidarismus: Natürliche wirtschaftliche Erlösung des Menschen*. Seine Idee: Statt Kapitalismus sollte es einen Wandel zu einer solidarischen Wirtschaft geben, in der alle Menschen einen kleinen Betrag in eine Volkskasse einzahlen. Mit dem Geld soll die Finanzierung, Produktion und Verteilung von Gütern bezahlt werden, die die Arbeiter selbst organisieren.

Und noch einen Vorteil hat der Dieselmotor: Für die Schifffahrt ist er eine echte Mobilitätsrevolution. Hans Niels Andersen von der dänischen East Asiatic Company erkennt als Erster das Potenzial des neuartigen Antriebs für die Schifffahrt. Rudolf Diesel rechnet dem Schiffsmagnaten vor, dass er mit einem Dieselmotor fünfzehnmal so weit fahren kann wie mit einem Dampfschiff. Zudem betragen die Kosten für den Brennstoff nur einen Bruchteil. Anstatt auf teures Holz oder Kohle zu setzen, verfeuert Rudolf Diesel nämlich Schweröl – ein Abfallprodukt aus der Benzinherstellung. Und er geht noch weiter: Langfristig will Rudolf Diesel darauf setzen, bei seinen Motoren statt Schweröl Pflanzenöl als Treibstoff einzusetzen. Aus heutiger Sicht ein sehr moderner Ansatz. Zentral bei seinen Überlegungen ist dabei die Verfügbarkeit des Treibstoffs. Pflanzenöl gibt es auf der ganzen Welt, Schweröl nicht.

All diese Aspekte der neuen Dieselmotoren sind für die East Asiatic Company sehr interessant. Mit dem neuen Antrieb muss sie von Europa nach Asien und zurück nicht einmal zwischentanken. Das spart nicht nur unglaublich viel Zeit, sondern auch bares Geld, da einerseits die Betriebskosten niedriger sind und man andererseits auch keine Heizer mehr auf den Dampfschiffen braucht. Zudem kann viel mehr Fracht transportiert werden, da die Kohle- oder Holzlager immens viel Platz auf den Dampfschiffen benötigen. Die fallen jetzt weg. Der Tank für das Schweröl ist deutlich kleiner.

Wer kann dazu Nein sagen?

Hans Niels Andersen nicht!

Er lässt in seiner Werft mithilfe von Rudolf Diesel einen riesigen Motor bauen.

Im Februar 1912 läuft in Kopenhagen die *Selandia* der East Asiatic Company vom Stapel. Sie ist das erste hochseetüchtige Dieselmotor-Frachtschiff der Welt. Zahlreiche Schaulustige sehen sich trotz der winterlichen Temperaturen die Jungfernfahrt im Hafen von Kopenhagen an. Sie können nicht glauben, dass ein so großes Schiff ohne Schornsteine und Segelmasten vor ihren Augen wie von selbst durchs Wasser pflügt.

Auch der damalige Oberbefehlshaber der britischen Marine Winston Churchill inspiziert die *Selandia* und lässt sich alles genauestens erklären. Vor allem von dem sauberen Maschinenraum ist er begeistert. Etwa zur selben Zeit sticht der in Deutschland gebaute Stückgutfrachter *Monte Penedo* mit einem Dieselmotor in See. Auf der Kieler Woche wird sie dem deutschen Kaiser Wilhelm II. vorgeführt. Auch der Kaiser ist von dem Schiff sehr angetan. Wie Churchill erkennt er sofort, was dieser neue Antrieb bedeuten könnte. In jener Zeit stehen die Zeichen auf Krieg in Europa, damit geht ein Wettrüsten auf allen Seiten einher. Damals spielen Kriegsschiffe eine entscheidende Rolle. Wer den Dieselmotor hat, ist klar im Vorteil. Churchill und Wilhelm II. wollen damit ihre Kriegsschiffe ausstatten und sich somit einen enormen strategischen Vorteil gegenüber dem Gegner verschaffen …

Rudolf Diesel quälen in jener Zeit indes ganz andere Sorgen: Er ist zwar ein begnadeter Ingenieur, aber ein schlechter Geschäftsmann. Seine Dieselfabrik in Augsburg muss 1911 Insolvenz anmelden, weil die Leute den neuartigen Motor nicht richtig bedienen können und es zu technischen Problemen kommt. Vor der Insolvenz kauft Rudolf Diesel noch riesige Aktienpakete, um den Kurs seiner Firma zu stützen. Einmal mehr beweist er damit sein großes Herz für den kleinen Mann. Mit dieser Maßnahme sollen nämlich Kleinanleger vor Verlusten gerettet werden. Dafür nimmt er sogar eine Hypothek auf seine Villa auf.

Und die Talfahrt geht weiter. Diesel setzt viel Geld mit Immobilienspekulationen in den Sand; er kauft Ölfelder, obwohl er von diesem Geschäftszweig nichts versteht. Er muss teure Rechtsstreitigkeiten wegen seiner Patente führen und die überdimensionierte Familien-Villa in München verschlingt Unsummen für Heizkosten, Strom und Personal.

Obwohl er den besten, leistungsstärksten, langlebigsten und preiswertesten Motor aller Zeiten erfunden hat, ist Rudolf Diesel im Jahr 1913 annähernd pleite. Die finanziellen Probleme setzen ihm stark zu. Er wird immer unberechenbarer, brüllt Leute grundlos an. Seine permanenten Kopfschmerzen treiben ihn fast in den Wahnsinn.

Diesel braucht dringend frisches Geld …

Mann über Bord

Am Morgen des 29. September 1913, zwölf Tage bevor die Leiche im Ärmelkanal entdeckt wird, geht der fünfundfünfzigjährige Rudolf Diesel im belgischen Antwerpen an Bord des deutschen Post-, Fracht- und Fährschiffes *Dresden*. Das Ziel seiner Reise: England. Rudolf Diesel will den Engländern nicht nur Lizenzen, sondern gleich die Patente für seine Dieselmotoren verkaufen. Die bringen deutlich mehr Geld ein – und Geld hat Diesel bitter nötig. Damit könnten die Engländer allerdings bestimmen, wer die neuartige Technologie in Zukunft einsetzen darf.

Es ist ein herrlicher Tag in der belgischen Metropole. Die Sonne strahlt vom Himmel. »Es ist sommerlich warm«, schreibt der Ingenieur an seine Frau Martha. Die *Dresden* ist ein hundert Meter langer Dampfer und wird, wie damals üblich, mit Kohle angetrieben. Die Stammroute des Schiffes führt von Antwerpen ins englische Harwich.

Schwere Frachtkisten werden von Kränen in den Laderaum gehoben, Träger schleppen Koffer an Bord, zahlreiche Passagiere checken für die Überfahrt nach England ein. Dicker schwarzer Qualm dringt aus den Schornsteinen. Es geht zu wie in einem Taubenschlag. Ob Diesel überhaupt Augen hat für das Treiben rund um den Dampfer? Seine Gedanken kreisen vermutlich vielmehr um das Riesengeschäft, das er in England abschließen will …

Zum Abendessen trifft sich Rudolf Diesel im Speisesaal der *Dresden* mit seinem belgischen Freund George Carels und dessen Chefkonstrukteur Luckmann. Die Stimmung am Tisch ist ausgelassen. Bei Wein, Cognac und Zigarren wird gescherzt und intensiv über neue technische Entwicklungen gefachsimpelt. Nach dem Essen begeben sich die drei Männer an Deck und unterhalten sich angeregt an der frischen Luft weiter. Gegen 22 Uhr trennt sich die Gruppe und jeder geht in seine Kabine. Rudolf Diesel will sich gleich hinlegen. Schließlich stehen ihm ein paar anstrengende und aufregende Tage bevor. Für die geschäftlichen Verhandlungen muss der Ingenieur fit sein.

Als Diesel am nächsten Morgen nicht wie vereinbart zum Frühstück erscheint, machen sich George Carels und sein Mitarbeiter auf den Weg zu seiner Kabine. Sie ist unverschlossen, das Bett wurde nicht benutzt. Der braune lederne Reisekoffer befindet sich auf dem Bett, in ihm steckt noch der Schlüssel. Auf dem Tisch liegt Schreibkram, mit dem Rudolf Diesel sich tagsüber beschäftigt hat. Die ganze Szenerie wirkt so, als wäre er gerade im Begriff gewesen, seinen Koffer auszupacken, und dabei plötzlich unterbrochen worden. Doch was hat das zu bedeuten? Was ist mit Diesel geschehen?

Das Schiff wird nach dem Ingenieur abgesucht. Aber der Fünfundfünfzigjährige ist nirgends zu entdecken. Ist Rudolf Diesel in der vergangenen Nacht über Bord gegangen? Im kalten Wasser des Ärmelkanals würde das seinen sicheren Tod bedeuten. Carels und Luckmann sind ratlos. Stürzte ihr Freund und Kollege ins Wasser? Die See war in der Nacht völlig ruhig. Einen starken Wellengang, der das Schiff hätte hin- und herschaukeln lassen, gab es nicht. Die Reling des Dampfers geht zudem bis knapp unter die Brust. Sie ist also zu hoch, um versehentlich darüberzustürzen. Und warum verließ Diesel überhaupt noch einmal seine Kabine? Er hatte sich doch sofort hinlegen wollen.

Wenn er noch einmal frische Luft hätte schnappen wollen, hätte er nur das Bullauge seiner Kabine öffnen müssen.

Nachdem die Fähre angelegt hat, wird das mysteriöse Verschwinden Rudolf Diesels unverzüglich dem deutschen Vizekonsul in Harwich gemeldet. Der veranlasst eine sofortige Durchsuchung des Schiffes. Dabei wird auch die Kabine genauestens untersucht. Die Ermittler stellen fest, dass Rudolf Diesel in seiner Kabine seine Taschenuhr so aufgehängt hat, dass er beim Erwachen gleich darauf sehen konnte. Offenbar hatte er vor, gleich schlafen zu gehen. Doch was ist dann geschehen?

Schließlich wird die Familie von Rudolf Diesel informiert.

Die *Dresden* fährt zwar für die britische Great Eastern Railway, ist aber ein deutsches Schiff mit deutscher Besatzung. Deshalb beginnen auch deutsche Behörden, in dem Fall zu ermitteln. Die legen sich schnell fest: Es war kein Unfall. Sie vermuten vielmehr, dass Rudolf Diesel bewusst über Bord ging.

Die quälenden finanziellen Sorgen und die gesundheitlichen Probleme weisen in diese Richtung. In einem Brief an seinen ältesten Sohn Rudolf schreibt Rudolf Diesel zwei Tage vor der Reise: »Mein Herz macht mir viel zu schaffen. Manchmal meine ich, es bliebe ganz stehen, dabei habe ich merkwürdige Stiche im Kopf, und mein Allgemeinbefinden ist schlecht.« Dieser Brief, dazu noch ein kleines Kreuz, das er mit einem Bleistift in sein Tagebuch gekritzelt hat, sowie der ordentlich zusammengefaltete Mantel von Rudolf Diesel, der an Deck gefunden wird, sind für die Ermittler aus Deutschland klare Belege für einen Selbstmord.

Und noch etwas spricht für die Selbstmordtheorie: Wenige Tage nach dem Tod Rudolf Diesels öffnet seine Witwe eine Aktentasche, die er ihr kurz vor seiner Abfahrt nach England gegeben hat. Darin sind 20 000 Mark in bar. Heute entspricht das gut 100 000 Euro. Sie wundert sich, was das soll. Als sie kurz darauf die Bankkonten überprüft, bemerkt sie, dass diese allesamt leer sind. Familie Diesel ist offenbar pleite. Wollte Rudolf aus materieller Not heraus seinem Leben ein Ende setzen und gleichzeitig seiner Frau ein finanzielles Polster verschaffen?

Doch wie passt das mit den Aussagen von George Carels zusammen? Der berichtet nämlich, dass Rudolf Diesel am Abend bestens gelaunt war. Von einer depressiven Verstimmung ist laut seiner Aussage nichts zu merken. Natürlich könnte Diesel sich auch verstellt haben, um keinen Verdacht aufkommen zu lassen – viel wahrscheinlicher ist jedoch, dass seine gute Laune echt ist. Kein Wunder, schließlich kann er durch die Reise nach England auf eine zeitnahe Entspannung seiner finanziellen Situation hoffen.

Zudem plant er den Auszug aus der herrschaftlichen Villa in München-Bogenhausen in ein kleineres Haus, das eher den Diesels entspricht. Auch der Verkauf der Villa hätte ordentlich Geld in die Familienkasse gespült, auch wenn sie mit einer Hypothek belastet ist. Die Familie hat zwar gerade Probleme mit der Liquidität – arm sind die Diesels trotzdem nicht. Das häufig angeführte Argument des wirtschaftlichen Bankrotts als Motiv für den Suizid passt also nicht so richtig.

Zudem legt Rudolf Diesel am Abend seines Verschwindens sein Nachthemd zurecht und hängt die Taschenuhr auf. Das macht niemand, der plant, gleich über Bord zu gehen. Auch wird kein Abschiedsbrief gefunden. Rudolf Diesel war jedoch ein begeisterter Briefeschreiber. Er verfasste unzählige Briefe an seine Familie und auch an Geschäftspartner. Unwahrscheinlich, dass er den wichtigsten Brief seines Lebens nicht schreiben würde.

Wenn man – glaubt man dem offiziellen Untersuchungsbericht – einen Unfall ausschließen kann und ein Selbstmord eher unwahrscheinlich ist, dann bleibt als letzte Möglichkeit nur eines übrig: Mord. Doch wer könnte aus welchem Grund ein Interesse daran gehabt haben, das Technikgenie aus dem Weg zu räumen?

War es Mord?

Es gibt zwei Theorien: Die erste Theorie für einen Mordanschlag betrifft die mächtige Ölindustrie. Die ruft möglicherweise Rudolf Diesels Vorhaben, bei seinen Motoren statt Schweröl Pflanzenöl als Treibstoff einzusetzen, auf den Plan. Die Theorie besagt, dass ihm die Ölindustrie einen bezahlten Auftragskiller auf den Hals gehetzt und dieser ihn dann auf der *Dresden* aus dem Weg geräumt habe, damit die Menschheit weiter auf fossile Brennstoffe angewiesen sei. Allerdings gibt es für diese Theorie keinen Beleg.

Etwas wahrscheinlicher klingt die zweite Theorie. Diese hängt mit seinen Patenten zusammen, die er an die Engländer verkaufen will. Das ist dem deutschen Kaiser und der Deutschen Kaiserlichen Marine ein Dorn im Auge. Der Dieselmotor gilt als kriegswichtig, manche denken sogar, dass er kriegsentscheidend sein könnte. Daher muss mit aller Macht verhindert werden, dass die Technik in feindliche Hände gelangt. Es wird spekuliert, dass deutsche Agenten Rudolf Diesel aus diesem Grund liquidiert haben. Die Geheimdienstmitarbeiter sollen ihn in seiner Kabine niedergeschlagen, anschließend aufs Oberdeck getragen und letztendlich ins eiskalte Wasser geworfen haben.

Auszuschließen ist das nicht – gerade weil deutsche U-Boote im Ersten Weltkrieg mit Dieselmotoren ausgestattet werden und ein Verkauf der Patente an England hier für reichlich Probleme gesorgt hätte.

Doch auch diese Theorie lässt sich nicht beweisen. Wenn es denn geheime Akten über den Mord an Rudolf Diesel gab, dann sind sie zumindest bis heute nicht aufgetaucht. Für den Autor und Diesel-Experten Viktor Glass ist die Sache dennoch klar. Für ihn steckt der deutsche Geheimdienst hinter dem Tod Rudolf Diesels. Er berichtet, er selbst habe versucht, an Dokumente im Preußischen Staatsarchiv zu kommen, aber ihm sei der Zugang verwehrt worden. Diese Dokumente seien immer noch unter Verschluss. Er kommt zu dem Schluss: »Ich persönlich favorisiere diese Mordtheorie, weil anders kann ich es mir nicht vorstellen.«

Es ist Eugen, der vierundzwanzigjährige Sohn von Rudolf Diesel, der einen Tag nach dem Leichenfund, am 11. Oktober 1913, als erstes Familienmitglied informiert wird. Umgehend macht er sich auf nach Vlissingen. Zwei Tage später erreicht er die Hafenstadt. Als die Lotsen ihm die Gegenstände auf der örtlichen Polizeiwache zeigen, identifiziert er diese eindeutig als dic Sachen seines Vaters. Es ist also ziemlich sicher: Der beste Ingenieur seiner Zeit ist tot.

Wie er zu Tode kam, lässt sich wohl nie endgültig klären. Seine Überreste verschlingt die See. Ein Grab für Rudolf Diesel gibt es nicht.

»Von hundert Genies, gehen neunundneunzig unentdeckt zugrunde«, soll Diesel einmal gesagt haben. Im Hinblick auf sein eigenes Schicksal hat er damit fast prophetische Weitsicht bewiesen.

Wenn auch ganz anders als gedacht …

MESSIAS ODER MASSENMÖRDER?

Fall 10: Charles Manson

»Man muss sich selbst als Gott akzeptieren.«

Angst und Schrecken in Hollywood

Westküste der USA. Sommer 1969.

Der Ruf nach Frieden und nach dem Ende des Krieges in Vietnam ist laut in den Vereinigten Staaten. Die Hippiebewegung skandiert überall auf den Straßen: *»Make love, not war!«* – »Macht Liebe, keinen Krieg!« Flower-Power liegt in der Luft und das heute so legendäre Woodstock Festival steht kurz bevor, um später in die Geschichte einzugehen. Noch nie zuvor wurde so viel »freie Liebe« praktiziert und noch nie zuvor wurden so viele psychedelische Drogen konsumiert.

Es fühlt sich nach einer magischen Zeit an, kraftvoll, sprudelnd vor Kreativität, voller Liebe und Wertschätzung füreinander, für alle Menschen, alle Tiere, alle Lebewesen. Die Menschen haben wirklich das Gefühl, die Welt verändere sich zum Besseren.

Doch in der Nacht zum 9. August geschehen Dinge, die Hollywood und die ganze Gegend rund um Los Angeles in Panik, Angst und Schrecken versetzen werden. Es ist der Auftakt zu einer Reihe von Morden, die uns noch heute, über fünfzig Jahre später, das Blut in den Adern gefrieren lässt.

Es ist die Geschichte der tiefsten menschlichen Abgründe, ein Blick hinein ins Auge des Bösen. Es sind Morde, angestachelt durch

Fanatismus und eine Ideologie, die ins absolut Absurde getrieben wurde und die Unterscheidung von Richtig und Falsch, von Gut und Böse zunichte gemacht hat …

Die Toten vom Cielo Drive

Am Morgen des 9. August betritt die Haushälterin Winifred das Anwesen am Cielo Drive. Sie weiß, der Hausherr – der berühmte Regisseur Roman Polanski – ist wegen eines Drehs in London. Doch seine junge Frau Sharon Tate hat ein paar Freunde zu Besuch. Es gibt also sicherlich einiges aufzuräumen.

Winifred läuft die lange Einfahrt zum Haus hoch und ist schon fast bei der Hintertür des rot gestrichenen Anwesens, da erschrickt sie fürchterlich – auf der Wiese liegen zwei Menschen, den Kopf im Rasen, blutüberströmt. Sofort rennt Winifred den Weg zurück, rüber zu den Nachbarn und alarmiert die Polizei.

Was die Beamten kurz darauf am Cielo Drive vorfinden, ist ein Blutbad von erschreckender Barbarei, so beschreibt es die *L.A. Times* 1969.

Als Erstes finden die Ermittler die Leiche des achtzehnjährigen Steven Parent, einen Freund des Hausmeisters, der offenbar in seinem Auto sitzend erschossen wurde. Auf der Wiese vor dem Haus stoßen die Beamten auf den nächsten Toten, den polnischstämmigen Autor Wojciech Frykowski. Er weist einundfünfzig Stichwunden am ganzen Körper auf, zudem drei Schusswunden, und er wurde augenscheinlich vielfach mit einem harten Gegenstand am Kopf getroffen.

Unweit von ihm entfernt liegt seine Freundin, die reiche Erbin des Kaffee-Imperiums ihrer Familie: Abigail Folger. Ihrem Körper wurden achtundzwanzig Stichwunden zugefügt.

Die Beamten wagen sich ins Haus, durchkämmen vorsichtig ein Zimmer nach dem anderen und stoßen im Wohnzimmer auf weiteres Grauen: Jay Sebring, bekannter Starfriseur mit Kunden wie Frank Sinatra oder Steve McQueen und Ex-Verlobter von Sharon Tate, liegt leblos auf dem Wohnzimmerboden. Er hat eine Schusswunde, eine gebrochene Nase, eine zertrümmerte Augenhöhle und sieben Messerstiche am Oberkörper, an denen er letztendlich verblutet ist. Um seinen Hals befindet sich ein Seil, das an der Wohnzimmerdecke über einen Balken geworfen wurde.

Und zuletzt, ebenfalls mit einer Schlinge um den Hals, entdecken die Beamten eine junge, bildschöne und hochschwangere Frau, bekleidet nur mit Unterwäsche. Auch sie liegt auf dem Boden, blutüberströmt, getötet mit nicht weniger als sechzehn Messerstichen. Es ist Sharon Tate. Sie war im achten Monat schwanger. Der Junge in ihrem Bauch wird das Licht der Welt niemals erblicken. Das Schlimmste daran: Spätere Untersuchungen werden ergeben, dass das Baby, geschützt in Sharons Bauch, von den Stichen unberührt geblieben war. Wäre noch in der Nacht Hilfe gekommen, hätte das Baby möglicherweise eine Chance gehabt, zu überleben.

An der großen weißen Eingangstür haben die Täter eine Botschaft hinterlassen. Dort steht in krakeliger Schrift das Wort *»Pig«*, also »Schwein« – geschrieben mit dem Blut von Sharon Tate.

Die Polizei ermittelt sofort auf Hochtouren, doch zunächst recht erfolglos. Schon das Motiv der Täter liegt im Dunkeln. Spontan kann die Tat nicht erfolgt sein, denn die Telefonleitung wurde durchgeschnitten. War es – in all seiner Grausamkeit – ein schlichter Raubmord? Ging es den Angreifern um einen konkreten Gegenstand, der im Haus versteckt war – oder um die Personen, die sich im Haus befanden?

Mehrere Spuren führen die Ermittlungen ins Drogenmilieu. Sowohl Wojciech Frykowski als auch Jay Sebring wird nachgesagt, dass sie mit Drogen zu tun gehabt hätten. In Jays schwarzem Porsche, der vor der Einfahrt des Anwesens geparkt steht, werden Pillen, Marihuana und LSD sichergestellt.

Ein kanadischer Bekannter von Wojciech sagt bei der Polizei aus, dass er diesen noch am 7. August in der Residenz von Tate und Polanski besucht habe und er ihm deutlich verändert vorgekommen sei. Er vermutet, Wojciech habe ein Zehn-Tages-Experiment mit der Droge Meskalin an sich selbst durchgeführt. Meskalin ist eine psychedelische

Droge, die unter anderem zu Angstzuständen und Halluzinationen führen kann. Und am Tag des Besuchs müsse er wohl bei Tag vier oder fünf gewesen sein. Dies würde bedeuten, dass Wojciech in der Nacht seines Todes ziemlich high gewesen sein dürfte. Besteht vielleicht die Möglichkeit, dass Wojciech diese Gräueltat im Drogenrausch begangen hat?

Andere Hinweise deuten auf Spielschulden als mögliches Mordmotiv hin. Ein weiterer Informant berichtet von sadistisch angehauchten Sexpartys, die im Hause Tate-Polanski regelmäßig veranstaltet worden seien. Gelegentlich sollen dazu junge Leute eingeladen worden sein, die dafür mehr oder weniger von der Straße aufgelesen und dann mit Drogen gefügig gemacht wurden. Könnte eine dieser Sexpartys unter Drogeneinfluss aus dem Ruder gelaufen sein und in einem Massaker geendet haben?

Keine dieser Spuren führt zu einer zufriedenstellenden Theorie oder einem klaren Tatmotiv, geschweige denn zu einem oder mehreren Tätern. Die Behörden tappen im Dunkeln, die Ermittlungen stecken fest.

Die High Society von Los Angeles ist nach dem Attentat am Cielo Drive verängstigt. Die Schönen und Reichen fliehen in diesem August 1969 regelrecht aus ihren Villen. Alle fürchten, sie könnten die Nächsten sein, solange der Täter noch auf freiem Fuß ist. Und leider ist diese Sorge nicht ganz unbegründet, denn es bleibt nicht bei den schrecklichen Morden in der Nacht zum 9. August. Schon am Tag darauf erschüttert eine zweite Gräueltat Kalifornien.

Die LaBianca-Morde

Wir befinden uns rund zwanzig Kilometer von der Tate-Polanski-Villa entfernt in Los Feliz, einem angesagten und hübsch am Hang gelegenen Stadtteil von Los Angeles. Auch hier haben sich viele Reiche und Schöne niedergelassen – unter anderem Leno und seine Frau Rosemary LaBianca.

Sie sind beide erfolgreiche Geschäftsleute, Leno ist Besitzer einer gut laufenden Kette von Lebensmittelgeschäften und Rosemary ist die Leiterin einer angesagten Boutique. Am 9. August, dem Tag der schrecklichen Morde am Cielo Drive, unternimmt das Ehepaar einen Tagesausflug mit dem Boot an den Lake Isabella. Auf dem Heimweg machen sie halt an einer Tankstelle, wo Rosemary eine Tageszeitung kauft, die von den fürchterlichen Geschehnissen berichtet. Der Tankwart erinnert sich später daran, wie besorgt und erschüttert Rosemary auf die Nachrichten reagiert. Wären sie nur einen Tag länger am See geblieben, dann wäre in der Nacht vom 9. auf den 10. August ihr Schicksal nicht auf ähnlich grausame Weise besiegelt worden …

Am nächsten Tag, dem 10. August 1969, wundert sich Frank, Rosemarys fünfzehnjähriger Sohn aus erster Ehe, dass ihm niemand die Tür öffnet, obwohl das Auto vor dem Haus steht. Es kommt ihm auch reichlich merkwürdig vor, dass der Anhänger mit dem Boot noch auf der Straße geparkt ist und nicht wie sonst ordentlich in der Einfahrt. Frank benachrichtigt seine ältere Schwester Suzanne und deren Freund. Irgendwie ist ihm die Sache nicht geheuer.

Zu dritt betreten sie das wie ausgestorben daliegende Haus. Was sie vorfinden, verursacht ihnen einen Schock. Am Kühlschrank in der Küche der LaBiancas steht – dunkelrot und klebrig – ein Schriftzug: »Healter Skelter«. Das ist der – falsch geschriebene – Titel eines Beatles-Songs, der in dieser Zeit rauf- und runtergespielt wird. Im Wohnzimmer finden sie Leno LaBianca. Er liegt auf dem Boden, gefesselt, geknebelt und blutüberströmt, mit unzähligen Einstichwunden. Außerdem wurde ihm das Wort *»war«*, zu Deutsch »Krieg«, in den freiliegenden Bauch eingeritzt. Und als wäre das an Grausamkeit noch nicht genug, steckt ihm eine Tranchiergabel seitlich im Bauch und ein Steakmesser quer durch den Hals.

Rosemary finden ihre Kinder im Schlafzimmer, ebenfalls gefesselt und, wie die Gerichtsmedizin später feststellen wird, mit nicht weniger als einundvierzig Stichwunden.

Zusätzlich zu dem Schriftzug am Kühlschrank, steht an den Wänden im Haus der LaBiancas noch *»Rise«* und *»Death to pigs«* geschrieben, also »Erhebt euch« und »Tod den Schweinen«. Das Gekrakel ist mit der gleichen dunkelroten klebrigen Flüssigkeit geschrieben wie die Nachricht am Kühlschrank – mit Blut.

Blut an der Wand – wie schon in der Tate-Polanski-Residenz am Cielo Drive. Auch die Tatwaffen, das Milieu der Opfer und die Brutalität der Morde ähneln sich auf erschreckende Art und Weise. Dennoch sehen die örtlichen Behörden diese Parallelen zunächst nicht, sondern ermitteln in den beiden Fälle zunächst getrennt.

Während die reiche Bevölkerung Hollywoods jeden Tag ängstlich die Nachrichten hört und auf weitere Hiobsbotschaften wartet, während sich die High Society um die besten Security Services streitet und Roman Polanski die Presse durch sein verwüstetes Anwesen laufen und den Horror auch noch dokumentieren lässt, haben die Behörden noch immer keinen Verdächtigen, kein Motiv, keine brauchbare Spur.

Da hilft im Oktober 1969 der Zufall den Ermittlern. Eine Frau, die eigentlich wegen Autodiebstahls im Gefängnis sitzt, prahlt plötzlich vor ihren Mitinsassinnen mit den Morden an Sharon Tate, deren Bekannten und den LaBiancas.

Der Name jener Frau: Susan Atkins. Sie ist Teil einer Hippie-Kommune und lebt mit ungefähr sechzig Gleichgesinnten auf der Spahn Movie Ranch, etwa dreißig Minuten außerhalb von L.A. Sie praktizieren dort eine alternative Lebensform, frei von althergebrachten gesellschaftlichen Normen, mit freier Liebe und Gruppensex-Orgien. Sie nehmen große Mengen an LSD und anderen Drogen zu sich, sie feiern das Leben. Und in einer Sache sind sie sich alle sehr einig: ihrem Anführer – ein Mann, den sie mit geradezu religiöser Inbrunst verehren; ein Mann, der ihnen all das gibt, was ihnen die Gesellschaft oder ihre Familien in ihren Augen bisher verwehrt haben: Liebe, Zugehörigkeit, einen Platz in der Welt. Sie verehren ihn so sehr, dass sie für ihn in den Tod gehen würden. Oder eben auch andersherum: Sie würden für ihn töten.

Für ihren Anführer.

Ihren Heiland.

Für Charles Manson.

Jesus Christ Superstar

Charles Manson wird 1934 als uneheliches Kind der sechzehnjährigen Ausreißerin Kathleen Maddox in Cincinnati im US-Bundesstaat Ohio geboren. Seinen Vater, vermutlich ein gewisser Colonel Scott, lernt der Junge nie kennen.

Ein paar Monate nach Charles' Geburt heiratet seine junge Mutter einen Arbeiter namens William Manson. Von ihm bekommt Charles den heute so berühmt-berüchtigten Nachnamen.

Die junge Kathleen kommt ihren Aufgaben als Mutter nicht allzu gut nach. Sie ist die meiste Zeit auf der schiefen Bahn unterwegs und kümmert sich wenig um ihren Sohn. 1939, da ist Charles gerade mal fünf Jahre alt, wird sie wegen eines bewaffneten Raubüberfalls auf eine Tankstelle verhaftet und zu fünf Jahren Gefängnis verurteilt. Von da an wird Charles nie mehr als ein paar Jahre an einem Ort bleiben. Ein richtiges Zuhause hat er nie, ein sicheres Heim, in dem er immer willkommen ist, kennt er nicht. Nach einer regelrechten Odyssee landet er 1947, er ist noch nicht einmal vierzehn Jahre alt, in einem Erziehungsheim für Jungen in Indiana. Die Mitarbeiter der Anstalt beschreiben ihn als launisch, wenig anpassungsfähig und diagnostizieren ihm einen Verfolgungswahn.

Er läuft davon und gerät – wie schon seine Mutter vor ihm – auf die schiefe Bahn. Als er bei einem Einbruch erwischt wird, kommt er in die nächste Jugendhilfeanstalt in Nebraska, aus der er nach wenigen Tagen ebenfalls ausbricht. Nach zwei bewaffneten Raubüberfällen und einem Einbruchsdiebstahl wird er schließlich in die erste Jugendstrafanstalt in Indiana eingeliefert.

Ab diesem Zeitpunkt spielt sich sein Leben konstant zwischen »erflohener« Freiheit und erneuter Inhaftierung ab. Aus der Anstalt in Indiana entwischt er ganze achtzehn Mal. Beim letzten Mal gelingt es ihm, nicht sofort geschnappt zu werden. Auf dem Weg Richtung Kalifornien begeht er mit zwei ehemaligen Mitinsassen rund zwanzig Raubüberfälle, bis die Flüchtigen – Überraschung! – wieder gefasst werden.

1951 landet Charles schließlich in der nächsten Jugendstrafanstalt in Washington D.C. Seinen achtzehnten Geburtstag feiert er hinter Gittern. Die Psychologen dort stufen ihn als aggressiv, antisozial und rastlos ein. Im Buch des Staatsanwalts, der später gegen ihn ermittelt, wird ein Psychiater zitiert, der Charles im Juni 1951 untersucht. Der Mediziner stellt in Mansons Leben ein beträchtliches Ausmaß an Zurückweisung, mangelnder Stabilität und psychischer Traumatisierung fest, was letztendlich zu großen Minderwertigkeitsgefühlen geführt habe. Infolge dieser Komplexe verdränge der Junge jegliche Erinnerung an seine Mutter. Zum Selbstschutz habe er sich stattdessen gewisse Verhaltensmuster zugelegt, um sich bei anderen beliebt zu machen und sich durch leichte Formen der Manipulation Liebe und Zuneigung zu verschaffen.

In den kommenden drei Jahren wechselt Charles von Strafanstalt zu Strafanstalt, bedroht einen Mithäftling mit einer Rasierklinge, zwingt ihn zu sexuellen Handlungen. Doch am 8. Mai 1954 wird er wegen guter Führung zum ersten Mal auf Bewährung entlassen.

Und was macht der junge Erwachsene, der die meiste Zeit seines Lebens in Anstalten verbracht hat? Nach einer kurzen gesitteteren Phase, die er bei Onkel und Tante verbringt und in der er ein Mädchen kennenlernt, es heiratet und die beiden ein Baby erwarten, macht er genauso kriminell weiter wie vorher: mit Autodiebstahl. Und er wird wieder erwischt.

Erstaunlicherweise bekommt er tatsächlich Bewährung, doch schnell verstößt er gegen die Auflagen und kommt erneut ins Gefängnis. Am Anfang besucht ihn seine junge Ehefrau noch, doch bald verliebt sie sich in einen anderen und lässt sich scheiden. Charles lernt seinen Sohn kaum kennen.

Zwischen den Jahren 1958 und 1961 betätigt sich der auf Bewährung freigelassene Charles in einem neuen Feld, der Prostitution. Er begeht mehrere Verstöße gegen das Gesetz und heiratet schließlich eine der Prostituierten, um zu verhindern, dass sie gegen ihn aussagen muss.

Als er 1961 wieder im Gefängnis landet, beginnt er, sich mit Musik zu beschäftigen. Er entwickelt eine fast schon obsessive Leidenschaft für die Musik der Beatles, lernt selbst Gitarre spielen und komponiert laut Haftbericht bis zu neunzig Songs, um diese nach seiner Entlassung zu nutzen. Er will Musiker werden und mit seinen eigenen Liedern wieder Fuß in der echten Welt fassen.

Doch kurz vor seiner frühzeitigen Entlassung 1967 bittet der inzwischen Zweiunddreißigjährige die Gefängnisleitung vergeblich darum, bleiben zu dürfen. Er sei sich nicht sicher, ob er außerhalb der schützenden Gefängnismauern zurechtkomme, gibt er als Begründung an.

Aber Charles Manson wird auf die Welt losgelassen. Eine Welt, in der die Hippie-Bewegung ausgebrochen ist. Im sogenannten *Summer of Love*, im Zentrum der Hippie-Bewegung in San Francisco, findet der Musiker Charles mit seiner Gitarre und seinem Charisma den perfekten Nährboden, um sich endlich das zu erschaffen, was er sein ganzes Leben bisher nicht hatte: eine Familie, die ihn bedingungslos liebt.

Alles beginnt mit der dreiundzwanzig Jahre jungen Mary Brunner, sie wird seine erste »Jüngerin«. Mit ihr zieht er gemeinsam durch die Lande und gabelt weitere Anhänger auf. Schon bald darauf folgen Lynette Fromme, damals erst neunzehn Jahre alt, eine ehemalige Nonne namens Mary Ann und zwei ehemalige Mithäftlinge von Charles. Sie praktizieren freie Liebe, leben von Essen, das ihnen von Aktivistengruppen zur Verfügung gestellt wird, und nehmen Drogen. Bei einem Grateful-Dead-Konzert in dieser Zeit kommt Charles angeblich unter dem Einfluss von LSD die Offenbarung, er sei Jesus Christus. Und seine Gefolgsleute – ebenfalls high – glauben ihm.

Die kleine Hippie-Kommune reist in einem alten VW-Bus weiter die kalifornische Küste hinunter nach Los Angeles, wo sich ihr in den kommenden Monaten noch viele weitere Anhänger anschließen – darunter Patricia Krenwinkel, Susan Atkins, Linda Kasabian, Bruce Davis, Leslie van Houten und Charles Watson. Der VW-Bus wird zu klein und Charles und seine Family siedeln in einen alten, schwarz gestrichenen Schulbus um.

Oberflächlich betrachtet, kommen all diese jungen Menschen freiwillig zu Charles Manson. Sie finden bei ihm und in der Family ein neues Zuhause. Doch blickt man unter die Oberfläche, wird die Family nicht nur durch Liebe zusammengehalten. Im Zentrum dieser Family steht vielmehr Charles Manson, der geschickt und unauffällig Macht ausübt. Die Mädchen, die ihm folgen, bringen allesamt ein Päckchen an psychischen Komplexen mit, die Charles nur allzu gut zu nutzen weiß, um sie sich gefügig zu machen. Gezielt sucht er Mädchen mit einem geringen Selbstbewusstsein aus; Mädchen, die mit großen Unsicherheiten, mit Vaterkomplexen zu kämpfen haben oder aus problematischen Elternhäusern stammen und eine schwierige Jugend hinter sich haben. Er gibt ihnen das, was sie brauchen. Er sagt ihnen das, was sie hören wollen.

Patricia Krenwinkel zum Beispiel lernt Charles auf einer Party kennen. Sie hat zu diesem Zeitpunkt ein hormonelles Problem, das dafür sorgt, dass ihr am ganzen Körper dunkle und dicke Härchen wachsen. Charles sieht ihr sofort ihre Unsicherheit an. Er zieht sie hinter sich her ins Schlafzimmer der Gastgeber, sagt, sie solle sich ausziehen und vor den Spiegel stellen, damit sie sehen könne, wie schön sie sei. Sie solle sehen können, was er sehe.

Diese emotionale Manipulation ist der Schlüssel zu Mansons Anziehungskraft – Psychospielchen, mit denen er seine Jüngerinnen und Jünger an sich bindet. Dazu kommen seine pseudo-philosophischen Weltansichten, die auf LSD plötzlich viel mehr Sinn ergeben, und seine Songs über Liebe, die er gedankenversunken auf der Gitarre klimpert und die das Bild eines weissagenden Messias perfekt machen.

Wie einen Katechismus beten die Mitglieder nach, was Charles ihnen vorgibt, darunter scheinbar harmlose und leere Phrasen wie: »Alles bleibt gleich, doch alles ist immer anders« oder »Liebe kann man nicht töten«, doch auch Sätze, die deutlich machen, welche unterschwellige Gefahr von der Gruppe ausgeht: »Sagt mir, ist es okay, zu töten?« –

»Es ist okay, Schweine umzubringen, und es ist okay, Schwarze umzubringen. Es ist in Ordnung, all diejenigen umzubringen, die der Family schaden könnten.«

Angeblich geht die Gruppe um Manson sogar so weit, regelmäßig die Kreuzigung von Jesus Christus nachzuspielen. Manson übernimmt darin, wie könnte es auch anders sein, die Hauptrolle. Er inszeniert sich selbst als Jesus. Regelmäßig liest er seinen Anhängerinnen und Anhängern aus der Bibel vor und pflanzt ihnen die Idee in den Kopf, dass der Tag des Jüngsten Gerichts bevorstehe und er allein derjenige sei, der sie weiter ins Licht führen kann.

Um diese bizarre Weltsicht zu stützen, nutzt Manson die Musik. Mithilfe von Liedtexten belegt er gegenüber seinen Jüngern seine düsteren Prophezeiungen. Vor allem der Song »Helter Skelter« vom berühmten *White Album* der Beatles hat es ihm angetan. *Helter Skelter* bedeutet ins Deutsche übersetzt erst mal nur so viel wie Chaos oder Unordnung. Doch für Charles ist es viel mehr als das. Vermutlich unter Drogeneinfluss meint er, den Song erst *richtig* verstanden zu haben. Die Beatles hätten durch den Song zu ihm gesprochen und ihm eine apokalyptische Vision offenbart: Es werde ein Rassenkrieg ausbrechen, in dem die Schwarzen und die reichen Weißen, die *Pigs*, sich bekriegen würden. Die Schwarzen würden furchtbare Morde in den Villen der Weißen begehen und am Ende die Oberhand behalten und den Krieg gewinnen. Doch schnell würden sie merken, dass sie aufgrund ihres sklavischen Hintergrunds unfähig seien, sich selbst zu führen.

Diesen besagten Krieg würden nur die überleben können, die sich ihm und der Family anschlössen. Im Tal des Todes, weit draußen in der Wüste, würde er seine Anhänger in die Sicherheit einer Höhle führen. Und am Ende dieser unausweichlichen Rassenunruhen würden die siegreichen Schwarzen ihn dort aufsuchen, um ihn zum Anführer zu machen und ihn als Herrscher über die ganze Welt einzusetzen.

Und so wird aus einer Kommune, die nach außen hin wie eine Truppe von Hippies aussieht, die lediglich ein bisschen zu viel Drogen nehmen und verrückte Sexorgien feiern, eine verblendete, sektenähnlich strukturierte und unterschwellig gewaltbereite Gemeinschaft. Eine Gemeinschaft, eine Family, die ihr Herz und ihren klaren Verstand an einen rassistischen, sadistischen und schlichtweg bösen Menschen verloren hat.

Am 12. Oktober 1969 kommt es zu einer Großrazzia auf dem Gelände der Spahn Movie Ranch, dem einstweiligen Zuhause der Manson Family. Mehrere Mitglieder werden wegen Autodiebstahls festgenommen – darunter Susan Atkins, eine der engsten Jüngerinnen von Manson. Jene Frau, die einfach nicht den Mund halten kann und in der Zelle mit den Morden zu prahlen beginnt.

Endlich eine heiße Spur!

Jetzt dauert es nicht lange, bis die Ermittler den Drahtzieher hinter all dem gefasst haben.

Ein Mörder, der niemanden umgebracht hat

Am 24. Juli 1970 beginnt der Prozess gegen die Manson Family – einer der interessantesten und kompliziertesten Gerichtsprozesse in der Geschichte der USA, der weltweit Aufsehen erregt. Angeklagt sind Charles Manson, Susan Atkins, Patricia Krenwinkel und Leslie Van Houten – die Prozesse gegen andere Family-Mitglieder werden getrennt vom Hauptprozess geführt. Volle 225 Tage verbringen die Geschworenen abgeschirmt von der Außenwelt zwischen Hotel und Gerichtssaal, es ist der längste Prozess, den die USA bis zu diesem Zeitpunkt erlebt haben – denn das Ganze bringt so einiges an Schwierigkeiten mit sich: Wie klagt man einen Mann des Mordes an, der laut der Ergebnisse eingehender Ermittlungen offenbar tatsächlich keinen einzigen Menschen eigenhändig umgebracht hat? Seine weiblichen Mitangeklagten beteuern zudem steif und fest seine Unschuld. Lieber bezichtigen sie sich auf bizarre Art und Weise selbst, um alle Schuld von ihm zu nehmen.

Die Argumentation des Staatsanwalts Vincent Bugliosi zielt deshalb darauf, zu beweisen, dass Charles Manson der Drahtzieher hinter all den Schrecken ist. Er soll das Mastermind sein, er soll das Böse sein, obwohl er selbst nie einen Schuss abgefeuert oder einen Messerstich ausgeführt hat. Dennoch ist der Staatsanwalt sich sicher: Charles Manson ist schuldig!

Vincent Bugliosi entwickelt in seiner Anklage die sogenannte Helter-Skelter-Theorie. Diese Theorie gilt bis heute als das anerkannte Motiv für die Morde aus dem August 1969. Charles Manson wird in dieser Theorie als Prototyp eines Psychopaten eingeordnet, der es geschafft hat, seine Gefolgschaft einer derartigen Gehirnwäsche zu unterziehen, dass sie für ihn alles tun würde – wirklich alles. Folgt man dem Denkansatz von Bugliosi, fügen sich die sonst scheinbar ziellosen Morde zu einem Gesamtbild zusammen. Seine Theorie lautet folgendermaßen:

Charles Manson ist im Sommer 1969 so verblendet von der Musik der Beatles, dass er täglich den ihm angekündigten Rassenkrieg erwartet. Doch dieser kommt einfach nicht. Also hilft er nach – und zwar, indem er die furchtbaren Morde nicht nur in Auftrag gibt, sondern seinen Anhängern auch sagt, sie sollten es so aussehen lassen, als wären sie von Schwarzen verübt worden. Sie sollen die reichen Weißen, die *Pigs*, in Angst und Schrecken versetzen. Die Spuren sollen in die Schwarze Community deuten.

Eine Vermutung, die die Aussagen seiner Family vor Gericht stützen. Manson sei unruhig geworden, als die Rassenkriege einfach nicht ausbrechen wollten, berichtet zum Beispiel Tex Watson, der Mann, der laut Ermittlungen und Zeugenaussagen die meisten der Morde tatsächlich ausgeführt hat. Einen kleinen Schubs sollten seine Gefolgsleute dem Krieg geben. Offenbar hätten die Schwarzen – all das, das sei an dieser Stelle noch einmal betont, sind Aussagen von Manson und seiner Family – dafür nicht die Energie oder die Gerissenheit.

Sogar Charles Manson selbst spielt dem Staatsanwalt mit seinen fanatischen Worten vor Gericht in die Karten: Die Musik sage *»erhebt euch«*, sie sage *»tötet«*, und er fragt: *»Warum also beschuldigt ihr mich? Ich habe diese Musik nicht geschrieben.«*

Wie wahnsinnig muss ein Mensch sein, um daraufhin an einem heißen Tag im August tatsächlich seine Jüngerinnen und Jünger loszuschicken, um die Apokalypse anzufachen?

Für die *LA Times* beschreibt Susan Atkins noch vor Prozessbeginn, im Dezember 1969, die Mordnächte aus ihrer Sicht. Sie erzählt darin den kompletten Ablauf, ebenso wie ihre Gedanken, die sie dabei und danach gehabt habe. Sie berichtet unter anderem, dass sie Skrupel gehabt habe, auf einen menschlichen Körper einzustechen und ihn dadurch zu töten. Gleichzeitig liest man aber zwischen den Zeilen auch, dass sie ihre Taten in keiner Weise anzweifelt. Vor allem jedoch zeigt der Tatablauf, wie ernst es der Family mit *Helter Skelter* war …

»Ihr werdet alle sterben«

Atkins zufolge beginnt es damit, dass Charles Manson seiner rechten Hand Tex Watson den Auftrag erteilt, »alles und jeden in diesem Haus zu zerstören, so grausam, wie ihr nur könnt«. Er meint damit die Tate-Polanski-Villa. Von Susan Atkins verlangt Manson, sie solle alles tun, was Tex Watson ihr sage. Dieser sei auch der Einzige, der eine Schusswaffe von Charles bekommen habe, die anderen haben nur Messer.

Das erste Opfer ist Steven Parent – ein Opfer, das angesichts der Prominenz der anderen Ermordeten in der Berichterstattung immer wieder in den Hintergrund gerät. Er wird von Tex in seinem Auto erschossen, als er gerade das elektrische Tor der Auffahrt öffnen will, um nach seinem Besuch beim Hausmeister nach Hause zu fahren. »Bitte tun Sie mir nichts. Bitte tun Sie mir nicht weh. Ich werde nichts verraten«, bettelt er noch – erfolglos.

Im Haus gibt Tex weiter den Ton an, so Susan. Er erklärt ihr und Patricia, was zu tun ist, und gibt die entsprechenden Befehle. Linda bleibt beim Auto und steht Schmiere.

Ein wenig später, als das Trio alle Hausinsassen im Wohnzimmer versammelt und gefesselt hat, verkündet Tex ihnen: »Ihr werdet alle sterben.« Das sorgt logischerweise für Panik unter Sharon Tate und ihren Bekannten, und es brechen tumultartige Kämpfe aus. Doch am Ende gewinnt das Trio, auch dank Tex' Brutalität, die Überhand.

Susan erinnert sich in ihrem Bericht noch, wie Sharon Tate sie anfleht, von ihr abzulassen, damit sie und ihr Baby leben können. Doch Susan antwortet ihr bloß: *»Frau, ich habe kein Mitleid mit dir.«*

Am Ende soll es Tex gewesen sein, der die ersten Stiche in Sharons Herzgegend abgibt. Und es soll auch Tex sein, der Susan zurück zum Haus schickt, um eine Botschaft an der Tür zu hinterlassen. Sie beschreibt, sie habe eigentlich nicht zurückgehen wollen, aber irgendetwas habe sie dann doch dazu gebracht. Sie taucht ein Handtuch in Sharons Blut und schreibt das Einzige, was ihr einfällt, an die Tür: *»Pig«*.

Angeblich wissen Tex, Susan, Patricia und Linda zunächst nicht, wen sie da eigentlich überfallen haben. Erst am nächsten Morgen erfahren sie die Namen der Opfer übers Fernsehen. Susan berichtet, dass sie froh war, dass es so berühmte Leute waren, weil es sich so wenigstens richtig gelohnt habe und ihr Plan sicher aufgehen werde.

In der zweiten Nacht, im Haus der LaBiancas, ist Charles Manson am Anfang sogar selbst dabei. Er geht als Erster in das Gebäude und fesselt das Ehepaar. Dann jedoch befiehlt er seiner Family, die blutige Aufgabe zu vollenden. Dieses Mal ist Leslie statt Susan mit dabei. Am Ende der blutigen Tat duschen die drei Killer noch bei den LaBiancas zu Hause und nehmen sich Essen aus ihrem Kühlschrank. Anschließend entsorgen sie die verräterisch blutige Kleidung und trampen nach Hause, als wäre nie etwas gewesen. Wie abgestumpft die Family-Mitglieder durch Charles Mansons Indoktrination gewesen sein müssen!

Susan fährt indessen mit Charles zu einer Tankstelle, wo die beiden das Portemonnaie von Rosemary LaBianca auf der Toilette positionieren. Sie hoffen, dass eine Afroamerikanerin es mitnimmt, die Kreditkarten benutzt und so den Verdacht auf sich lenkt, um auf diese Weise den großen Rassenkrieg auszulösen.

Zwei Fliegen mit einer Klappe

Doch so überzeugend die Helter-Skelter-Theorie auch ist, scheinen auch andere Motive zumindest noch eine Rolle gespielt haben. Für die sogenannte Copycat-Theorie, zu Deutsch die Trittbrettfahrer-Theorie, geht es wieder etwas weiter zurück in die Vergangenheit, zum letzten Juli-Wochenende im Jahr 1969, einige Tage vor den Morden in der Villa von Tate und Polanski sowie an den LaBiancas.

An jenem Wochenende schickt Manson drei Family-Mitglieder, darunter Bobby Beausoleil, zu einem gewissen Gary. Sie sollen Geld bei ihm eintreiben, das er ihnen nach mehreren Drogendeals noch schuldet. Obwohl die drei den Mann zwei Tage lang in seiner Wohnung festhalten und ihn misshandeln, kommen sie mit ihrem Auftrag nicht weiter.

Schließlich erscheinen Charles Manson und Bruce Davis persönlich bei Gary. Manson verletzt ihn schwer im Gesicht, schneidet ihm fast ein Ohr ab, und verlässt dann die Wohnung wieder, jedoch nicht ohne einen Auftrag zu hinterlassen: Die anderen sollen Gary umbringen.

Bobby kommt dieser Aufgabe nach und tötet Gary mit zwei Stichen in die Brust. Er ist es auch, der an diesem Tag zum ersten Mal auf die Idee kommt, eine blutige Nachricht zu hinterlassen. Er schreibt *»political piggy«* – wörtlich »politisches Schweinchen«, freier übersetzt sind mit diesem Ausdruck all jene Menschen aus dem weißen Establishment gemeint, die glauben, sich alles erlauben zu können – mit Garys Blut an die Wand. Daneben malt er noch einen blutigen Pfoten-Abdruck. Damit will er den Verdacht auf die Black-Panther-Bewegung lenken. Diese Gruppierung afroamerikanischer Revolutionärer ist in dieser Zeit in Los Angeles und Umgebung sehr aktiv.

Die Behörden sind zunächst mit der Täterermittlung überfordert und nehmen resigniert an, dass es sich wohl erneut um einen merkwürdigen Hippie-Mord handelt, den sie nicht lösen können. Doch dann – wie durch Zufall – entdecken sie nur wenige Tage später Bobby in einem Auto schlafend am Straßenrand, ohne Führerschein, mit einem gefälschten Ausweis und einem Messer am Gürtel.

Bobby kommt den Beamten mehr als verdächtig vor. Sie überprüfen das Kennzeichen und stellen fest, dass es sich bei dem Auto um den gestohlenen Wagen des Mordopfers Gary handelt. Und damit ist Bobby von einer Sekunde auf die nächste der Topverdächtige.

Bobbys Festnahme löst bei der Family großen Tumult aus, vor allem Manson fühlt sich betroffen und verantwortlich. Bobby muss aus dem Gefängnis geholt werden – und zwar durch eine List. Es sollen ähnliche Morde begangen werden, für die Bobby, der ja im Gefängnis sitzt, unmöglich verantwortlich sein kann.

Schon kurze Zeit später verübt die Manson Family die bestialischen Morde in der Tate-Polanski-Residenz und in der La-Bianca-Villa – und schlägt in einem verqueren Sinn dabei zwei Fliegen mit einer Klappe. Auf diese Art und Weise können sie nämlich nicht nur Bobby entlasten, sondern auch endlich den Rassenkrieg anzetteln, auf den sie alle schon seit Langem warten.

Bleibt nur die Frage offen: Warum sucht sich Charles Manson ausgerechnet die Tate-Polanski-Villa und das Zuhause der LaBiancas aus? Warum müssen genau diese Menschen sterben? Die Gründe offenbaren sich weder im Zuge der offiziellen Ermittlungen, noch kommen sie im Gerichtsprozess explizit zur Sprache. Allerdings gibt es Theorien, die einen sehr weltlichen Grund für Mansons Entscheidung anführen: Rache für ein nicht eingelöstes Versprechen – einen Musikvertrag!

Es geht noch weiter zurück in die Vergangenheit – in die Zeit nach Mansons letzter Freilassung aus dem Gefängnis, als dieser davon träumt, Musiker zu werden.

Mein ist die Rache

Kurz nach seiner Entlassung verdient Manson sich als Straßenmusiker und mit ein paar Auftritten etwas Geld dazu. Irgendwann lernt er ein Mitglied der Beach Boys kennen, Dennis Wilson. Dieser wiederum stellt ihm auf einer Party Terry Melcher, einem bekannten Musikproduzenten, vor.

Melcher zeigt tatsächlich zunächst Interesse an Charles' Musik und besucht ihn sogar auf der Spahn Movie Ranch, dem Zuhause der Family. Er verspricht Charles, einige Demo-Aufnahmen zu machen und seiner Karriere auf die Sprünge zu helfen, meldet sich dann jedoch nicht mehr bei Manson.

Als dieser nun seine Brüder und Schwestern losschickt, um den Rassenkrieg anzuzetteln, hat er ein ganz besonderes Ziel im Auge: das Haus des Musikproduzenten Terry Melcher am Cielo Drive. Der ist jedoch schon seit einiger Zeit weggezogen, in Melchers altem Haus wohnen jetzt – Sharon Tate und ihr Mann Roman Polanski.

Und auch im Fall der LaBiancas könnte Rache ein Motiv gewesen sein – oder zumindest der Versuch, den Nachbarn Angst zu machen. Direkt nebenan wohnt nämlich eine weitere wichtige Person aus dem Musikbusiness, mit der Charles durch einen ehemaligen Mithäftling bekannt gemacht wurde. Doch auch mit ihm ist nichts aus Charles' Musiker-Hoffnungen geworden. Möglicherweise wollte Charles also diesem Musikproduzenten sowie seinem ehemaligen Gefängnis-Kumpanen auf diese Weise eine mehr als deutliche Nachricht zukommen lassen: Ich habe nicht vergessen, wer mich im Stich gelassen hat – passt auf, vielleicht seid ihr ja die Nächsten!

Die Theorien um Manson und seine Family ließen sich noch ewig weiterspinnen – und tatsächlich wird das im Internet und in zahlreichen Publikationen auch gemacht. Klar ist jedoch vor allem eines: die Tatsache, dass ein Menschenleben, zumindest das eines Menschen außerhalb der Family, für Charles Manson und seine Anhänger nicht allzu viel wert ist.

Und so trifft es auch noch das letzte ihrer Opfer: Donald, genannt Shorty. Er ist Leidtragender des letzten offiziell bekannten Mordes, bevor die Manson-Family-Mitglieder verhaftet werden.

Shorty arbeitet für den Besitzer auf der Spahn Movie Ranch, und Charles kann ihn nicht besonders gut leiden. Als dann im August, kurz nach den Morden an Sharon Tate, ihren Bekannten und den LaBiancas, die Polizei das erste Mal eine Razzia wegen geklauter Autos auf der Ranch durchführt, vermutet Manson, dass Shorty die Behörden auf sie aufmerksam gemacht hat. Und das bezahlt Shorty mit seinem Leben. Erst 1977 werden seine sterblichen Überreste in der Nähe der Ranch gefunden, nachdem einer der Täter, Steve Grogan, die Polizei zum Versteck der Leiche geführt hat.

Chaos und Unordnung

Der Prozess ist bis zum Ende das reinste Spektakel. Eines Tages taucht Charles Manson mit einem in die Stirn eingeritzten Kreuz im Gerichtssaal auf, das er später sogar noch zu einem Hakenkreuz erweitert. Kurz darauf tun die drei mitangeklagten weiblichen Family-Mitglieder es ihm gleich. Sie rasieren sich die Köpfe und ritzen sich ebenfalls ein X in die Stirn.

Passend dazu beschreibt Staatsanwalt Vincent Bugliosi den Hauptangeklagten Manson in seinem Abschlussplädoyer als Mephisto, einen teufelsähnlichen Guru, der die Körper, Geister und Seelen seiner Anhänger vergewaltigt und radikalisiert habe, sodass diese sich ihm völlig hingegeben hätten.

Für das Gericht reichen die Fakten und die Beweislage allemal, um im März 1971 endlich zu einem Urteil zu kommen. Die Jury spricht alle Hauptangeklagten schuldig. Susan Atkins, Patricia Krenwinkel, Leslie Van Houten – und in einem abgetrennten Prozess auch Tex Watson – werden für ihre Taten zum Tode verurteilt. Ebenso Charles Manson, obwohl er kein einziges der Opfer eigenhändig getötet hat. Im Jahr 1972 wird in Kalifornien die Todesstrafe jedoch für verfassungswidrig erklärt, sodass die Gerichtsurteile von einer Todesstrafe in lebenslange Haftstrafen umgewandelt werden.

Susan Atkins stirbt im Jahre 2009 im Gefängnis an einem Hirntumor. All ihre Gnadengesuche wurden abgelehnt. Patricia Krenwinkel sitzt bis heute in der Frauenvollzugsanstalt, was sie zur am längsten inhaftierten Frau in den Vereinigten Staaten macht. Bisher wurden auch ihre Gesuche auf vorzeitige Haftentlassung jedes Mal abgelehnt. Ähnlich erging es Leslie Van Houten. Ihr letztes Gnadengesuch wurde im März 2022 von Gouverneur Newsom mit der Begründung abgeschmettert, sie sei noch immer eine Gefahr für die Gesellschaft. Auch Charles Watson sitzt weiterhin ein, mit der Hoffnung auf eine erneute Anhörung im Jahr 2026.

Charles Manson bleibt bis zu seinem Lebensende im Gefängnis. Bis zu seinem Tod ist er der Gefangene, der am meisten »Fanpost« ins Gefängnis geschickt bekommt. Außerdem führt er ein kleines und ziemlich lukratives Autogramm-Business aus seiner Zelle heraus. Im Jahr 2015 heiratet der inzwischen Achtzigjährige sogar fast erneut – eine junge Frau in ihren Zwanzigern, die ihm eine treue Besucherin im Gefängnis geworden ist und die er »Star« getauft hat. Auch sie hat sich als Zeichen der Loyalität ein Kreuz in die Stirn geritzt und die Haare abrasiert – so wie damals im Gerichtsaal Susan, Patricia und Leslie. Die Frist für die Beantragung einer Heiratslizenz lässt Manson jedoch verstreichen. Der angebliche Grund: Offenbar hat dieser erfahren, dass Star ihn nach seinem Tod in einem Glassarg ausstellen will.

Wäre das nicht ein Vermächtnis in seinem Sinne gewesen?

Wobei Manson der Überzeugung gewesen sein soll, dass er ewig leben werde. Der 19. November 2017 überzeugt ihn und seine Anhänger eines Besseren. Manson stirbt im Alter von dreiundachtzig Jahren an den Folgen einer Darmkrebserkrankung.

Doch die Erinnerung an ihn lebt weiter. Sein Leben war Inspiration für unzählige Filme, Bücher und Songs. Er taucht bei den *Simpsons* oder auch in *South Park* auf. Sein Morden gab den Anstoß für den Kinofilm *Once Upon a Time in Hollywood* von Starregisseur Quentin Tarantino. Der Künstlername von Marilyn Manson nimmt auf ihn Bezug, um die Untrennbarkeit von Gut und Böse zu symbolisieren. Die Band Guns n' Roses veröffentlichte sogar einen Song von Manson als sogenannten »versteckten Titel« auf einem ihrer Alben.

In einem Interview mit der spanischen *Vanity Fair* sagt Manson wenige Jahre vor seinem Tod über sich selbst ziemlich treffende Worte, die die *Süddeutsche Zeitung* aufgreift: *»Ich mache keine Witze. Ich schieße. Ich bin ein gemeiner Kerl, ein Outlaw, ein Verbrecher. Ich bin al-*

les, was schlecht ist.« Am Ende fügt er noch kryptisch hinzu: *»Man muss sich selbst als Gott akzeptieren.«*

Himmel, hilf!

ZU GUTER LETZT

Danksagung

Wie sollen wir unseren Dank in Worte fassen, wenn wir eigentlich vor Dankbarkeit platzen könnten? Wir haben keine Ahnung, wie man eine Danksagung nach Lehrbuch schreibt, denn so was haben wir nicht in der Schule und auch nicht im Studium gelernt.

Aber was wir sicher wissen, ist, dass es das Buch niemals ohne diese wundervollen Menschen gegeben hätte:

Alex und Manfred – ihr seid die Geburtsväter der *Schwarzen Akte*, ohne die wir uns wahrscheinlich niemals zusammen vor ein Mikrofon gesetzt hätten. Die ersten Aufnahmen haben wir in einem Setting gemacht, das eher einem unheimlichen Keller gleichkommt, für die mysteriöse Stimmung, ist ja klar. Alex, die Fotos der anfänglichen Aufnahmesituation darfst du wirklich niemals jemandem zeigen.

Falko – ohne deine beispiellose Organisation und detailverliebten Excel-Tabellen würden wir den Überblick verlieren. Danke für deine kreativen und schnell umgesetzten Ideen rund um die *Schwarze Akte*.

Silva, Franziska, Johanna und Stefan – ohne euch und euer Schreibtalent würde es die *Schwarze Akte* nicht in dieser Form und Regelmäßigkeit geben. Ihr verschafft dem Podcast Gründlichkeit, Vertrauenswürdigkeit und Tiefe.

Unsere Agentur g.l.a.m., Dr. Carina Heer und das ganze Team von riva, ohne die aus der Idee nie ein Buch geworden wäre.

Die Familie, die Mannschaft und Freunde, die den Podcast ganz freiwillig hören und dieses Buch ganz freiwillig lesen (werden) – danke für eure Unterstützung seit Tag eins.

Doch an diesen Punkt wären wir niemals gekommen, wenn es euch nicht gäbe, ihr lieben Zuhörerinnen und Zuhörer. Ihr seid diejenigen, die jede Woche fleißig auf Play drücken und die *Schwarze Akte* rauf und runter hören: beim Spazierengehen, beim Kochen, beim Einschlafen, beim Autofahren, beim Putzen, zusammen mit Freundinnen und Freunden, ihr stellt Theorien auf, ihr diskutiert über die wahren Tathergänge und lest nun schließlich auch dieses Buch.

Unser Dank dafür könnte nicht größer sein!

Alles Liebe
Anne & Christopher

QUELLEN

Fall 1: Robert Maudsley

Bücher/Zeitschriften/Zeitungen:

Appleyard, Nick: *Life Means Life: Jailed Forever: True Stories of Britain's Most Evil Killers*. 2009.

Levi, Jonathan und French, Emma: *Inside Broadmoor. Folter und Mord in Broadmoor*. 2019.

Warren, Alan R: *Hannibal the Cannibal: The True Story of Robert Maudsley (Killer Crime Series Book 7)*. 2019.

Online:

https://www.archyde.com/robert-maudsley-the-terrible-story-of-the-real-hannibal-lecter-who-has-been-locked-up-underground-for-40-years-england-nmr-world/ [14.08.22] Beschreibung der Zelle, Kindheit und des Missbrauchs.

https://www.coventrytelegraph.net/news/uk-world-news/inside-life-uks-most-dangerous-23560524 [14.08.22] Beschreibung der Morde, Zelle; Fotos Maudsley.

https://www.dailymail.co.uk/femail/article-10660955/Robert-Maudsley-vows-kill-released.html [14.08.22] Zitate aus der HMP Wakefield-Dokumentation, über den Neffen Gavin, Fotos von Maudsley und dem Gefängnis, Beschreibung der Morde, Briefe für bessere Haftbedingungen.

https://www.dailymail.co.uk/news/article-10344857/Serial-killer-Robert-Maudsley-die-underground-glass-box-losing-appeal-freedom.html [14.08.22] Abgelehnter Weihnachtsantrag, lebenslange Haft, Haftbedingungen, Morde, Briefe.

https://de.wikipedia.org/wiki/Hannibal_Lecter [14.08.22] Film Hannibal Lecter.

https://en.wikipedia.org/wiki/HM_Prison_Wakefield [14.08.22] Wakefield-Gefängnis.

https://de.wikipedia.org/wiki/Robert_John_Maudsley [14.08.22] Zusammenfassung von Leben und Morden.

https://en.wikipedia.org/wiki/Robert_Maudsley [14.08.22] Zusammenfassung von Leben und Morden.

https://www.examinerlive.co.uk/news/uk-world-news/hannibal-cannibal-killer-robert-maudsley-23524717 [14.08.22] Maudsley würde noch mal töten, Zitate des Neffen Gavin, Beschreibung der Morde.

https://www.express.co.uk/showbiz/tv-radio/1587038/charles-bronson-robert-maudsley-Evil-Behind-Bars-Channel-5 [14.08.22] Video mit Audio von Maudsley/Johnson, Gefängnis, Weiteres zu den Haftbedingungen, Zitate des Neffen Gavin.

https://www.lessentiel.lu/de/story/serienmoerder-ist-gluecklich-und-zufrieden-in-glaszelle-will-aber-wieder-toeten-498149087859 [14.08.22] Briefe, Morde, Zelle.

https://www.liverpoolecho.co.uk/news/tv/channel-5s-hmp-wakefield-evil-23522004 [14.08.22] Gefängnisinformationen.

https://www.mirror.co.uk/news/uk-news/cannibal-killers-calm-confession-after-21388135 [14.08.22] Rekord für längste Haftstrafe, Fotos Maudsley, Morde im Gefängnis, Beschreibung, wie er sich stellt, Kindheit, Mord in Broadmoor (Zitat Kopf »wie ein aufgeschlagenes Ei«), Gerücht über das gegessene Gehirn, über weitere Morde und Haftbedingungen.

https://www.mirror.co.uk/news/uk-news/uks-most-dangerous-prisoner-kept-26574125?_ga=2.132590478.1042446922.1653117970-839331255.1653117970#source=push [14.08.22] Würde noch mal töten, Bilder von Maudsley, Zitate des Neffen Gavin, Beschreibung der Zelle.

http://www.murderuk.com/robert-maudsley.html [14.08.22] Kindheit, Morde, Zeitstrahl, Briefe und Zitate von Maudsley.

https://newsfounded.com/perueng/robert-maudsley-the-horrible-story-of-the-real-hannibal-lecter-imprisoned-underground-for-40-years-england-nmr-world/ [14.08.22] Missbrauch, Zelle.

https://www.ranker.com/list/facts-about-robert-maudsley-hannibal-the-cannibal/cat-mcauliffe [14.08.22] Bilder Maudsley, Kindheit, Missbrauch, Opfer, Morde, Zelle, Verbindung Hannibal Lecter.

https://www.rtl.de/cms/england-hannibal-the-cannibal-killer-wird-kein-kontakt-gewaehrt-er-muss-in-glasbox-sterben-4890904.html [14.08.22] Ablehnung Weihnachtswunsch, lebenslange Haft, Haftbedingungen, Beschreibung der Zelle und Morde.

https://www.rtl.de/cms/serienmoerder-robert-maudsley-bekannt-als-hannibal-the-cannibal-wuerde-wieder-toeten-wenn-er-freikaeme-4944958.html [14.08.22] Maudsley würde wieder töten, Haftbedingungen.

https://www.theguardian.com/uk/2003/apr/27/ukcrime [14.08.22] Zitate von Maudsley (auch »Wenn ich meine Eltern umgebracht hätte …«), Kindheit von Maudsley, Beschreibung der Morde, seine Zeit im Gefängnis, Haftbedingungen.

https://www.thesun.co.uk/news/18068908/wakefield-robert-maudsley-hannibal-cannibal-serial-killer/ [14.08.22] Zitate des Neffen Gavin aus Dokumentation, wird wieder töten, strenge und gelockerte Haftbedingungen, Morde, Gefängnisunterbringung mit Vergewaltigern/Pädophilen.

https://www.the-sun.com/news/2931384/robert-maudsley-aka-hannibal-the-cannibal/ [14.08.22] Bilder Maudsley, Kindheit und Morde, Zitat Polizist Gehirn gegessen, Haftbedingungen, Wolf Man of Wakefield, Briefe, Weltrekord.

https://truecrimeengland.wordpress.com/2020/09/30/robert-maudsley/ [14.08.22] Fotos von Maudsley und dem Kinderheim, Kindheit von Maudsley, Beschreibung Morde, Beschreibung Zelle und Haftbedingungen, Zitate aus Dokumentationen/Briefen.

https://www.walesonline.co.uk/news/uk-news/man-known-britains-most-dangerous-22191288 [14.08.22] Zelle, Kindheit, Morde, Zitat von

Bruder Paul, Zitat Nonne aus dem Kinderheim, Brief an Bob Johnson, Briefe an Presse.

https://de.wikibrief.org/wiki/Robert_Maudsley [14.08.22] Zusammenfassung des Lebens von Maudsley.

https://www.yorkshirepost.co.uk/news/crime/robert-maudsley-serial-killer-locked-in-glass-cell-at-yorkshire-prison-would-kill-again-if-given-the-chance-3632839 [14.08.22] Beschreibung Zelle und Haftbedingungen, Zitate von Maudsley Kindheit, Morde, Verbindung Hannibal Lecter, Zitat Eltern töten, dann wäre niemand sonst gestorben.

Film:

https://www.channel5.com/show/hmp-wakefield-evil-behind-bars [14.08.22] Dokumentation: *HMP Wakefield: Evil Behind Bars*. 2022.

https://www.dailymotion.com/video/x7ry8l9 [14.08.22] Documentation: *Making a Monster*, Season 1, Episode 2: Robert Maudsley. 2020. Beschreibung der Zelle, Auszüge aus Interview zwischen Robert Maudsley und dem Psychiater Bob Johnson, Kindheit Maudsley, Experten über Maudsley (Pathologe Richard Shepherd, Psychologe Adrian Needs, Psychologe Bob Johnson, Psychologe Eric Cullen), Beschreibung der Morde.

Sonstiges:

https://www.happyscribe.com/public/serial-killers/hannibal-the-cannibal-robert-john-maudsley-pt [14.08.22] Podcast: *Serial Killers: Hannibal the Cannibal – Robert John Maudsley*. 2020. Beschreibung der Morde, Zelle und Haftbedingungen, Gespräche mit Bob Johnson, Gefängniswechsel, Wolfman of Wakefield, Besuche der Brüder, Weltrekord Isolationshaft.

https://www.sistersofnazareth.com/service/nazareth-house-crosby/ [14.08.22] Nazareth House Crosby.

Fall 2: Die Galapagos-Affäre

Bücher/Zeitschriften/Zeitungen:

Ritter, Friedrich: *Als Robinson auf Galapagos.* 1935.

Strauch, Dore: *Satan Came to Eden: A Survivor's Account of the »Galapagos Affair«.* 2014.

Wittmer, Margret: *Postlagernd Floreana.* 2018.

Online:

https://www.faz.net/aktuell/gesellschaft/kriminalitaet/mord-auf-den-galapagos-hoelle-paradies-13018689.html [2.8.22] Eine Zusammenfassung des Galapagos-Kriminalfalles.

https://www.focus.de/kultur/kino_tv/zdf-rollt-raetselhaften-gruselmord-um-deutsche-auswanderer-auf-trauminsel-auf_id_12176931.html [2.8.22] Über die ZDF-Dokumentation zur Galapagos-Affäre.

https://www.focus.de/wissen/friedrich-nietzsche-die-philosophie-des-gottlosen_id_4948795.html [2.8.22] Über die Philosophie von Friedrich Nietzsche.

https://www.fr.de/kultur/tv-kino/tv-kritik-zdf-terrax-galpagos-krimi-eden-gesucht-hoelle-gefunden-zr-13822205.html [2.8.22] TV-Kritik zu »Terra X – Der Galapagos-Krimi«.

https://www.netdoktor.de/krankheiten/multiple-sklerose/#:~:text=Multiple%20Sklerose%20(MS)%20ist%20eine,und%20Gef%C3%BChlsst%C3%B6rungen%2C%20Schmerzen%20oder%20L%C3%A4hmungen. [2.8.22] Hintergrundinformationen zu Multipler Sklerose.

https://www.suedkurier.de/ueberregional/panorama/dschungelcamp-1934-wie-der-aussteiger-friedrich-ritter-aus-suedbaden-auf-einer-galapagos-insel-zu-tode-kam;art409965,10836167 [2.8.22] Zusammenfassung der Galapagos-Affäre.

https://www.welt.de/geschichte/article210965669/Tod-auf-Galapagos-Sex-Gier-Gewalt-machten-das-Paradies-zur-Hoelle.html [2.8.22] Chronologischer Abriss der Geschehnisse auf Galapagos.

https://www.welt.de/reise/Fern/article136527884/Das-duestere-Geheimnis-der-Galapagos-Insel-Floreana.html [2.8.22] Floreana heute und damals.

https://www.welt.de/reise/Fern/article188450833/Ecuador-Auf-den-Galapagos-Inseln-sind-Aliens-die-groesste-Gefahr.html [2.8.22] Über Tourismus im Naturschutzgebiet Galapagos.

https://de.wikipedia.org/wiki/Gal%C3%A1pagos-Aff%C3%A4re#Das_weitere_Schicksal_der_%C3%9Cberlebenden_der_Gal%C3%A1pagos-Aff%C3%A4re [2.8.22] Zusammenfassung der Galapagos-Affäre.

Film:

https://www.zdf.de/dokumentation/terra-x/der-galapagos-krimi-ein-drama-unter-deutschen-aussteigern-100.html [2.8.22] Terra X-Dokumentation über die Galapagos-Affäre. In dieser Dokumentation finden sich übrigens auch die Aufnahmen Hancocks von den Inselbewohnern.

Fall 3: Der Kunstraub von Boston

Online:

https://www.bostonglobe.com/2022/02/27/metro/investigators-suspect-link-between-gardner-museum-heist-an-execution-style-murder-lynn/ [9.8.22] Über einen möglichen Zusammenhang zwischen dem Kunstraub und dem Mord an James Marks.

https://www.faz.net/aktuell/gesellschaft/kriminalitaet/kunstraub-vor-der-aufklaerung-aber-wo-sind-die-rembrandts-12120656.html [9.8.22] Über die Fahndung nach den gestohlenen Kunstwerken.

https://www.fbi.gov/contact-us/field-offices/boston/news/press-releases/historic-footage-connected-to-gardner-museum-burglary-released-public-assistance-sought [9.8.22] Pressemitteilung des FBI zur Veröffentlichung von Videomaterial im Fall des Bostoner Kunstraubes.

https://www.independent.co.uk/arts-entertainment/tv/news/this-is-a-robbery-netflix-b1828121.html [9.8.22] Über die Netflix-Dokumentation zum Bostoner Kunstraub.

https://www.monopol-magazin.de/Isabella-Stewart-Gardner-Museum-boston-verdoppelt-belohnung-nach-kunstraub-von-1990 [9.8.22] Über die Erhöhung der Belohnung im Fall des Bostoner Kunstraubes.

https://www.rnz.de/panorama/magazin_artikel,-gardner-museum-boston-vor-30-jahren-der-groesste-ungeloeste-kunstraub-_arid,504141.html [9.8.22] Überblick über den Verlauf des Bostoner Kunstraubes.

https://www.spiegel.de/panorama/justiz/boston-der-kunstraub-im-isabella-stewart-gardner-museum-a-1047240.html [9.8.22] Über die Ermittlungen zum Bostoner Kunstraub.

https://www.tvtoday.de/tv/news/fast-wie-haus-des-geldes-der-groessteungeloeste-kunstraub-aller-zeiten-bei-netflix-231301.html [9.8.22] Über die Netflix-Dokumentation zum Bostoner Kunstraub.

https://www.vodafone.de/featured/tv-entertainment/netflix-der-groesste-kunstraub-der-geschichte-die-wahre-story-des-kriminalfalls/#/ [9.8.22] Über die Netflix-Dokumentation zum Bostoner Kunstraub und Hintergründe des Falles.

https://www.wbur.org/lastseen/2018/10/26/myles-connor [9.8.22] Über Myles Connors kriminelle Machenschaften.

https://www.welt.de/kultur/article13452622/Vermeer-der-letzte-Joker-von-Mafia-Boss-Bulger.html [9.8.22] Über die Mafia und den Bostoner Kunstraub.

https://de.wikipedia.org/wiki/Isabella_Stewart_Gardner_Museum [9.8.22] Wikipedia-Artikel zum Isabella Stewart Gardner Museum.

https://de.wikipedia.org/wiki/Kunstraub_von_Boston [9.8.22] Wikipedia-Artikel über den Bostoner Kunstraub.

Film:

https://www.netflix.com/de/title/81032570 [9.8.22] Dokumentation: *Der größte Kunstraub aller Zeiten*, Netflix.

Fall 4: Aileen Wuornos

Bücher/Zeitschriften/Zeitungen:

Manners, Terry: *Deadlier Than the Male: Stories of Female Serial Killers.* 1997.

Reynolds, Joseph Michael: *Dead Ends: The Pursuit, Conviction, and Execution of Serial Killer Aileen Wuornos.* 1992.

Russell, Sue: *Lethal Intent.* 2002.

Silvio, Heather; McCloskey, Kathy; Ramos-Grenier, Julia: *Theoretical consideration of female sexual predator serial killers in the United States. May–June 2006.* Erschienen in: Journal of Criminal Justice.

Wuornos, Aileen; Berry-Dee, Christopher: *Monster: My true Story.* 2004.

Online:

https://capitalpunishmentincontext.org/node/77455 [4.8.22] Hier geht es um den Prozess gegen Richard Mallory.

http://www.clarkprosecutor.org/html/death/US/wuornos805.htm [4.8.22] Übersicht über verschiedene Presseberichte über den Fall.

https://crimelibrary.org/notorious_murders/women/wuornos/1.html [4.8.22] Sehr ausführliche Darstellung über das Leben und die Taten Aileen Wuornos'.

https://www.lifepersona.com/aileen-carol-wuornos-story-of-an-assassin-of-7-men [4.8.22] Zusammenfassung über den Fall Aileen Wuornos.

https://sites.psu.edu/sierrasspace/2015/11/13/the-serial-series-part-9-aileen-wuornos/ [4.8.22] Weitere Zusammenfassung über den Fall Aileen Wuornos.

https://thecinemaholic.com/aileen-wuornoss-death/ [4.8.22] Die letzten Worte von Aileen Wuornos vor ihrer Hinrichtung.

https://thecinemaholic.com/did-aileen-wuornos-kill-her-husband-how-did-lewis-gratz-fell-die/ [4.8.22] Hier geht es um Aileen Wuornos' Kurzzeit-Ehemann Lewis Fell.

https://www.vice.com/en/article/ezjjan/when-youre-best-friends-with-a-famous-serial-killer [4.8.22] Interview mit Aileens Jugendfreundin Dawn Botkins.

https://web.archive.org/web/20071023174550/http:/www.polkonline.com/stories/071302/sta_wuornos.shtml [4.8.22] Hier geht es um den Missbrauch der Gefängniswärter an Aileen Wuornos.

https://en.wikipedia.org/wiki/Aileen_Wuornos [4.8.22] Englischer Wikipedia-Eintrag über Aileen Wuornos.

Fall 5: Hinterkaifeck

Online:

https://www.hinterkaifeck.net/ [4.8.22] Website mit sehr vielen Informationen und Aussagen über den Fall.

https://www.hinterkaifeck.net/reader-ffb-bericht/ [4.8.22] Studienabschlussarbeit der angehenden Kriminalbeamten an der Fachhochschule für Verwaltung und Recht in Fürstenfeldbruck bei München.

https://www.hinterkaifeck.net/wiki/index.php?title=Aussagen:_1922-04-05_Schlittenbauer_Lorenz [4.8.22] Aussage von Lorenz Schlittenbauer über den Leichenfund.

https://www.hinterkaifeck.net/wiki/index.php?title=Aussagen:_1931-03-30_Schlittenbauer_Lorenz [4.8.22] Aussage von Lorenz Schlittenbauer über Viktoria.

https://www.hinterkaifeck.net/wiki/index.php?title=Aussagen:_1952-01-10_Sigl_Jakob [4.8.22] Aussage von Jakob Sigl über den Leichenfund.

Fall 6: Lisanne und Kris

Bücher/Zeitschriften/Zeitungen:

Focus Magazin Echte Verbrechen, Heft Nr. 2: »Die Frau ohne Gesicht«. 2020.

Snoeren, Jürgen; West, Marja: *Lost in the Jungle: The mysterious disappearance of Kris Kremers and Lisanne Froon in Panama.* 2021.

Online:

https://www.laestrella.com.pa/nacional/141226/decir-fiscal-atreve-homicidio [5.8.22] Über die Stellungnahme der panamaischen Regierung zum Verschwinden von Lisanne und Kris.

https://latina-press.com/news/186004-panama-fremdverschulden-am-tod-der-touristinnen-aus-holland-ausgeschlossen/ [5.8.22] Über die Schuldfrage im Fall Lisanne und Kris.

https://michaelheinbockel.de/verschwinden-und-tod-von-kris-kremers-und-lisanne-froon-2014-in-panama/ [5.8.22] Zusammenfassung und Spekulationen über den Fall Lisanne und Kris.

https://www.mirror.co.uk/news/world-news/chilling-images-captured-hikers-camera-26970369 [5.8.22] Über den Rucksackfund und die Kamerafotos im Fall Lisanne und Kris.

https://www.reddit.com/r/KremersFroon/ [5.8.22] Digitaler Austausch über Fakten und Theorien zum Fall Lisanne und Kris.

https://www.thedailybeast.com/the-lost-girls-of-panama-the-full-story [5.8.22] Umfangreiche Reportage über die Hintergründe des Falles Lisanne und Kris.

https://web.archive.org/web/20170804015558/http://www.findlisanne-kris.com/kris-and-lisanne/about-lisanne/ [5.8.22] Über Lisannes Hintergrund und Charakterzüge.

https://web.archive.org/web/20161018203027/http://www.findlisanne-kris.com/kris-and-lisanne/about-kris/ [5.8.22] Über Kris' Hintergrund und Charakterzüge.

https://www.youtube.com/watch?v=3OPhUt_XJ6Q [5.8.22] Videobeitrag über die Hintergründe und Theorien im Fall Lisanne und Kris.

Fall 7: H. H. Holmes

Bücher/Zeitschriften/Zeitungen:

Crighton JD & Mudgett Herman W.: *Holmes' Own Story: Confessed 27 Murders – Lied then Died.* 2017.

Frost, Rebecca: *Words of a Monster: Analyzing the Writings of H. H. Holmes, America's First Serial Killer.* 2019.

Pruger, Henriette: *The Devil's Portal.* 2012.

Schechter, Harold: *Depraved: The Definitive True Story of H. H. Holmes, Whose Grotesque Crimes Shattered Turn-of-the-Century Chicago: The Shocking True Story of America's First Serial Killer.* 2004.

Selzer, Adam: *Very Truly Yours, H. H. Holmes: 100+ Letters, Confessions, Interviews, Testimonies, Legal Records & More.* 2017.

Online:

https://allthatsinteresting.com/hh-holmes-hotel [10.8.22] Eine Zusammenfassung, die sich vor allem auf alte Zeitungsberichte bezieht. Da stehen also viele Gerüchte drin. Am Ende wird es eingeordnet, dass Historiker große Zweifel an den Darstellungen haben.

https://www.history.com/news/murder-castle-h-h-holmes-chicago [10.8.22] Auf dieser Seite wird mit vielen Mythen über den Fall aufgeräumt.

https://medium.com/unburied/h-h-holmes-the-murder-castle-and-the-fraud-cd2a0fa97b56 [10.8.22] Hier wird mit vielen Mythen über den Fall aufgeräumt. Holmes wird dort als Donald Trump des späten 19. Jahrhunderts beschrieben.

http://mpegueshhholmes.weebly.com/3.html [10.8.22] (Unvollständige) Übersicht über die Opfer von H. H. Holmes.

https://rebeccafrostwrites.com/2021/10/26/h-h-holmes-victims-mr-warner/ [10.8.22] Auf der Website geht es um die Opfer, die hier detailliert beschrieben werden. Der angegebene Link führt zur Unterseite von Ofenbauer Wade Warner.

https://www.straightdope.com/21341798/did-dr-henry-holmes-kill-200-people-at-a-bizarre-castle-in-1890s-chicago [10.8.22] Auf dieser Seite gibt es viele Gerüchte über den Fall.

https://www.suecoletta.com/h-h-holmes/ [10.8.22] Zusammenfassung über den Fall, die aber auch ein paar unwahre Gerüchte enthält.

https://en.wikipedia.org/wiki/H._H._Holmes [10.8.22] Englische Wikipedia-Seite über H. H. Holmes.

Fall 8: The Lonely Hearts Killers

Bücher/Zeitschriften/Zeitungen:

Brown, Wenzell: *Introduction to Murder: The Unpublished Facts Behind the Notorious Lonely Heart Killers Martha Beck and Raymond Fernandez*, 1962.

Buhk, Tobin T.: *The Lonely Hearts Killers: The Bloody Passions of Martha Beck and Raymond Fernandez*. 2020.

Hunter, JT: *Tortured With Love: The True Crime Romance of the Lonely Hearts Killers*. 2020.

Big Apple, Ausgabe vom 8. Juli 1949.

Detroit Times, Ausgabe vom 2. März 1949.

Grand Rapids Press, Ausgabe vom 3. März 1949.

New York News, Ausgabe vom 24. September 1950.

The Chicago Daily Tribune, Ausgabe vom 3. März 1949.

Online:

https://anchor.fm/buried-motives/episodes/Episode-31-Lonely-Hearts-Killers---Raymond-Fernandez--Martha-Beck-e1er2an [10.8.22] Episode des Podcast »Buried Motives« über den Fall.

https://crimereads.com/the-most-notorious-lonely-hearts-killers-of-all-time/ [10.8.22] Eine kurze Zusammenfassung des Falles.

https://www.history.com/this-day-in-history/the-lonely-hearts-killers-are-executed [10.8.22] Bericht über die Hinrichtung der Lonely Hearts Killers.

https://www.nytimes.com/1951/03/09/archives/2-lonely-hearts-pay-death-penalty-fernandez-mrs-beck-go-to-chair-in.html [10.8.22] Historischer Artikel der New York Times über das Urteil.

https://www.ranker.com/list/lonely-hearts-killers-facts/amandasedlakhevener [10.8.22] Liste mit Details über die Lonely Hearts Killers.

https://en.wikipedia.org/wiki/Raymond_Fernandez_and_Martha_Beck [10.8.22] Englischer Wikipedia-Artikel über das Mörderpaar.

Sonstiges:

https://www.youtube.com/watch?v=K-VyXS2B5W0 [10.8.22] Video des YouTube-Kanals *About Killers*, in dem die Biografie von Raymond Fernandez und Martha Beck beschrieben wird.

https://www.youtube.com/watch?v=oSwfXEpUrLI [10.8.22] Episode des Wondery-Formats *Killer Psyche* über den Fall.

Fall 9: Rudolf Diesel

Online:

https://www.heise.de/newsticker/meldung/125-Jahre-Diesel-Patent-Rudolf-Diesel-der-Spaetzuender-3635086.html [4.8.22] Über das Leben von Rudolf Diesel.

http://schule.a-city.de/holbein-gymnasium/diesel-b.htm [4.8.22] Biografie als übersichtliche Zeitleiste.

https://www.tagesspiegel.de/gesellschaft/wie-rudolf-diesel-starb-der-antrieb-des-herrn-diesel/8822940.html [4.8.22] Ausführliche Beschreibung seines Todes und der Umstände.

https://de.wikipedia.org/wiki/Rudolf_Diesel [4.8.22] Deutsche Wikipedia-Seite über Rudolf Diesel.

https://en.wikipedia.org/wiki/Rudolf_Diesel [4.8.22] Englische Wikipedia-Seite über Rudolf Diesel.

https://www.zeit.de/mobilitaet/2013-09/rudolf-diesel-verschwinden/komplettansicht [4.8.22] Thesen über seinen Tod.

Film:

https://www.youtube.com/watch?v=iigaZKBv9ew [10.8.22] Dokumentation von Terra X mit dem Titel *Das Diesel-Rätsel.*

https://www.youtube.com/watch?v=Vj7G6CtJbU0 [10.8.22] Dokumentation mit dem Titel *Die Selandia und der Tod von Rudolf Diesel.*

Fall 10: Charles Manson

Bücher/Zeitschriften/Zeitungen:

Bugliosi, Vincent; Gentry, Curt: *Helter Skelter. Die wahre Geschichte des Serienmörders Charles Manson.* 2017. Original: *Helter Skelter. The True Story of the Manson Murders*, 2001.

Los Angeles Times: entnommen als Scan von https://www.charlesmanson.com [03.08.2022]

Ed Sanders: *The Family. Die Geschichte von Charles Manson.* 2012. Original: *The Family.* 2002.

Online:

https://www.charlesmanson.com [03.08.2022] Homepage mit alten Zeitungsartikeln, Detailinformationen zu Tätern, Opfern und Theorien sowie Fotos.

https://www.dailymail.co.uk/femail/article-1205141/The-Devils-disciples-40-years-killing-sprees-Charles-Manson-grotesque-celebrity-Twitter-page.html [03.08.2022] Artikel über seine Berühmtheit noch im Gefängnis, die Abläufe der Taten, wie er die Family an sich bindet.

https://www.deutschlandfunkkultur.de/moerder-und-sektenfuehrer-charles-manson-gestorben-ich-bin-100.html [03.08.2022] Artikel über die Bedeutung als Popikone.

https://www.heise.de/tp/features/Der-Elvis-des-Massenmords-3418841.html [03.08.2022] Artikel über seine Taten.

https://www.rollingstone.com/culture/culture-news/charles-manson-cult-leader-behind-tate-labianca-murders-dead-at-83-119810/ [03.08.2022] Artikel über seine Taten und seinen Tod im Gefängnis.

https://www.rollingstone.com/tv/tv-news/how-a-stolen-beach-boys-song-helped-lead-to-charles-mansons-murderous-path-117577/ [03.08.2022] Artikel über Mansons Musik-Besessenheit und die Verbindung zu den Morden.

https://www.rollingstone.com/feature/charles-manson-today-the-final-confessions-of-a-psychopath-58782/ [03.08.2022] Artikel + Interview aus dem Gefängnis zwischen Reporter und Charles Manson, Interviewer Eric Heedegard, 2013.

https://www.spiegel.de/geschichte/massenmoerder-charles-manson-a-948437.html [03.08.2022] Artikel über sein Leben und Wirken, viele Fotos.

https://www.sueddeutsche.de/panorama/usa-charles-manson-ist-tot-1.3757046 [03.08.2022] Artikel über sein Leben, seine Stationen, seinen Tod.

https://www.sueddeutsche.de/panorama/sektenchef-interview-aus-dem-gefaengnis-charles-manson-oberster-klimaschuetzer-1.1087342 [03.08.2022] Artikel über sein Leben, Zitat aus der spanischen *Vanity Fair.*

https://web.archive.org/web/20091212100142/http://serien-killer.com/000000968e11c0e2b/53735996aa0cb7301/00000096900132506/537359974c043ee01.html [03.08.2022] Zeugenaussage von Manson vom 19. Nov. 1970, Quelle: »The Charles Manson Trial Testimony«, Rapid Eye. Übersetzt von Wolfram Bernhardt.

https://www.welt.de/vermischtes/article134443472/Moerder-Charles-Manson-darf-26-Jaehrige-heiraten.html [03.08.2022] Artikel über Charles im Gefängnis und die sich anbahnende Hochzeit mit der 26-jährigen Miss Burton.

https://de.wikipedia.org/wiki/Charles_Manson#cite_note-52 [03.08.2022] Artikel über Charles Manson von der Kindheit bis zu seinem Tod.

https://de.wikipedia.org/wiki/Tate-Morde [03.08.2022] Artikel über die Tate-Morde.

https://de.wikipedia.org/wiki/Leno_und_Rosemary_LaBianca [03.08.2022] Artikel über die LaBianca-Morde.

https://de.wikipedia.org/wiki/Manson_Family [03.08.2022] Artikel über die Family, Entstehung und Wirken.

https://www.youtube.com/watch?v=TnkGrK7dtb0 [03.08.2022] Youtube-Kanal der *Los Angeles Times*: »L.A. in the Time of Charles Manson«, 30-minütiges Video mit vielen Zeitzeugen.

https://www.youtube.com/watch?v=EWbzE0aZIvY [03.08.2022] Youtube-Kanal von *60 Minutes Australia*: »Inside Charles Mansons crazed cult«, 20-minütiges Video über seine Taten mit Zitaten von damaligen Journalisten wie Linda Deutsch und Beamten im Einsatz vor Ort.

https://www.youtube.com/watch?v=JbW0agGFv88 [03.08.2022] Mansons erstes Interview im Gefängnis mit einem Reporter von *60 Minutes Australia*.

https://www.youtube.com/watch?v=yM3zg0nJOj8 [03.08.2022] 30-minütiges Interview aus dem Gefängnis zwischen Charles Manson und KCRA-News-Reporter Mike Boyd.

https://www.zeit.de/2017/48/charles-manson-popkultur [03.08.2022] Artikel über die Bedeutung von Charles Manson für die Popkultur.

Fotos:

https://www.rollingstone.com/wp-content/uploads/2018/06/rs-19944-20131119-manson8-x600-1384897713.jpg [03.08.2022] Charles Manson als Kind.

https://www.rollingstone.com/wp-content/uploads/2018/06/rs-19935-20131119-manson-x1800-1384889504.jpg?resize=1800,1200&w=900 [03.08.2022] Charles Manson, alt geworden im Gefängnis.

https://cdn.prod.www.spiegel.de/images/5fcd5312-0001-0004-0000-000000617814_w640_r1.2785836177474403_fpx39.88_fpy48.98.jpg [03.08.2022] Charles Manson auf dem Weg zum Gericht, 1970.

https://cdn.prod.www.spiegel.de/images/b1c3323e-0001-0004-0000-000000617816_w640_r1.4484978540772533_fpx62.82_fpy50.97.jpg [03.08.2022] Charles Manson auf dem Weg zum Urteil, 1971.

https://cdn.prod.www.spiegel.de/images/2fa7a79d-0001-0004-0000-000000617811_w640_r1.480688202247191_fpx33.77_fpy50.jpg [03.08.2022] Das Haus der LaBiancas, Tatort 2.

https://cdn.vox-cdn.com/thumbor/fvd47nv3R54BqR9AqD8t-EO2ST98=/0x91:3000x1662/fit-in/1200x630/cdn.vox-cdn.com/uploads/chorus_asset/file/11463767/AP_17325061541701.jpg [03.08.2022] Das Haus von Tate und Polanski, Tatort 1.

https://www.charlesmanson.com/wp-content/uploads/2018/08/VICTIMS.jpg [03.08.2022] Die Opfer.

https://cdn.prod.www.spiegel.de/images/dfdf33e9-0001-0004-0000-000000617807_w1024_r1.4854402192531688_fpx40.36_fpy49.99.jpg [03.08.2022] Patricia Krenwinkel, Susan Atkins, Leslie Van Houten vor Gericht, 1970.

https://i.dailymail.co.uk/i/pix/2009/08/08/article-1205141-01893B7B000004B0-316_468x703.jpg [03.08.2022] Sharon Tate, das berühmteste Mordopfer Mansons.